EN MAN MED LITET ANSIKTE

Anmäl dig till Pocketförlagets nyhetsbrev
nyhetsbrev@pocketforlaget.se
eller besök
www.pocketforlaget.se

En man med litet ansikte

KRIMINALROMAN

AV

Helene Tursten

Pocketförlaget

Av Helene Tursten har tidigare utkommit:

Den krossade tanghästen 1998

Nattrond 1999

Tatuerad torso 2000

Glasdjävulen 2002

Kvinnan i hissen och andra mystiska historier 2003

Guldkalven 2004

Eldsdansen 2005

Pocketförlaget

www.pocketforlaget.se

info@pocketforlaget.se

ISBN 978-91-85625-42-0

Originalutgåvan utgiven av Piratförlaget

Pocketförlaget ägs av Piratförlaget, Företagslitteratur och Läsförlaget

Utgiven enligt avtal med Bengt Nordin Agency

Omslagsform: Ola Carlson

Omslagsfotografi: Elin Berge/Moment Agency

Tryckt i Danmark hos Nørhaven Paperback A/S 2008

*Till Hilmer med all min kärlek
och tacksamhet för att du har stått ut
den här gången också*

NYMÅNEN OCH STJÄRNORNA sken skarpa som diamant-skärvor från den blåsvarta januarihimlen. Deras återsken gnistrade i rimfrosttäcket över Göteborg. Bilens yttertermo-meter visade redan minus femton grader. Temperaturen skulle sannolikt sjunka ytterligare under natten. Den hårda kylan hade lyckats behålla sitt järngrepp över hela landet i snart två veckor. Fast någon snö hade det ännu inte kommit i Västsverige.

Polisinspektör Stefan Eriksson satt och gäspade inne i radiobilens behagliga värme. Motorn lät han gå på tomgång utan att ägna en tanke åt miljöaspekten. I den rådande väder-leken fick man först och främst tänka på att inte låta kölden smyga sig in. Han slötittade mot gatukökets upplysta serve-ringslucka. Kollegan Petrén stod längst fram i kön och höll på att betala. En mugg varmt kaffe och en cheeseburgare med alla extra tillbehör skulle komma att sitta fint så här en timme före kvällspassets slut. Ett högt kurrande från Erikssons mage bekräftade att det var hög tid att få något i sig. Ingen av dem hade ätit sedan de gått på passet vid fyratiden på eftermidda-gen. Inte för att det hade varit någon onormalt betungande tjänstgöring under kvällen, utan för att de hade fått in en anmälan om ett slagmål på en pizzeria i Gamlestan precis när det hade varit dags att åka tillbaka till stationen för matrast.

Utan att göra sig någon större brådska hade de vänt radio-bilens kylare mot norr och åkt till den uppgivna adressen.

Patrullens ankomst hade haft en lugnande inverkan på de tre slagskämparna och efter ett tag hade Eriksson och Petrén läget under kontroll. De inblandade ville inte göra någon formell anmälan. Plötsligt var de rörande eniga och hävdade att de bara hade varit inbegripna i en häftig diskussion. Att en av dem hade ett brutet näsben och blödde så ymnigt att han måste köras med ambulans till akuten på Östra, var bara en beklaglig olycka. Liksom de övrigas kraftiga rodnader i ansiktet. Om några timmar skulle alla vara blåmelerade i olika nyanser. Eftersom ingen varit angelägen om vidare åtgärder från polisens sida lämnade Eriksson och Petrén pizzerian strax efter att mannen med det brutna näsbenet hade skjutsats iväg för att få näsan på rätt plats i ansiktet igen. Det fick räcka med en rapport om det inträffade.

Därefter hade de varit helt överens om att de inte var sugna på pizza. De hade åkt till gatuköket vid Delsjövägen. Där var det lätt att parkera och snabbmaten hade gott rykte. Åtminstone om man frågade Petrén. Han var ungkarl och levde i stort sett på sådan kost.

Eriksson rycktes upp ur sina tankar när radion skrällde till:

– Allmänt anrop. En BMW 630 silvermetallic stulen på Stampen för några minuter sen. Ägaren såg två yngre män hoppa in i bilen och försvinna Skånegatan i riktning mot Liseberg. Signalement: båda bar mörka stickade luvor och mörka kläder. Vittnet uppfattade dom som normallånga med något spenslig kroppsbyggnad. Ser enligt anmälaren ut som hiphoppare. Bilens registreringsnummer är …

Skånegatan mot Liseberg. Dom körde förbi polishuset. Såna fräcka jävlar! tänkte Eriksson, medan han såg hur Petrén kom skyndande mot bilen med deras ostburgare i en påse i ena handen och de lockförsedda kaffemuggarna i den andra. Det såg lite riskabelt ut när han balanserade kaffet i sin handskklädda näve. Hjälpsamt sträckte Eriksson sig över passagerar-sätet och öppnade dörren åt kollegan. Petrén körde in höften och knyckte till med knät för att kunna ta sig in, när han plöts-ligt stannade till med ena foten inne på bilgolvet och den andra kvar ute på asfalten. Eriksson kände hur kylan snabbt spred sig inne i den uppvärmda kupén. Irriterat sa han:

– Se till och dra in röven innan ...

Mitt i meningen avbröt han sig och blev sittande med halv-öppen mun. Med helljuset på och motorn vrålande på högsta varv kom en bil körande mot dem på Delsjövägen. Polisbilens front stod parkerad mot centrum och den här bilen var på väg därifrån så fort radialdäcken med aluminiumfälgar bar. Eriks-son uppfattade att bilen var ljus, troligen silverfärgad, när den passerade under gatubelysningen några meter ifrån dem. Och att den definitivt var en BMW av större modell. Bilen gjorde en kraftig överhalning när föraren tryckte gasen i botten och sladdade förbi polisbilen med tjutande däck.

– Helvete Petrén! Det är BMW:n! skrek Eriksson.

– Vicken då BMW? frågade Petrén medan han försiktigt gled ner på passagerarsätet.

– Den dom lös när du stod i kön! Ropa i radion att vi hänger den jäveln!

– Kan inte.

– Vad då kan inte!

– Händerna fulla.

Petrén höll upp påsen och muggarna som förklaring.

– För helv... Släng skiten! röt Eriksson.

Utan ett ord tryckte Petrén på knappen till fönsterhissen med högerarmbågen. Det diskreta surret när rutan gled ner dränktes i ljudet från polisbilens däck när de spann loss mot asfalten. Utan vidare ceremonier hystade Petrén ut påsen med deras burgare och kaffe genom fönstret. Medan rutan gled upp igen greppade han handmikrofonen och anropade läns-alarmeringscentralen.

– SHO elva noll ett vid kiosken Delsjövägen. Vi blev just förbikörda av den efterlysta BMW:n. Den kör i riktning mot Kålltorp. Hög hastighet. Vi följer efter. Kom.

– Bra elva noll ett. Jag anropar assistans från andra patruller. Tretton noll fyra är på väg från Östra sjukhuset och kan genskjuta från andra hållet. Fler bilar kommer.

Eriksson körde så fort han vågade. Han såg BMW:ns bakljus försvinna i riktning mot Sveriges Televisions upplysta lådbyggnad. Beslutsamt tryckte han hårdare på gaspedalen. Plötsligt flammade bakljusen framför honom till som två röda lysraketer. BMW:n krängde vilt över körfälten och verkade vara på väg att slira av vägen.

De båda poliserna såg något slungas upp i luften och falla ner vid sidan av bilen. Vad det än var så låg det alldeles stilla på körbanan intill trottoaren. När föraren i den framförvarande bilen åter hade fått kontroll på ekipaget sköt det genast iväg igen i hög fart.

Polisbilen saktade in och stannade.

– Helvete! Det är en människa! Anropa! skrek Eriksson upprört.

Petrén tog återigen ett grepp om mikrofonen med stadig hand och rapporterade med betydligt mindre stadga i rösten:

– Elva noll ett här. Bilen körde på en fotgängare utanför tv-huset! Skicka ambulans och förstärkning. Vi måste stanna här. Kom.

– Uppfattat. Vi skickar ambulans och en patrull till. Övriga bilar fortsätter att följa BMW:n.

Stefan Eriksson hörde inte det sista eftersom han redan hade hoppat ut ur bilen. Med några långa kliv var han framme vid den orörliga kroppen.

Det var mycket blod. Och hela tiden växte den mörka blodpölen med förfärande hastighet. Så här mycket blod kunde ingen människa förlora utan att dö. Inom sig visste Eriksson att den här personen redan var död. Trots det tog han några försiktiga steg mot offrets huvud för att försöka känna efter om det fanns någon halspuls. Han avstod dock när han såg i vilken kondition huvudet befann sig. För att en person ska kunna överleva måste hjärnan finnas inne i skallen. Det gjorde inte den här hjärnan.

Eriksson hade sett många trafikoffer under sina tjänstgöringsår men det här såg ovanligt otäckt ut. Bilens höga fart hade trasat sönder det oskyddade offrets lemmar och huvud med våldsam kraft. Det skulle inte bli lätt att identifiera den här personen, konstaterade han. På avstånd hörde han sirener som närmade sig. Han slängde en blick över axeln och såg att hans kollega höll på att sätta upp de reflexmålade plastskärmarna märkta "Polis". Radiobilens blinkande blåljus kastade ett spöklikt sken över olycksplatsen. Några personbilar hade stannat en bit bort men Petrén lyckades hålla kvar människorna inne i bilarna.

Offret låg på rygg med båda benen vridna i en onaturlig ställning. Vänster underben såg ut att vara helt av, att döma av hur det låg i förhållande till lårbenet. Vänsterarmen var sträckt rakt ut åt sidan men handen saknades. När Eriksson såg sig omkring upptäckte han en klump på trottoaren som troligen var den avslitna handen. Klädseln tydde på att offret var en man. Han hade på sig någon sorts svart eller mörkblå overall. Högerhanden låg slappt över bröstkorgen. På något vis skänkte gesten den svårt sargade kroppen ett intryck av frid. Som om mannen insett att han skulle dö och instinktivt lagt handen mot hjärtat för att känna dess sista slag.

Tätt följd av ambulansen anlände den andra patrullbilen.

Tillskottet av utryckningsfordon lyste upp olycksplatsen ännu mer. I det blinkande blåljuset uppfattade Eriksson plötsligt att det glimmade svagt vid hjärttrakten bredvid den dödes hand. Han försökte undvika att trampa i blodet när han gick närmare för att kunna se bättre.

Först vägrade hans hjärna att acceptera vad det var han såg. Han kände mycket väl igen det eftersom han hade sett det otaliga gånger. När Petrén och de nyanlända kollegorna kom fram till honom pekade Eriksson med ostadig hand mot offrets bröst.

Några minuter efter smitningsolyckan utanför tv-huset kom en anmälan från en person som hade stått på spårvagnshållplatsen vid Lilla Torp. Enligt anmälaren hade en bil svängt in på Töpelsgatan och i hög hastighet fortsatt upp mot Delsjöområdet. Vittnet hade uppfattat det som att framrutan var skadad, eftersom han hade sett hur en ung man hängde ut genom sidorutan på passagerarsidan och verkade dirigera bilens förare med tillrop.

Flera patrullbilar hade genast fått direktiv att följa upp tipset. Vägen upp mot Delsjöns badplats och rekreationsområde hade massor av avtagsvägar. Dessutom fick man ta med Delsjöns koloniområde i beräkningen. Där fanns otaliga småvägar och parkeringsplatser. Möjligheten fanns också att biltjuvarna hade kört in på någon av ridvägarna. Det var inte alls omöjligt att gömma en bil i skydd av träden och mörkret. Även om lövträden var kala i januari så stod barrträden tätt på båda sidor om vägen.

Redan efter tio minuter hade en patrull hittat den övergivna BMW:n. Eldskenet som skymtade mellan träden vägledde dem. Smitarna hade satt eld på bilen innan de lämnade den. Patrullen hade lyckats kväva elden med hjälp av eldsläckaren som fanns i radiobilen. Skadorna på inredningen hann aldrig bli omfattande men skulle naturligtvis försvåra sökandet efter spår. Framrutan höll fortfarande ihop och satt på plats men var krossad till mjölkig ogenomskinlighet. Bilen stod parkerad framför en kraftig vägbom.

De andra polisbilarna kallades snabbt till platsen och poliserna började genomsöka den omgivande terrängen. Ficklampornas sken flackade mellan träden. Marken var mycket kuperad och svårgenomtränglig på grund av de täta slybuskagen. På avfartsvägens ena sida sluttade det brant ner mot en bäck. På andra sidan steg marken brant mot Alfred Gärdes väg upp till Delsjöns badplats.

Det stod en tillbommad tegelbyggnad några tiotal meter ner i sluttningen från vägen. Huset var inte stort och hade troligen använts som förvaringsplats för redskap. I stället för glasrutor och dörrar täcktes alla byggnadens öppningar av kraftig masonit. Hela förrådsbyggnaden präglades av ett framskridet förfall. Troligen stod huset fortfarande upp på grund av att det inte hade bestämt sig för åt vilket håll det skulle ramla. Förrådet omringades av flera poliser. De försökte att röra sig så tyst de förmådde. Deras ångande andedräkt avslöjade hur hastigt de andades. Stämningen var spänd eftersom de inte visste om biltjuvarna var beväpnade. En av poliserna smög sig fram mot en delvis uppbruten masonitskiva som hängde på trekvart över en dörröppning. Hon pressade ryggen mot väggen och drog sin pistol. En kollega följde henne med ett forceringsverktyg i handen.

– Huset är omringat! Det är lika bra ni ger upp! Kom ut med händerna över huvudet! ropade en av deras kollegor från andra sidan av huset.

Det hördes inte ett ljud inifrån den fallfärdiga byggnaden. Kylan knäppte i träden och det knarrade i den frysta markvegetationen när någon av poliserna ändrade ställning. För övrigt var det alldeles tyst och stilla i mörkret. Den kvinnliga polisen vid dörren nickade mot sin kollega som snabbt stack in forceringsverktyget vid sidan av den halvknäckta täckskivan. Han lade hela sin kraft mot verktygets skaft och bände till. Med ett knirkande släppte masoniten och föll åt sidan. Polisen med verktyget ställde sig i skydd mot väggen på andra sidan av dörren och tände en ficklampa. Utan att sticka fram huvudet i öppningen höll han ficklampan och lät den lysa in i husets kompakta mörker.

Inte en rörelse. Ingenting.

Efter en stund slank de båda poliserna försiktigt in genom dörrhålet. Några spända sekunder senare hördes förvånade utrop, blandade med fniss och lätt hysteriska skratt.

– Det är lugnt. Det är nåt djur, hojtade den manliga polisen.

– Det kommer ut, hördes den kvinnliga rösten.

En liten figur kom vaggande ut genom dörrhålet och blinkade förvirrat mot det starka ficklampsljuset. Den höjde nosen mot den kalla stjärnhimlen och vädrade misstänksamt. Spridda skratt hördes bland poliserna och de vände bort de bländande ficklampskäglorna. Det var på tok för kyligt för en grävling att vara ute, varför den helt sonika vände och lommade in igen. Det var nära att den hade kolliderat med de två poliserna i dörröppningen. De steg åt sidan och lät det sömniga djuret dra sig tillbaka igen. Därefter klev de ut och försäkrade samstämmigt att det inte fanns någon människa inne i huset.

Under tiden körde en hundbil fram och parkerade uppe på vägen.

– Nu kommer vovvarna, konstaterade den kvinnliga polisen.

– Toppen. Det är för jävla hopplöst att jaga i mörkret. Buset kan ju ha stuckit in var som helst i skogen, sa hennes kollega.

Upphetsade skall hördes när bakdörrarna på bilen öppnades

och hundarna insåg att det var dags att börja jobba.

Det visade sig vara ett mycket stort bekymmer att smitarna hade hunnit sätta eld på bilen. Hundarna vädrade ivrigt i och omkring fordonet, men ingen av dem verkade få upp något riktigt användbart spår. Röklukten var för stark och hade utplånat alla andra lukter inne i bilen. De två hundförarna började i stället att röra sig i cirklar ut från BMW:n. En av schäfrarna gnydde plötsligt ivrigt och började streta uppför slänten mot Alfred Gärdes väg. Spänningen steg bland poliserna och samtliga drog sig bort från grävlingens hus och upp mot vägen. Den andra hunden hade nästan samtidigt börjat dra åt samma håll. Båda hundarna stannade framför en gammal jordkällare som låg väl dold bakom några täta smågranar. Den var försedd med en nygjord bastant trädörr. Kring metallhaspens fäste syntes färska brytmärken. Någon hade brutit loss den med sådan kraft att den endast hängde kvar i en skruv. Det rejäla hänglåset låg på marken nedanför. Hundarna blev ivriga och markerade mot dörren.

– Dom har gömt sej där inne, viskade den kvinnliga polisen.

Hon lyckades inte dölja spänningen i rösten. Hennes kollega kände också av jaktens upphetsning. Han smög fram mot den lilla dörren och ställde sig vid sidan av den. Försiktigt placerade han forceringsverktyget i höjd med den lossbrutna metallhaspen. Samtliga ficklampor riktades mot dörren. Befälet gjorde tecken åt honom att öppna. Med ett jämrande svängde dörren upp och blev stående på vid gavel. Ljuskäglorna riktades in i jordkällarens innandöme.

Ibland stillnar ögonblicket. Även hundarna tystnade.

KRIMINALINSPEKTÖR IRENE HUSS var stressad när hon svängde in på parkeringen framför Göteborgs polishus. Hon småsprang in genom entrén och hejade på den äldre kvinnliga polisen som satt bakom informationsdiskens glasruta. Väntrummet var redan fullt av folk som frivilligt eller mera motvilligt hade kommit till Huset för att träffa någon representant för polismyndigheten. Irene hastade fram till den ogenomskinliga glasdörren och drog sitt kort i avläsaren. Det klickade till i låset när hon öppnade dörren in till hallen. När hon steg in i hissen slängde hon en blick på väggklockan och kunde lättat konstatera att hon hade minst fem minuter till godo innan morgonbönen började. Därför blev hon förvånad när hon klev in genom dörren till våldsroteln och såg sin chef stå och vänta otåligt utanför konferensrummet där de brukade ha sina morgonmöten.

– Vi kör mötet nu. Vilket betyder att vi redan har börjat, sa kommissarie Sven Andersson bistert.

Irene Huss visste mycket väl att hon ofta kom sist av alla på avdelningen, men är man morgontrött så är man. Samtidigt var hon noga med att inte komma för sent. Möjligen i sista minuten men aldrig för sent. Trots sina sena ankomster brukade hon hinna hänga av sig ytterkläderna, hälsa på Tommy Persson som hon delade tjänsterum med och hämta en mugg kaffe innan hon släntrade in till morgonens samling.

– Bilen ville inte starta ... den är för gammal för den här kylan, ursäktade hon sig.

Vilket var alldeles sant.

– Lite kaffe? försökte hon och log mot sin chef.

– Tar vi sen, klippte han av och försvann in i rummet.

Irene suckade. Fylld av onda aningar steg hon in i rummet och konstaterade att de andra redan var där. Genast märkte hon den starka spänningen i luften. Den var så påtaglig att den kändes rent fysiskt. Hon insåg att något extraordinärt hade inträffat. Med en nick åt alla och ingen särskild sjönk hon snabbt ner på närmaste stol och försökte se uppmärksam ut.

– Det har varit en hektisk natt. Det är det väl ingen som har missat, började kommissarien.

Irene hade totalmissat det men insåg samtidigt att det inte var läge att säga något. Hon lutade sig bakåt mot ryggstödet och försökte se ut som om hon hade full kontroll på nattens händelser.

– Morgontidningen har som vanligt fått det mesta om bakfoten men i stora drag stämde det som lokalradion rapporterade. Frånsett tjejen. Henne kände dom inte till men kvällstidningarna har fått tag på det, fortsatte han.

Han blickade bistert över kanten på sina billiga läsglasögon och såg ut över sitt auditorium. Till Irenes lättnad räckte Tommy Persson upp handen som en disciplinerad skolpojke och frågade:

– Vad har hänt? Jag har missat morgonnyheterna. Fick skrapa rutorna och försöka få igång bilen med hjälp av en granne och startkablar. Jag hann inte ens läsa tidningen innan jag stack.

Kommissarien plutade missnöjt med underläppen och spände ögonen i Tommy. Det hjälpte föga; kriminalinspektör Persson förblev lika ovetande. Andersson insåg det och suckade högt innan han tog till orda igen.

– Klockan tjugoett och sjutton i går kväll inkom en anmälan om en bilstöld på Stampgatan. Ägaren höll på att lasta in saker i sin bil av märket BMW 630i. Eftersom det var så jävla kallt lät han motorn gå på tomgång för att få upp värmen i bilen. Den stod parkerad cirka tjugo meter från portuppgången där han hade ställt lite prylar som han skulle ta med sej. Tydligen håller familjen på och flyttar. Han hade lastat in en hopfälld barnvagn i kofferten och hade precis hunnit tillbaka till portuppgången när han hörde hur bildörrarna öppnades och slogs igen. När han vände sej om såg han hur bilen körde iväg.

– Då hann han alltså inte se vem som snodde bilen? sköt Birgitta Moberg-Rauhala snabbt in.

– Jodå. När han hade lastat in barnvagnen och stängde bagageluckan såg han två unga män närma sej på trottoaren. Enligt signalementet var dom klädda i mörka säckiga kläder och hade stickade mössor på skallen. Anmälaren säger att dom såg ut som hiphoppare.

– Killar med brallor på tre rum och kök som hänger på arslet, sa Jonny Blom och flinade.

Irene blev lite förvånad. När hon hade mött Jonny och hans äldsta son på Frölunda torg dagarna före jul hade femtonåringen varit klädd i säckiga jeans och stor munktröja. Under den stickade mössan avtecknade sig knöligheter som mycket väl skulle ha kunnat vara dreadlocks i vardande. Irene anade konflikter inom familjen Blom.

Andersson låtsades inte ha hört Jonny Bloms inlägg utan fortsatte oberört:

– Killarnas ålder uppskattade han till nånstans mellan sjutton och tjugofem år. Dom fräste iväg i spårvagnsspåret och åkte över Västra Folkungabron och vidare Skånegatan framåt. Dom jävlarna passerade alltså här utanför nån minut efter tillgreppet. Sen fortsatte dom mot Liseberg och svängde av i riktning mot Örgrytemotet. Dom körde mot Sankt Sigfridsplan och vidare ut på Delsjövägen. Samtidigt gick ett allmänt anrop om bilstölden ut på radion. En radiobil stod vid gatuköket vid Delsjövägen och såg hur den efterlysta BMW:n passerade i hög fart. Dom anropade ledningscentralen och tog upp jakten. Patrullen fick ögonkontakt med den misstänkta bilen och såg hur den rammade en fotgängare utanför Synvillan.

Andersson gjorde en paus för att harkla sig. Han behövde inte precisera sig närmare; samtliga närvarande kände väl till göteborgarnas smeknamn på radio- och tv-huset.

– Radiobilen stannade självfallet vid olycksplatsen och kallade på ambulans och förstärkning. Men det var en jävla smäll. Enligt läkaren dog offret genast. Hela skallen krossades. Och ...

Han avbröt sig igen och svalde några gånger innan han fortsatte:

– Offret hade en träningsjacka med polisemblemet på. Ansiktet var så gott som borta men ... men det är mycket troligt att han var polis.

Tystnaden i rummet kändes med ens elektrisk. Alla i rummet stelnade till. Irene märkte också hur en känsla av förstämning spred sig bland åhörarna. En kollega. En av dem. Som de kanske kände.

– Vem? frågade Hannu Rauhala.

Han var gift med Birgitta Moberg-Rauhala sedan några år och tillsammans hade de en tvåårig son. Kommissarien hade aldrig riktigt kommit över att de gifte sig men hade resignerat med tiden.

– Jaa ... det finns tre kollegor som bor i närheten. Fast en kunde strykas direkt eftersom det var Kicki Börjesson på piketen. Stellan Edwardsson tjänstgjorde i går kväll så honom kunde vi också avföra. Kvarstår alltså ett namn. Han gick i pension för några år sen. Gick väl lite i förtid. Vi har sökt honom per telefon men inte fått tag på honom. Han bor ensam. En del av er känner honom säkert ... Torleif Sandberg.

– Kruska-Toto, konstaterade Jonny.

Andersson blängde åt Jonny Bloms håll och rynkade misslynt ögonbrynen. Däremot sa han inte emot honom, eftersom alla hade kallat Torleif för Kruska-Toto på den tiden när han tjänstgjorde som vakthavande befäl. Anledningen var att Torleif alltid åt en tallrik filmjölk med Dr Kruskas havrekli när de andra drack kaffe och doppade olika sorters fikabröd. Oförtröttligt förklarade han för sina mindre vetande kollegor hälsoriskerna med det söta kaffebrödet och hur särdeles välgörande hans egen hälsosamma fil och kruskablandning var. Ingen hade någonsin ens varit frestad att pröva den brungrå gojjan som Kruska-Toto så varmt förespråkade. Likaså fick han alltid ha sina linssoppor, korngrynsbiffar, rotsaksgrytor och liknande hälsokostmåltider i fred i kylskåpet. Det hade aldrig någonsin inträffat att någon hade nallat av det mystiska innehållet i hans små aluminiumbyttor.

– Krusk... Torleif och jag började tjänstgöra inom kåren samtidigt, sa kommissarien med ett lätt svaj på rösten.

Han harklade sig hårt igen innan han fortsatte:

– Vi har ju inte definitivt konstaterat att det var Torleif som blev påkörd. Men man håller ändå på och söker hans anhöriga ifall ... vi får väl höra vad det ger.

Irene kom mycket väl ihåg Torleif Sandberg. Hans alldagliga utseende med tunt råttfärgat hår och en ganska spenslig kropp hade väl inte precis etsat sig in i hennes minne, utan det var hans små egenheter hon mindes. Försynt och oförarglig men en riktig hälsofanatiker. Och han brukade ofta tala om sitt älsklingsämne: ett hälsosamt leverne. Där ingick element som vegetarisk kost, motion, meditation och naturligtvis absolutism. Han drack inte ens lättöl. Intresset för hans entusiastiska utläggningar hade milt sagt varit ganska förstrött i fikarummet. Ofta småretades kollegorna med honom. Han hade inte gillat att bli kallad för Kruska-Toto. Antagligen var det därför han aldrig blev av med namnet.

Och nù var han kanske död. Påkörd av biltjuvar när han hade varit ute och joggat, klädd i Polisens Idrottsförenings träningskläder.

Irenes tankar avbröts när kommissarien tog ny sats och utbrast:

– Men inte nog med att dom körde på honom! Dom jävlarna smet också! Trots att framrutan var krossad. Ett vittne såg hur killen på passagerarsidan hängde ut genom fönstret och lotsade föraren upp på Töpelsgatan. Bilen försvann uppför backarna. Flera patruller dirigerades dit och började söka. Klockan tjugoett fyrtiosex upptäckte en patrull ett eldsken på en avtagsväg. När dom körde in såg dom att sketlunsarna hade satt eld på BMW:n. Patrullen lyckades släcka branden med radiobilens brandsläckare. Flera kollegor anlände och började genomsöka närområdet. På grund av mörkret och den svåra terrängen tillkallades hundpatrull. Redan efter några minuter markerade båda hundarna mot en gammal jordkällare. Dörren var uppbruten. Inne i källaren hittades en död kropp. En flicka.

Irene iakttog sina kollegor. Samtliga såg minst lika förvånade ut som hon själv kände sig.

– En tjej? Kan hon ha varit en av dom i bilen? Om dom hade säckiga kläder så kunde det kanske vara svårt att se om en av dom var tjej.

Teorin framfördes av Fredrik Stridh. Han hade fyllt trettio men betraktades till sin förargelse fortfarande som yngsten på avdelningen. Men han hade huvudet på skaft och Irene tyckte om att arbeta tillsammans med honom.

Andersson skakade på huvudet.

– Enligt läkaren hade hon varit död mellan två och tre timmar innan hon upptäcktes. Och han uppskattade hennes ålder till cirka tolv år.

– Finns det nån anmälan om nån saknad flicka i den åldern? undrade Birgitta.

– Nej. Hon hade på sig en T-shirt och inget mer. Resten av kläderna låg inslängda bredvid henne i källaren. Det enda vi vet är att hon är vit och blond. Trolig dödsorsak är strypning.

– Sexbrott? frågade Hannu.

– Rättsläkaren trodde det. Dom kan titta på henne tidigast i eftermiddag. Han sa att dom har personalbrist.

Det var ett välkänt faktum sedan flera år att rättsläkarstationen i Göteborg var underbemannad. De hade stora svårigheter att få tjänsterna tillsatta. Om någon skulle fråga kommissarie Andersson om orsaken så hade han sin uppfattning helt klar: ingen någorlunda vettig människa skulle frivilligt ställa sig under professor Yvonne Stridners chefskap! Att hon ansågs vara en av Europas skickligaste rättsmedicinare gav han fullkomligt fanken i. För honom var hon en av de mest skrämmande kvinnor som fanns på denna planet.

– Vad hände med skethögarna som mejade ner Kruska-Toto? frågade Jonny.

– Dom jävlarna gick upp i rök! Inte ett spår har vi hittat efter dom. Men alla hundpatrullerna fortsätter att leta i dag. Man kommer att finkamma koloniområdet, svarade Andersson.

– Förhoppningsvis har busen frusit ballarna av sej vid det här laget, löd Jonnys fromma förhoppning.

– Det var sexton minus framåt småtimmarna. Dom har nog förfrusit både det ena och det andra.

Det skänkte de församlade en viss tröst, även om den var klen.

– Hänger flickmordet och biltjuvarna ihop? tänkte Andersson högt.

Hans inspektörer behövde inte någon längre betänketid förrän samtliga skakade på huvudet. Tommy Persson sa vad alla tänkte:

– Det var en ren slump att vi upptäckte flickan så fort. Hundarna sökte spår efter biltjuvarna och fann kroppen. Om jyckarna inte hittat henne så kunde hon ha legat där oupptäckt ganska länge.

– Precis. Och killarna i bilen kan inte ha hunnit gömma henne i jordkällaren. Det hade dom inte tid till, påpekade Birgitta.

Tommy Persson nickade instämmande och fortsatte sitt resonemang:

– Knappast. Och flickan kan inte ha legat i bagageluckan på BMW:n eftersom det fanns en hopfälld barnvagn där. Möjligen kan kroppen ha legat i baksätet. Men varför skulle killarna bry sej? Dom hade alla skäl i världen att försöka försvinna från bilen så snabbt som möjligt. Annars skulle dom inte ha hunnit så värst långt och då hade vi hittat dom.

– Och om flickans lik låg i bilen skulle väl inte ägaren ha anmält den stulen?

– Säg inte det. Eftersom bilen stals så blev han ju tvungen att anmäla det. Han kan ha tänkt som så att han skulle säga att han inte hade ett dugg med liket att göra. Och försökt att skylla på killarna som snodde kärran.

– Dom hade aldrig hunnit, upprepade Birgitta en gång till.

De flesta i rummet var böjda att ge henne rätt.

Under den relativt korta tiden av trettio minuter hade killarna stulit en bil, åkt minst en halvmil – om än i rasande fart – kört på en person, smitit upp mot Delsjön, satt eld på bilen och lyckats avlägsna sig tillräckligt långt för att hundpatruller-na inte skulle hitta dem. Nej, de skulle inte ha haft tid att gömma ett lik, funderade Irene.

– Har vi nån aning om vilka killarna kan vara? Efterlysning-ar? frågade hon.

– Det tänkte jag att du kunde ta och kolla, sa kommissarien kort.

Han lät blicken svepa över sina tillgängliga inspektörer. Som vanligt när han funderade lät han fingertopparna trumma mot bordsskivan. När han beslutat sig daskade han handflatan i bordet och sa:

– Irene, Tommy och Hannu tar hand om smitningen. För-sök fastställa offrets identitet. Kolla upp tänkbara kandidater till bilstölden. Kontakta mej så snart ni kommer nån vart. Bir-gitta, Jonny och Fredrik ansvarar för flickmordet. Samma sak där, hör av er så snart ni vet vem hon är.

Han knäppte händerna, vände handflatorna utåt och tänjde tills det knakade i fingerlederna.

– Själv håller jag i operation dörrknackning och dom vitt-nesuppgifter vi får in under dagen. Inte för att jag tror att det kommer att ge så mycket men nån av hyresgästerna i husen utefter Töpelsgatan kan ju ha råkat se nåt. Sen blir det väl ett jävla pyssel med att försöka sortera ut vilka av iakttagelserna som hör till smitningsutredningen och vilka som hör till flick-mordet och vilka som inte alls hör till utredningarna.

Andersson suckade tungt och Irene hörde hur det pep i luft-rören när han andades ut. Den rådande kylan var inte bra för hans astma.

Om fem veckor skulle han gå över till Cold Cases-gruppen. Den var relativt nystartad och hade till uppgift att ta upp gamla fall och försöka kasta nytt ljus över utredningarna innan preskriptionstiden gick ut. Kommissarie Andersson var fullkomligt renons på kunskaper när det gällde datorer och ny DNA-teknik, men han var en mycket duktig mordutredare. Irene trodde verkligen att han skulle bli en stor tillgång för Cold Cases-gruppen och han skulle säkert trivas där under sina sista yrkesår. Men Irene skulle sakna honom. Inte minst med tanke på vem som kanske skulle bli hans ersättare. Mycket talade för att det skulle bli tillförordnade kommissarien Efva Thylqvist från knarket, som de visste hade sökt tjänsten. Irene kände henne inte, men det hon hade hört om Thylqvist fick henne att innerligt hoppas att ryktet överdrev.

Det fanns inte många anmälningar om rymlingar från ungdomsvårdsskolor och fängelser i Västra Götaland. De som hade stuckit över jul och nyår var i de flesta fall tillbaka. Nu var det för kallt för att dra ut till friheten om man inte hade någonstans att ta vägen. De som smidde rymningsplaner väntade till våren. Deras frihetslängtan steg i takt med temperaturen utomhus.

– Det finns sju möjliga killar. Samtliga är redan efterlysta, konstaterade Irene.

– Är det några som verkar speciellt intressanta? frågade Tommy.

Irene skrollade snabbt igenom listan på sin datorskärm.

– Grov misshandel … vållande till annans död … stöld … grov skadegörelse … omfattande narkotikabrott … Här finns hela registret. Det kan vara vem som helst av dom.

– Eller ingen.

– Ingen?

– Ingen av rymlingarna som stal bilen och körde på killen. Det kanske var två hittills ostraffade småtjuvar som vi inte har i registren.

Irene nickade och suckade högt.

– Då blir det jobbigt, sa hon.

– Japp. Lika bra att börja med dom namnen som vi har.

De delade upp namnen mellan sig. Först skulle de försöka kartlägga rymlingarna via de uppgifter som fanns om dem i datorn. Om de fick fram något intressant skulle de därefter bedriva spaning ute på fältet. Men då skulle de arbeta tillsammans eftersom det inte var tillrådligt att möta någon av de här killarna ensam. Ofta var de beväpnade och tillsammans med andra likasinnade.

Hannu försökte säkerställa trafikoffrets identitet. Han stack in huvudet genom dörröppningen och meddelade att han fortfarande inte hade fått någon kontakt med Torleif Sandberg. Polisen hade varit och ringt på hans dörr men ingen hade öppnat. Ingen hade heller anmält honom, eller någon annan man, som saknad under natten eller förmiddagen. Sannolikheten att biltjuvarnas offer var det pensionerade polisbefälet Torleif Sandberg stärktes allt mer.

Efter lunchen sammanställde Irene och Tommy vad de hade fått fram.

– Mijailo Janovic går bort direkt eftersom han är en och nittiotre lång. Kraftigt byggd. Stämmer alltså inte med signalementet. Däremot passar hans kompis Janos Mijic bättre. Dom försvann samtidigt från Fagared på nyårsdagen. Mijailo är nitton och sitter för grov misshandel och mordförsök. Skar upp buken på en kille i ett konkurrerande gäng. Offret överlevde med knapp marginal. Troligen bråk om narkotika men ingen av dom inblandade ville erkänna det. Därför fick Mijailo ett ganska lindrigt straff. Två år och tre månader. Janos är hans lydiga skugga. Där Mijailo finns, där finns Janos. Dom är lika gamla och påstår sig vara kusiner. Vilket inte stämmer bland annat på grund av att Mijailo är serb och Janos kroat. Detta faktum verkar inte bekymra dom två kumpanerna. Janos är spensligt byggd och en och sjuttioåtta lång. Han skulle kunna stämma på våra hiphoppare. Om det inte vore för det jag sa innan. Där Mijailo är, där är Janos. Och Mijailo var inte en av biltjuvarna, sa Tommy.

– Det är inte dom, fastslog Irene.

– Näpp. Däremot kan Tobias Karlsson vara ett intressant namn. Han stack också från Fagared men så sent som i fredags. Fem dagar sen. Han stämmer på signalementet. Nitton år och redan ordentligt meriterad. Grovt narkotikabrott, grov misshandel och … just det … bilstöld! Flera stycken, faktiskt.

– Försigkommen grabb. Definitivt intressant.

– Absolut. Hans mamma bor i Tynnered. Anser att polisen förföljer hennes son bara för att han har vissa starka politiska åsikter. Vi bor i ett fritt land och man har rätt till vilka åsikter man vill! skrek hon i rätten när han hamnade där första gången. Åtalsrubriceringen var hets mot folkgrupp och grov misshandel. Offret var en yngre invandrarkille. Killen fick men för livet. Dessförinnan var det bilstölderna som hade varit på tapeten. Men då var han för ung för åtal.

– Nazist, konstaterade Irene.

– Självklart.

– Rakad skalle? Tatueringar?

– Hela kittet, svarade Tommy belåtet.

– Då är det inte han.

– Va?

– En nasse klär sig inte som en hiphoppare.

Tommy såg snopen ut men fick ge henne rätt. Allt det andra hade stämt och han hade inte tänkt på det där med biltjuvarnas klädsel.

– Då återstår bara ett namn på min lista. Niklas Ström. Nitton år och stack från Gräskärr för precis en vecka sen. Enligt kontaktpersonen som jag pratade med hade han problem med några av dom andra killarna på anstalten. Han är bög och det ses inte med blida ögon av såna som sympatiserar med Tobias Karlsson. Niklas stod inte ut med mobbningen.

– Varför talade han om för dom andra att han är bög?

– Han talade inte om det. Det gick inte att dölja. Åtalsrubriceringen var grov våldtäkt. Offret var en jämnårig kille. Han fick svåra skador. Niklas sa till sitt försvar att han hade varit kraftigt påverkad av narkotika och inte mindes nånting. Han fick arton månader.

– Varför blir straffet alltid hårdare när offret är manligt? avbröt Irene.

– Blir det?

– Ja.

Tommy bara ryckte på axlarna till svar. Irene började läsa från sin lista:

– Jag har också en kille från Gräskärr och två från Fagared. Han från Gräskärr heter Björn Kjellgren men kallas för Billy. Arton år och sitter för flera inbrott i både hus och bilar. En fullfjädrad liten tjuv. Billy är en och sjuttiofyra och har spenslig kroppsbyggnad. Rödblont hår som han har i dreadlocks. Ingen ovanlig frilla i dag men absolut ett observandum med tanke på hiphoppsignalementet. Är tydligen en enstöring. Han försvann dagen efter Niklas Ström. Enligt personen som jag talade med så tror man att han inspirerades av Niklas avvikande. Ingen i personalen har nån känsla av att Niklas och Billy var kompisar.

– Fast Billy är den första som vi faktiskt vet är hiphoppare, poängterade Tommy.

Irene log retsamt mot honom.

– Så enkelt är det inte. Båda mina grabbar från Fagared ser också ut som hiphoppare. Fast den ena är helsvensk och den andra är född i Sverige av en svensk mamma. Hon blev gravid på Jamaica. Fader okänd.

– Försvann dom samtidigt?

– Ja. Stack i fredags. Alltså fem dar sen. Dom är kumpaner och känner varandra sen koltåldern. Båda sitter för grova narkotikabrott. Kanske inte var så smart att sätta dom på samma anstalt. Halvjamaicanen heter Fredrik Svensson och är tjugotvå och har rastaflätor. Men dom är långa och går halvvägs ner på ryggen. Det borde bilägaren ha sett.

– Man tycker det.

– Fredriks kompis heter Daniel Lindgren och är tjugo. Också han har sålt knark i många år. Han åkte även dit för olaga vapeninnehav. Enligt utredarna anses han vara nåt slags torped åt Fredrik Svenssons gäng.

– Så det handlar om ett gäng? Organiserad narkotikalangning?

– Ja. I stort sett så stämmer dom båda två in på signalementet. Men när det gäller Fredrik Svensson så har han då dom där långa rastaflätorna. Plus att han har ganska mörk hudfärg. Daniel Lindgren är en och sjuttionio lång. Han är inte kraftigt byggd men mycket mån om att vara vältränad. Han har väl sin image som torped att tänka på. Frågan är om han kan uppfattas som spenslig.

– Jag tycker du ska prata med BMW-killen. Hans minne kanske har klarnat lite mer. Jag fortsätter med våra rymlingar, sa Tommy.

På vägen ut mot hissen stötte Irene ihop med Hannu Rauhala. Han var på väg åt samma håll.

– Rättsmedicin ringde. Dom har hittat en nyckelknippa i offrets jackficka. Jag tänker prova nycklarna i Sandbergs dörr, sa Hannu.

29

– Lysande. Sparar en massa tid, svarade Irene.

BMW-ägaren hette Alexander Hölzer. Han uppgav att han befann sig i lägenheten på Stampgatan, endast några hundra meter från polishuset. Irene beslöt att promenera. Det skulle gå fortare än att cirkla runt och försöka hitta en parkeringsplats.

Utanför porten stod en stor flyttbuss. Två flyttkarlar bar in en vit skinnsoffa genom den öppna bakdörren. Irene slängde en blick in i flyttbussens innandöme och kunde konstatera att det inte var IKEA-möbler som stod där inne. Något annat hade hon inte väntat sig med tanke på den stulna bilen: en BMW 630i är det inte många barnfamiljer som kör omkring i.

Hon hittade namnskylten på tredje våningen och ringde på. Vilket var onödigt eftersom dörren stod på glänt, men det är alltid bra att visa lite hyfs och inte bara stövla rätt in. Det är viktigt att ge ett gott första intryck och skapa en god relation till vittnet från början. Dessa grundläggande regler inom förhörskunskap skulle visa sig vara tämligen bortkastade på Alexander Hölzer. En lång stund stod Irene väluppfostrat utanför lägenhetsdörren. Precis när tålamodet började tryta och hon sträckte fram handen för att öppna dörren, rycktes den upp. Framför henne stod en överviktig man i femtioårsåldern, klädd i stickad röd golftröja med prestigemärke på bröstet, svarta chinos och påfallande eleganta skor.

– Ja? sa han kort.

– Kriminalinspektör Irene Huss. Jag söker Alexander Hölzer.

– Det är jag. Vad vill du?

Först blev Irene förvånad över hans avvisande attityd. Hon vinnlade sig om att inte visa vad hon tänkte utan fortsatte med vänligt tonfall:

– Det gäller gårdagens bilstöld. Jag vill gärna ställa några kompl…

Innan hon hann avsluta meningen såg Irene hur Hölzers

ansiktsfärg steg. Hans röst darrade av återhållen vrede när han fräste:

– Jag har inget att tillägga förrän vi har fått tillbaka barnvagnen! Jag har ringt flera gånger men bara fått till svar att den inte är färdigundersökt! Vad då färdigundersökt? Det var väl inte barnvagnen som biltjuvarna åkte omkring i? Det är bara en maktdemonstration från polisens sida! Det är ett jävla sätt! Det är jag som har blivit bestulen på min nya bil och så behandlas jag som ...

– Då kanske du hellre vill följa med till polishuset för det här samtalet?

Hölzers ansiktsfärg stötte i purpur och orden stockade sig i halsen på honom när han lyckades pressa fram:

– Vad i helvete menar ...

Irene rörde inte en min utan fortsatte till synes oberörd:

– Det här handlar inte bara om stölden av din bil. Det här är en del av en mordutredning.

– En mordut...

Hölzers ögonglober hotade att ploppa ut ur sina hålor. Den mannen borde definitivt kolla sitt blodtryck, tänkte Irene. En lång stund stod han bara och stirrade vilt på henne utan att göra någon som helst ansats att flytta sig från dörröppningen. Hans tunga andhämtning var det enda som hördes i trappuppgången. Gradvis började hans höga ansiktsfärg att sjunka tillbaka. Det såg ut som om ångan långsamt började pysa ur honom. Sakta drog han sig bakåt för att släppa in henne. Tigande lufsade han före genom en tom hall och vidare ut i ett nästan lika tomt vardagsrum. Längs ena väggen stod några flyttkartonger och i fönstret slokade en vissen julstjärna.

– Det är bara dom där kartongerna kvar. Flyttkillarna kommer när som helst och hämtar dom. I morgon kommer städfirman, sa Alexander Hölzer med trött röst.

Han tystnade och harklade sig några gånger innan han fort-satte:

– Vad var det där om ... en mordutredning?

Irene berättade kort vad som hade tilldragit sig på platsen där Hölzers bil hittades.

– Det är ju inte klokt!

Hölzer skakade på huvudet och blev tyst en stund. Han strök med handen över det gråsprängda håret och lade med en van gest det längre sidhåret över den begynnande flinten.

– Det är lite mycket nu. Jag har fått besked att barnvagnen är oskadd. Vi behöver den. Eleonor är fem månader och allde-les för tung för att bäras överallt. När jag bad att få komma och hämta vagnen så fick jag alltså inte göra det. Den kostar tio-tusen så jag har ingen lust att köpa en ny. Och så har det varit stressigt med flytten och bilstölden och ... allt, sa han slutligen urskuldande.

Det var antagligen det närmaste en ursäkt hon skulle få. Irene nickade att hon förstod hans pressade situation.

När Hölzer talade om att barnvagnen kostade tiotusen kro-nor, flimrade en bild hastigt förbi innanför Irenes ögonlock. Det var den väl begagnade tvillingvagnen i blå manchester för femhundra kronor som hon hade kört omkring sina flickor i. Hon mindes fortfarande glädjen när hon och Krister hade haft råd att köpa en ny sittkärra i rött- och vitrandigt nylontyg. Det var för snart tjugo år sedan. Vagnar var väl enklare då. Den här värstingkärran borde ha både läderklätt handtag, eluppvärmda backspeglar och sidokrockgardiner som extra tillbehör med tanke på priset.

Hölzer gick fram mot det stora vardagsrumsfönstret och såg ut över innergården. Frånvarande nöp han i ett av julstjär-nans vissna blad och smulade sönder det mellan tummen och pekfingret. Med ryggen mot rummet frågade han:

– Tror ni på allvar att min bil har med mordet på flickan att göra?

– Den undersöks noga för att alla eventualiteter ska kunna undanröjas, svarade Irene diplomatiskt.

Han bara nickade stumt åt sin spegelbild i fönsterrutan.

– Vi skulle vilja fråga om du har kommit på nåt mer när det gäller signalementet på killarna som tog bilen, sa Irene.

Långsamt vände han sig om och såg på henne med rynkade ögonbryn. Hans koncentrerade ansiktsuttryck indikerade ändå att han verkligen gjorde en kraftansträngning för att försöka komma ihåg något ytterligare. Slutligen skakade han på huvudet.

– Nej. Det var två killar i vida brallor och jackor. Stickade luvor. Mörka kläder. Unga.

– Såg du nåt av deras hår eller frisyrer?

– Nej. Inget hår, svarade han bestämt.

Irene strök Fredrik Svensson från sin inre lista. För säkerhets skull frågade hon:

– Hann du se nåt av deras ansikten?

– Jag bara skymtade dom som hastigast.

– Inget som du speciellt la märke till?

– Inte som jag kommer ihåg.

– Inga ärr? Hudfärg? Ögon?

– Avståndet var för långt för att jag skulle kunna se deras ögon. Det var svårt att avgöra i mörkret vad dom hade för hudfärg. Och håret såg jag ju som sagt inte. Men det var absolut två vita killar. Inga negrer. Fast en del blattar är ju ganska ljusa.

"Blattar". Irene tänkte på sin dotters pojkvän. Felipe var hälften svensk och hälften brasilianare. Han skulle kunna klassas som både blatte och neger av den som ville det.

Hon strök definitivt Fredrik Svensson från listan. Återstod

Fredriks vapendragare Daniel Lindgren och killarna från Gräskärr, Niklas Ström och Björn "Billy" Kjellgren. Skulle det visa sig att ingen av dem var inblandad i stölden av BMW:n skulle det bli en besvärlig utredning. Hoppet stod till att de skyldiga fortfarande gömde sig ute i Delsjöområdet. Då borde patrullerna hitta dem under dagen. Om inte, fanns det stor risk att de skulle få förfrysningsskador eller rent av frysa ihjäl. Yttertemperaturen hade hittills inte överstigit minus tolv grader under dagen. Och framåt eftermiddagen skulle kölden åter skärpa sitt grepp. Av flera skäl började det brådska att hitta smitarna.

– EFTERSPANINGARNA HAR HITTILLS varit resultatlösa. Hela eftermiddagen har en helikopter med värmekamera sökt över området men inte hittat nåt. Inga inbrott har upptäckts i koloniområdet. Vi har inte hittat några som helst spår efter smitarna. Men vi fortsätter också att leta med hundpatrullerna. Vår teori är att killarna har fått tag på en annan bil. Men det finns inga anmälda bilstölder i närområdet under det senaste dygnet.

Chefen för spaningsstyrkan, poliskommissarie Erik Lind, stod och vägde på de grova kängornas sulor. Han hade tagit av sig den tjocka vinteroverallen som han hade haft på sig under spaningsarbetet ute i Delsjöområdet under dagen. Nu stod han framför våldsrotelns personal i full uniform. Händerna höll han bak på ryggen, en vana från tiden som patrullerande i Östra Nordstan ett kvartssekel tidigare. Med sitt kortsnaggade grå hår och sin skarpa ljusblå blick såg han ut som Hollywoodschablonen av en nazistofficer. Vilket inte alls stämde med verkligheten, eftersom han var en mycket sympatisk person. Han åtnjöt stort förtroende bland sina kollegor. Kunde inte han och hans mannar hitta rymlingarna, så kunde ingen.

– Kan dom ha haft en flyktbil i närheten? framkastade Tommy Persson.

Erik Lind begrundade möjligheten ett kort ögonblick innan han svarade:

– Inte alldeles uteslutet. Men tillgreppet av BMW:n verkar vara ett impulsbrott.

– Eller också gick dom verkligen omkring på Stampen för att sno en bil för att kunna ta sej till den andra bilen. Men jag vet inte … det verkar långsökt, medgav Tommy.

– Om dom absolut ville ta sej till den hypotetiska bilen så skulle dom faktiskt ha kunnat ta spårvagnen, sa Birgitta Moberg-Rauhala.

Vilket var en helt korrekt anmärkning. Och Tommy hade rätt i att gissningen var långsökt. Biltjuvarna skulle enligt den teorin ha stulit bilen på Stampgatan, kört ihjäl en fotgängare utanför tv-huset på Delsjövägen och spräckt framrutan vid kollisionen. Bilen hade därmed blivit obrukbar. Då skulle biltjuvarna av en slump ha ställt en annan bil i just det området där olyckan skedde. Den måste ha varit parkerad i närheten så att de snabbt kunde nå den till fots. Därefter skulle de osedda ha kunnat fortsätta flykten och lyckats försvinna spårlöst. Teorin var inte trolig. Men samtidigt kunde den vara förklaringen till att de hade valt just Delsjövägen som flyktväg. I nuläget gick det inte att helt utesluta någon hypotes, insåg Irene.

– Teknikerna säger att det råder besvärliga förhållanden vid avtagsvägen och kring jordkällaren. Man har hittat massor av däckspår på vägen men det är svårt att identifiera dom. Marken är hårdfrusen och det finns ingen snö. Och runt fyndplatsen har en massa poliser och hundar trampat omkring. Kort sagt så är teknikerna inte glada, konstaterade kommissarie Lind torrt.

– Inga spår efter mördaren? sköt kommissarie Andersson in.

– Inte som jag har hört nåt om.

Hannu Rauhala slank in genom dörren. Han satte sig på den tomma stolen bredvid Irene och stoppade ner handen i jackfickan. Ur dunjackans innandöme fiskade han upp en nyckelknippa.

– Den passar, viskade han så lågt att bara hon kunde höra.

Irene kände hur hjärtat hoppade till. Deras aningar var nu bekräftade; smitarnas offer var Torleif Sandberg. En kollega som många i rummet hade träffat och lärt känna under hans tjänstgöringsår. Det skulle bli en intensiv jakt på de här två biltjuvarna. Man kommer inte undan om man har dödat en polis. Det skulle de nog bli varse.

– Jag återkommer om vi får nåt positivt besked, avslutade Erik Lind och marscherade iväg mot dörren.

Det var ytterst nära att han hade fått den i ansiktet. Professor Yvonne Stridner kom in med samma höga hastighet som Erik Lind höll under sin reträtt. Kollisionen var lika kraftig som oundviklig. De inblandade parterna tillhörde inte typen som vecklar in sig i några längre ursäkter, varför stämningen vid dörren blev aningen spänd, innan Lind lyckades krångla sig ut. Professor Stridner var högröd i ansiktet när hon stegade fram mot kommissarie Andersson. Ingen i auditoriet vågade dra på munnen. Det gjorde man inte åt professorn i rättsmedicin.

– Ohyfsad! Springa ner folk …

Stridner avbröt sin indignerade tirad och drog ett djupt andetag innan hon fortsatte:

– Eftersom jag ändå ska ta Stockholmståget från Centralen om en timme så tog jag svängen om här för att lämna en första rapport om mordoffret. Min kollega, docent Amirez, kommer att obducera flickan i morgon eftermiddag. Hon är bara okulärbesiktigad men jag tycker ändå att det är viktigt att ni får veta vad jag har sett. För det första ser hon mycket yngre ut än hon troligen är. Exakt kroppslängd är etthundratrettiosex centimeter och hennes kroppsvikt är tjugoåtta kilo. Liten mager flicka med små bröst och klen könsbehåring. Munvinkelragader och såriga läsioner i och runt munnen indikerar undernäring med brist på mineraler och vitaminer. Dålig

tandhygien och flera olagade kariesskador. Men tandutveck-
lingen visar att hon bör vara omkring tretton år. Rättsodonto-
logen var hos oss i ett annat ärende och jag bad honom att
kasta en blick på den här flickan också. Det var han som såg att
hennes bakre kindtänder hade eruperat. I morgon tar han
röntgenbilder av tandanlagen. Då tar vi också bilder av skelet-
tet för åldersbestämning.

Professorn gjorde en andhämtningspaus och puffade till det
röda hårsvallet med fingertopparna. Den korta ljusbruna
mockakavajen var snygg till den svarta pennkjolen. Sin vana
trogen hade hon skyhöga klackar, den här gången satt de på ett
par exklusiva skinnstövlar i samma färg som kavajen. Yvonne
Stridner klädde sig alltid så att hon såg längre och slankare ut
än hon var.

– Hennes underliv är illa åtgånget. Det finns tydliga tecken
på gamla skador. Och hon led av en kraftig infektion som spri-
der en fruktansvärd lukt. Jag har skickat prover för att försöka
få svar på vad det är för bakterier. Också runt anus finns krafti-
ga sår och ärrvävnader. Den här flickan har varit utsatt för
sexuella övergrepp under lång tid. I båda armvecken har hon
också stickmärken av varierande ålder. Dom äldsta är flera
månader gamla. Det finns också stickmärken mellan tårna och
på lårens insidor.

Det var knäpptyst i rummet när hon gjorde ännu en paus.
För ett kort ögonblick flög ett trött och plågat uttryck över
professorns välsminkade ansikte.

– Jag kan bara redogöra för det fysiska våld som hon har
varit utsatt för. Det psykiska kan ingen obduktion i världen
avslöja.

Med de slutorden stegade hon iväg mot dörren och ryckte
upp den med samma kraft som när hon gjorde entré några
minuter tidigare. Det kändes faktiskt ganska logiskt att kom-

missarie Erik Lind snubblade in från andra hållet. Hans höger-
hand famlade i luften efter dörrhandtaget som inte längre fanns
där det borde vara.

– Va i helv…, fräste han men stramade upp sig när han såg
att det var Stridner som höll i handtaget på andra sidan.

Två stålblickar korsades som värjor i luften.

Därefter hände något fullkomligt oväntat.

Det började rycka lätt i professorns mungipor. Erik Linds
ögon smalnade och plötsligt drogs hans mun till ett brett leen-
de. De började skratta, först lite återhållet men efter en stund
riktigt högt och hjärtligt. Några av de andra poliserna stämde
också in, om än något mera lågmält.

Yvonne Stridner gav Erik Lind ett sista strålande leende
innan hon med svängande höfter passerade förbi honom ut
genom dörren. De kunde höra hennes skratt blandas med
klappret från klackarna när hon försvann mot ytterdörren.

Erik Lind småkluckade fortfarande av skratt när han vände
sig mot kollegorna i rummet. Sedan drog han mungiporna på
plats och sa i formell ton:

– Dom ringde nyss. Man har hittat ett lik till.

Det blev alldeles stilla i rummet. Poliskommissarien insåg
att han måste precisera sig. Han förtydligade:

– Det här är gammalt. Flera månader. Kroppen ligger i ett
otillgängligt bergsparti. En av hundarna hittade den.

– Vad … vem? sa Andersson förvirrat.

Irene hörde hur det började pipa i hans luftrör.

– Vet inte. Preliminärrapporten säger att det rör sej om ett
lik som av konditionen att döma har varit dött ett bra tag.

– Är det ett barn? sköt Irene snabbt in.

– Nej. Troligen en vuxen man. Könsbestämningen är inte
säker. Man har gått på det som finns kvar av kläderna. Grova
stövlar och en Helly Hansen-jacka.

Det lät som manliga attribut, tänkte Irene lättat.

– Vilka följer med mej? undrade Lind.

Fredrik Stridh och Tommy Persson reste sig. De gick ut genom dörren i kommissarie Linds kölvatten.

Irene redogjorde för arbetet med att fastställa biltjuvarnas identitet.

– Det finns alltså tre möjliga killar bland dom som just nu är på rymmen. Daniel Lindgren, Billy Kjellgren och Niklas Ström. Om det skulle visa sej att ingen av dom är inblandad så ... tja, då får vi hoppas på lite tur, sa hon.

– Vi behöver nog en jävla massa tur om vi ska få nån ordning på röran som har hopat sej det sista dygnet, muttrade Jonny Blom högt.

För en gångs skull höll Irene med honom.

Hannu Rauhala berättade att han hade hämtat nyckelknippan på rättsmedicin och att nyckeln passade i Torleif Sandbergs dörr.

– Jag tittade igenom lägenheten. Där fanns inte en människa. Och jag har också spårat Torleif Sandbergs anhöriga. Hans före detta fru har flyttat till Stockholm. Sonen bor i Umeå. Jag kontaktar dom när identifieringen är helt klar.

– Rättsodontologen? antog Irene.

– Ja. I morgon får vi veta säkert, nickade Hannu.

Kommissarie Andersson satt med pannan i djupa bekymmersveck. Det hade varit ett hårt tryck på avdelningen sedan föregående kväll. Journalisterna höll på att ringa ner polishusets växel. Andersson hade utlovat ett möte med pressen klockan tio nästa förmiddag. Han hade sagt att det inte var någon idé tidigare, eftersom man inte var klar med identifieringen av flickan ännu. Men kvällstidningsjournalister är idérika och i brist på information använder de fantasin. Följaktligen dominerades den största kvällstidningens löpsedel av rubriken:

"MÖRDAREN KÖRDE IHJÄL MAN direkt efter FLICKMORDET?"

Frågetecknet fick väl betecknas som retoriskt i sammanhanget. Artikeln bestod av stora bilder på avtagsvägen och den nedfällda bommen, den avspärrade jordkällaren, polishundar som nosade runt i snåren och – som ytterligare utfyllnad – en halvsidesbild på en polishelikopter. Eftersom det skymtade blommande syrensnår i bakgrunden kunde man dra slutsatsen att journalisten hade rotat i arkivet. Texten var mycket knapp och innehöll inget som inte redan hade sagts i morgonens nyhetsrapportering. Frånsett då journalistens alldeles egna slutsats att mördaren hade haft bråttom efter mordet på flickan. Därför hade han enligt vittnen kört i vansinneshastighet på Delsjövägen och inte hunnit väja för fotgängaren som skulle gå över gatan.

Tidningen hade legat uppslagen på kommissarie Anderssons bord när de kom tillbaka till avdelningen. Andersson pekade på bilderna och grymtade något ohörbart. Irene suckade.

– För det första stämmer inte bilens färdriktning. BMW:n kom från stan. Hade det varit mördaren skulle bilen ha kommit från motsatt håll. För det andra stämmer inte tiden. Tjejen var redan död, sa hon.

– Just det. Det ena har inte med det andra att göra, hade Andersson fastslagit.

Han hade känt sig nöjd när han kunde konstatera dessa fakta. Och nu satt de med ett nyupptäckt lik på halsen. Enda trösten var att det inte var färskt. Sannolikt hade liket ingenting med flickmordet och påkörningen av Torleif Sandberg att göra. Men det skulle ta resurser från avdelningen. Det blev för många stora utredningar samtidigt.

– Jag tänker gå ut redan i eftermiddag med uppgiften att flickan troligen är tretton fjorton år och inte elva tolv som vi först trodde. Hittills har det inte kommit nån anmälan om nån försvunnen tjej som skulle kunna stämma på henne. Dom tjejer som är på rymmen just nu är alla äldre och ser ut för sin ålder, sa Birgitta.

Irene hade bara sett bilder på den mördade flickan. Liten, mager, finlemmad och med det tunna ljusa håret utslaget kring huvudet hade hon legat naken på patologens kalla stålbord. Irenes första intryck var att hon var ett litet värnlöst barn.

Kommissarien nickade och såg bister ut. Otåligt trummade han med fingertopparna mot skrivbordsskivan. Plötsligt upphörde trummandet och han slog bestämt handflatan i bordet.

– Vi får gruppera om oss. Fredrik och Tommy får ta det här nya fallet med det gamla liket. Irene och Hannu fortsätter med smitningsdråpet på Torleif. Birgitta och Jonny håller i flickmordet.

– Följer du med och tar en titt på lägenheten?

De stod i hissen. Klockan var snart halv sju och Irene ville gärna åka hem. Men det var något i Hannus röst som fick henne att lystra.

– Formellt får vi inte gå in i lägenheten, invände hon.

Det var mest för ordningens skull som hon påpekade detta faktum.

– Formellt, upprepade Hannu och smålog.

De tog sina egna bilar för att kunna åka direkt hem efter inspektionen av Torleif Sandbergs lägenhet. Birgitta hade redan kört iväg i familjen Moberg-Rauhalas andra bil för att hämta lille Timo på dagis.

Rusningstrafiken hade börjat lätta något. Det tog knappt en kvart att åka till Torleif Sandbergs adress på Anders Zornsgatan. När de hade parkerat bilarna och sammanstrålat på trottoaren nickade Irene mot tv-huset och sa:

– Han var på väg hem. Det var bara några hundra meter kvar till porten.

– Konstigt ställe att bli överkörd på, sa Hannu.

– Konstigt? BMW:n hade ju världens fart. Han hann inte ...

– Fri sikt åt alla håll. Han borde ha sett den.

Irene fick ge honom rätt. Samtidigt fanns det naturligtvis en orsak till att Torleif Sandberg hade missbedömt avståndet till den framrusande bilen.

– Men det var mörkt. Han var ganska gammal och såg kanske dåligt. Starr eller nåt, invände hon.

– Varför var han då ute och sprang i mörkret? kontrade Hannu snabbt.

Där blev Irene honom svaret skyldig. De gick mot Sandbergs uppgång.

Trevåningshusen var byggda i rött tegel under mitten av förra seklet. Hela området var ljust och trevligt med höga träd och gräsmattor mellan huskropparna. Irene visste att rabatterna brukade prunka av blommor under sommarhalvåret. Just nu såg det ut som om växterna skulle hållas kvar för evigt i marken av frosten. Även om det kändes oändligt avlägset i den bitande kölden, så visste hon att den skulle tvingas till reträtt. Vårregnen skulle blöta upp tjälen och den skulle än en gång släppa sitt grepp om lökar och rötter.

Hannu låste upp ytterdörren. De klev in i trappuppgångens värme. På hyresgästförteckningen som hängde innanför dörren såg Irene att "T Sandberg" bodde på översta våningen. Trappuppgångens väggar var nymålade i en mild gräddgul nyans. Mitt på väggen löpte en bård med mörkgröna eklöv. De gick uppför de välstädade trapporna. Där fanns två ytterdörrar. På den ena stod Torleifs namn på skylten.

Hannu stack nyckeln i dörrlåset och vred om. Med en gest visade han att Irene skulle gå in först.

– Han har bott här i tjugofem år, hörde hon Hannus röst bakom sig.

– Ända sen han skilde sej?

– Jo.

Hon hittade strömbrytaren och tände i hallen. Den var trång och rymde bara en hatthylla som hängde på väggen, ett skoställ och en mindre garderob. Irene gläntade på garderobsdörren och såg att den innehöll ytterkläder. Rakt fram låg badrummet. Det var kaklat halvvägs upp på väggen med ljusgrönt kakel. Flera av de grå plattorna på golvet var spräckta. Både badkaret och handfatet hade skador i emaljen.

– Dags att renovera, anmärkte Irene.

– Du har inte sett köket, sa Hannu torrt.

Hallen och badrummet var förvisso trånga, men köket var närmast klaustrofobiskt. Nog för att man byggde små kök på femtiotalet men det här var absolut minimalast tänkbara. Det fanns knappt tillräckligt utrymme för att koka ett ägg. Både spisen, kylen och inredningen verkade vara original. Gardinkappan i fönstret var lätt solblekt men välstruken. De skogsgröna ränderna gick ton-i-ton med de lackade köksluckorna. Vid ena väggen stod ett litet köksbord med två pinnstolar. Fler fick inte plats. Bordsskivan doldes av en grön- och vitrutig vaxduk. Ovanför bordet hängde en gammal affisch med en näringspyramid. Den var avsedd för vegetarianer. I stället för kött, fisk och fågel högst upp i toppen fanns där bönor, groddar och baljväxter. Irene kände igen det från Jennys kosthållning. Det gäller att få i sig tillräckligt med proteiner om man är vegetarian.

I skafferiet stod kartonger med torkade bönor och ärtor, påsar med olika sorters mjöl och – naturligtvis – flera förpackningar med Dr Kruskas havrekli. På en hylla stod några glasburkar som innehöll torkad frukt prydligt uppradade. Kylskåpet var nästan tomt. Det enda som fanns där var en öppnad kartong med sojamjölk och två bleckbyttor med oklart innehåll.

De gick tillbaka till hallen och vidare ut i vardagsrummet. Det var överraskande luftigt. Ett stort perspektivfönster och en glasdörr vette ut mot balkongen. Vardagsrummet var säkerligen ljust och trevligt när solen lyste in. Tv:n var det enda som var nyinköpt. Ovanför den hängde en inramad affisch som föreställde solnedgången över Klippiga bergen. Plyschsoffgruppen, gardinerna, mattan och inte minst bokhyllan med vitrinskåp bar tydliga spår av sjuttiotalets rådande smak. I bokhyllan samsades några pocketböcker och porslinsfigurer. Vitrinskåpet var fyllt med en imponerande samling prispokaler.

– Han var en duktig orienterare och snabb långdistanslöpare. Dom här priserna fick han säkert under sin tid i Polisens Idrottsförening, sa Irene och gick fram till skåpet.

På sidan av skåpet satt en liten strömbrytare. När hon tryckte på den tändes några lampor innanför glasdörrarna. Ljuset glittrade i pokalerna.

– Han putsade dom, konstaterade Hannu.

Irene såg sig om.

– Ja. Han höll rent och snyggt, sa hon.

Han nickade och gick bort mot en dörr som stod på glänt. Försiktigt knuffade han upp den med foten.

Även sovrummet var ganska stort. Ena sidan av rummet bestod av en hel garderobsvägg. Enkelsängen vid motstående vägg var bäddad med ljusblått frottéöverkast. Nedanför på golvet låg en färgglad trasmatta som verkade ganska ny. Det höga vitrinskåpet vid sängens fotända hade hyllor och dörrar av glas. Till Irenes förvåning var det fyllt av leksaksbilar. Den minsta var bara obetydligt större än en sockerbit, den största var cirka trettio centimeter lång. Samtliga var polisbilar. Där fanns polisbilar från jordens alla hörn. Den största var en blå och vit femtiotalsmodell med sheriffstjärnor på dörrarna.

Bredvid den hopfällda laptoppen på skrivbordet framför fönstret låg en bok med titeln "Släktforskning för nybörjare". På bordet fanns också ett inramat foto av en liten ljushårig pojke i treårsåldern. Irene pekade på kortet och sa:

– Det måste vara sonen. Dom är lika.

Hon öppnade garderoberna och där hängde kläder ordentligt på galgar. I linneskåpet låg lakan och handdukar prydligt vikta.

– Han bodde själv. Finns inga tecken på att nån annan brukade bo här, sa Irene.

Hannu svarade inte utan såg sig omkring i rummet. Hans blick dröjde vid sängen.

– Ensam, sa han slutligen.

Ordet träffade mitt i prick. Hela lägenheten vittnade om ensamhet. Kanske var det helt fel intryck. Kruska-Toto kanske hade haft ett rikt umgänge inom pensionärs- och idrottsföreningar. Irene ansträngde sig för att minnas hur han hade varit när han arbetade hos dem. Hon hade inte känt honom närmare men naturligtvis vetat vem han var. Torleif hade aldrig gjort något större väsen av sig. Han hade varit lidelsefullt intresserad av idrott och mycket aktiv inom Polisens Idrottsförening. Och så var det det där med hans konstiga mat. Alldagligt utseende, trots att han var vältränad ända fram till sin pensionering. Hur länge sedan var det han gick i pension? Irene tänkte efter och insåg att hon inte visste säkert. Någonstans mellan fem och sju år, trodde hon.

– Kände du honom? frågade hon Hannu.

– Nej. Jag visste vem han var. Pratade aldrig med honom.

– Jag kände honom lite grann. Han var inre befäl vid tredje när jag jobbade där sista året. Sen kom han över till polishuset när tredje försvann som eget distrikt. Men då hade jag ju börjat på våldet och hade inte mycket med honom att göra.

– Hurdan var han? frågade Hannu.

– Ganska oförarglig. Dom enda gångerna som jag såg honom bli eld och lågor över nåt var när han började prata om vikten av fysträning. Och rätt mat. Naturligtvis vegetarisk.

– Och hur var han som polis?

Irene tvekade innan hon svarade.

– Faktiskt … mesig. Han var rädd för att fatta beslut. Måste alltid få klartecken uppifrån. Vi kunde bli ganska irriterade på honom ibland. Ingen lysande kollega men heller inte den sämsta jag har träffat på.

– Sällskaplig?

– Jag vet inte … kanske inte direkt. Men inte heller helt asocial. Han var inte sur eller grinig vad jag minns. Fanns dom som var värre.

Irene hörde själv hur svävande hon lät. Hon försökte skärpa sig och sa:

– Sanningen att säga så kände jag honom nog inte alls. Han bara fanns där. En bland alla andra kollegor som man inte hade nåt gemensamt med.

Hannu nickade och såg begrundande på den enkla sängen. Det var omöjligt att ana sig till hans tankar. Den isblå blicken svepte en sista gång över sovrummet innan han vände på klacken och gick ut i vardagsrummet igen.

Irene fann honom framför vitrinskåpet. Belysningen inne i skåpet var fortfarande tänd.

– En samlare. Pokaler och polisbilar, konstaterade Hannu.

Irene hade en minst lika stor prissamling hemma, som hon hade erövrat inom jujutsun under sina aktiva år bland eliten i Sverige och Europa. Pokalerna hade hon stuvat in på översta hyllan i en garderob. Onekligen en stor kontrast till den väl-

putsade samlingen som glimmade bakom den likaledes välput-
sade glasdörren i vitrinskåpet.

– Och intresserad av släktforskning av boken att döma. Det
är ju också en sorts samlande. Man samlar ihop sin släkt bakåt
i tiden, funderade Irene.

Hannu såg på henne och log ett av sina lika snabba som säll-
synta leenden.

– Det ligger nåt i det, sa han.

– KATARINA HAR SMS:AT. Dom har mellanlandat på Teneriffa, hojtade Jenny från övervåningen.

– När landar dom här då? ropade Irene tillbaka, samtidigt som hon balanserade på ett ben och försökte dra ner den kärvande dragkedjan på den andra kängan.

Det var lättare sagt än gjort eftersom Sammie uppfordrande svassade runt henne och ville ha klapp och kel. Han var tolv år och skulle fylla tretton om några månader. Syn och hörsel var i avtagande. När det passade honom låtsades han vara totalt döv, men det var inget nytillkommet utan något som han hade kört med sedan tidig valpålder. För övrigt var han pigg och glad. Om någon hade frågat honom vad som höll honom ungdomlig hade han säkert svarat "Jakten". Matte hade kunnat tala om att det han jagade var katter och löptikar, men ekorrar och fåglar kunde också duga. Bara de rörde på sig så att han kunde uppfatta dem. Fast numera hände det att han ändå missade dem totalt.

– Vid midnatt på Landvetter. Felipes pappa hämtar dom, svarade Jenny.

Irene kände sig lättad över att slippa åka ut till flygplatsen mitt i natten. Samtidigt var hon tacksam över att hennes andra dotter var välbehållen och på väg hem.

Katarina och Felipe hade varit i Brasilien i fyra månader. De hade bott hos Felipes släktingar och studerat och lärt ut capoeira, dansen som var en kampsport. Fast den gick lika bra att definiera tvärt om ifall man ville. Katarina hade till Irenes sorg helt lagt ner jujutsun och satsade nu helhjärtat på capoeiran.

I början hade Irene och Krister varit väldigt tveksamma till resan. Argumenten att Felipe hade varit i Brasilien många gånger, talade flytande portugisiska och hade massor av släktingar och vänner i landet hade slutligen fått dem att ge med sig. Trots allt var ju dottern myndig.

Katarina hade fått arbete direkt efter studenten i början av juni. Hon hade arbetat på Liseberg under hela sommarsäsongen. Eftersom hon fortfarande bodde hemma hade hon kunnat spara ganska mycket av det hon tjänade. Hon hade använt alla sina sparpengar till resan. Av hennes resedagbok på internet att döma, hade den varit värd varenda krona.

Trots att Irene hade kunnat följa deras resa på nätet hade hon känt sig orolig hela tiden.

Hon visste att Krister också hade oroat sig, även om han hade försökt att inte visa det. Flera gånger hade hon vaknat mitt i natten och hört hur han vankade av och an i huset. Hans sömnproblem hade börjat redan hösten innan, när han hade fått diagnosen utmattningsdepression. Arbetstakten på stjärnkrogen där han arbetade som köksmästare var hög och pressen att få behålla stjärnan i gourmetguiden låg tung över hela personalen. Som köksmästare hade Krister haft ett stort ansvar och slutligen hade han gått in i väggen. Efter några månader hade han börjat arbeta halvtid och fortsatt att vara halvtidssjukskriven. Samtidigt hade Glady's fått en ny köksmästare som var väldigt duktig. Han hade tagit över en hel del av Kristers ansvarsområden. Irene tyckte att Krister började bli sitt gamla jag igen, även om det säkert skulle ta tid innan han blev helt bra. Han var nio år äldre än hon, men det var först under det senaste året som hon överhuvudtaget hade börjat tänka på åldersskillnaden. Det händer något när man passerar femtio, brukade hon tänka. Fast det var ju långt kvar till dess för hennes egen del.

– Ohoj vännen! hördes hennes makes stämma från köket.

En förförisk doft sipprade ut i hallen. Irene smög fram över köksgolvet mot Krister och gav honom en stor kram bakifrån. Det var lättast så eftersom han stod och hanterade diverse köksredskap vid spisen.

– Mmm, vad det luktar gott. Jag är vrålhungrig, mumlade hon i hans nackgrop.

– Rostad fisksoppa. Paprikan och dom andra grönsakerna är alltså ugnsrostade. Inte fisken och skaldjuren. Dom tillagar jag som vanligt för sej, sa Krister och vred på huvudet för att försöka pussa henne.

Det där med tillagning och servering av fisken och skaldjuren för sig var en nödvändighet, eftersom Jenny var vegan sedan flera år tillbaka. Numera var det inga problem med matlagningen men Irene hade haft svårt att vänja sig. Vissa dagar fick de veganmat och andra dagar kunde Jenny värma rester medan övriga familjen åt annat. Oftast lagade de grönsaksrätter som kompletterades med kött och fisk för dem som ville ha det.

Jenny kom ner från övervåningen. Hon hade låtit håret växa utan att färga utväxten. Den var guldblond ett par centimeter från hårbotten. Resten av håret var sotsvart. Popbandet som hon hade varit med i under flera år hade splittrats efter sommaren. Själv hade Jenny inte gjort några större ansatser att skaffa sig något nytt band. Hon hade haft fullt upp med att jobba som timvikarie på olika dagis under hösten och vintern.

Jenny hällde över några deciliter av soppan i en mindre kastrull. Därefter tillsatte hon hälften av innehållet från en burk stora vita bönor för att göra soppan matigare och mer proteinrik. Hon såg eftertänksamt på sin pappa medan hon sakta rörde i soppan för att den inte skulle bränna vid.

– Skulle du kunna fixa ett jobb åt mej på Glady's? frågade hon.

Krister höjde förvånat på ögonbrynen. Jenny var duktig på att laga goda veganrätter men hade aldrig visat något större intresse för restaurangbranschen.

– Vad tror du att du skulle kunna jobba som? undrade han.

Hon ryckte lätt på axlarna.

– Vet inte. Typ hjälpa till att laga mat.

– Vi har utbildade kockar med lång erfarenhet som står i kö för att få jobba hos oss. Glady's är en förstklassig krog. Möjligen skulle du kunna få hjälpa till som handräckare. Eller i disken. Städningen är bortlejd till en firma så den har inte restaurangen hand om längre.

– Jaså, sa hon.

Även om hon försökte kunde hon inte dölja sin besvikelse.

– Jag trodde att du trivdes på dagis, sa Irene.

– Jo, det gör jag. Men det känns inte som min grej.

– Musiken då? undrade Krister.

– Den släpper jag inte. Men just nu känns det som om jag vill göra nåt annat.

– Har du nån aning om vad?

– Nej. Eller … det skulle vara kul att jobba på en krog.

– Du menar att laga mat.

Jenny nickade och tog bort kastrullen från plattan. Det doftade gott när hon hällde upp lite av soppan i en djup tallrik. Hon klippte rikligt med färsk persilja över den. Kontrasten mellan den klarröda paprikasoppan och den fräscht gröna persiljan var vacker. Krister tittade eftertänksamt på hennes arrangemang.

– Du har faktiskt känsla och öga för det här med mat. Men

inga formella kunskaper. Och ett annat problem är att du är vegan. Du måste lära dej att tillaga kött och fisk om du ska laga mat i ett restaurangkök, sa han.

– Inte om det är en vegetarisk restaurang, svarade Jenny snabbt.

– Du skulle alltså vilja lära dej att laga vegetarisk mat?

Jenny nickade igen.

– Då får du försöka få nåt jobb på en vegetarisk restaurang.

– Det är inte så lätt. Det finns bara typ två eller tre stycken i hela Göteborg, sa Jenny.

– Du måste helt enkelt ta kontakt med dom där två eller tre ställena och presentera dej. Och du kan ju faktiskt också tala om vem din farsa är, sa Krister.

Han log mot Jenny som också drog på smilbanden. Dom är så lika varandra, tänkte Irene och blev varm om hjärtat.

När Irene gick fram till fönstret för att släppa ner persienner-na i sovrummet såg hon att det snöade ymnigt. Hon beslöt att gå upp tidigt nästa morgon. Dels för att hinna skotta fram bilen, dels för att inte riskera att komma för sent igen.

– Tänk att hon vill börja laga mat, sa Krister rakt ut i mörk-ret när de hade släckt.

Han kunde inte dölja sitt belåtna tonfall.

– Tror du att hon menar allvar med kockplanerna? frågade Irene.

– Jag hoppas det. Faktiskt. Jag tror att det skulle passa henne.

Irene kände sig nästan lite snopen. Hon hade alltid trott att dottern skulle välja musiken. Vegankock. Tja, varför inte?

EN MATSKED SNÖ i Göteborg och det blir snökaos, brukade Irenes mamma Gerd säga. Det låg en hel del sanning i påståendet, eftersom hon talade av sjuttiosju års erfarenhet.

Under natten hade det fallit åtskilliga matskedar snö, närmare tjugofem centimeter täckte staden. Kaoset drabbade trafiken i hela Göteborgsområdet. Snöplogarna hade knappt hunnit börja röja undan all snön förrän morgontrafiken drog igång. Göteborgarna var som vanligt tagna på sängen av det faktum att det hade kommit rejält med snö det här året också. De som inte hade vinterdäck – vilket var många – kanade omkring i snösörjan. Bilarna gled av vägen och in i varandra. På grund av alla tillbuden stod trafiken i princip stilla. Irene insåg att hon skulle bli ordentligt försenad. Det hade aldrig inträffat förut under hennes sexton år på våldet. Hon satt i bilkön och nedkallade domedagens värsta vedergällning över Göteborgs oduglig snöröjning. Det hjälpte föga. Hon satt där hon satt i kön tillsammans med sina medtrafikanter. Enda trösten var att utomhustemperaturen hade börjat krypa uppåt på termometern.

Nästan en halvtimme försenad stressade Irene in på avdelningen. På håll såg hon Fredrik Stridh i korridoren. Han vinkade åt henne och ropade:

– Ta det lugnt. Hannu och Birgitta har inte kommit ännu.

Det kändes skönt att hinna med morgonritualen. Hon

hängde av sig jackan, växlade några ord med Tommy och gick sedan direkt till kaffeautomaten. För säkerhets skull tog hon med sig två muggar kaffe.

Inne i konferensrummet satt de andra och pratade. Det tog en liten stund innan Irene insåg att kommissarie Andersson saknades.

– Var är Sven? frågade hon.

Både Jonny Blom och Fredrik Stridh såg förvånade ut.

– Är han inte här nånstans? Han brukar ju alltid vara först på morgonen, sa Fredrik.

– Han sitter väl fast i den jävla snömodden precis som alla andra, antog Jonny.

– Birgitta ringde och sa att dom är här om tio minuter, sa Tommy Persson när han kom in i rummet.

– Har du sett Sven? frågade Irene.

– Näpp. Har han inte kommit?

– Nej.

De slog sig ner runt bordet med sitt kaffe. Irene berättade om nyckelknippan som hade legat i offrets jacka och att en av nycklarna gick till Torleif Sandbergs lägenhet.

– Med största sannolikhet är det alltså Torleif som är offret. Han ska tandröntgas i eftermiddag. Underkäken är tydligen ganska intakt, sa hon.

Det blev en stunds beklämd tystnad när de erinrade sig offrets söndertrasade huvud.

– Kruska-Toto var en torr typ. Ni vet det där evinnerliga hötuggandet och joggandet. Och så var han nykterist, sa Jonny med sin vanliga oförmåga att känna av stämningen.

– Torr och torr … det var han väl inte. Men han hade sina … principer, invände Tommy.

– Principer. Just det! Hela han var en jävla massa principer! sa Jonny.

Sedan spände han ögonen i Tommy.

– Umgicks du nånsin med Kruska-Toto?

– Nja … inte direkt. Men han behövde ju inte vara tråkig för …

– Inte det! Vet nån av er ifall Kruska-Toto nånsin umgicks med nån enda människa?

Han lät blicken svepa över dem som var samlade i rummet. Samtliga blev tvungna att skaka på huvudet. Triumferande sa Jonny:

– Ingen umgicks med honom. För han var så jävla torr! Tänk er själva att bli hembjuden på middag till honom.

Jonny harklade sig innan han började pipa i falsett:

– Välkomna hem till mej på fredag på lite bönsoppa och vatten.

De andra skrattade för han gjorde en riktigt rolig uppvisning. Skratten dämpades när de upptäckte Andersson i dörröppningen. Blicken han gav Jonny var inte nådig.

– Jag umgicks med Torleif, sa han kort.

Under tystnaden som sänkte sig över rummet vankade han bort till sin plats vid kortändan av bordet. Tungt pustande sjönk han ner på stolen som knakade under hans tyngd. Han såg trött och gammal ut, tyckte Irene. Vilket han de facto var, påminde hon sig. Sextiotvå år, kraftigt överviktig, högt blodtryck och astma – synd att inte hans vän Torleif hade haft mer inflytande över hans levnads- och kostvanor. Men det var en nyhet för Irene att Torleif Sandberg och kommissarien hade umgåtts. Två mer olika personer fick man faktiskt leta efter. Vad hade de haft gemensamt? Plötsligt slog det henne att hon faktiskt inte heller kände till någon enda människa som umgicks med Sven Andersson privat. Irene tittade på sin chef samtidigt som hon erinrade sig Torleif Sandbergs lägenhet. Då insåg hon tydligt deras gemensamma nämnare: ensamhet.

– Inte fan visste jag att du och Kruska-Toto var kompisar, sa Jonny med uppriktig förvåning.

På sitt sedvanliga vis hade han gett uttryck för exakt den känsla som de alla delade. Andersson såg tigande ner på sina händer en stund innan han svarade.

– Vi hade en del … gemensamt. När jag skilde mej sa han att han hade gått igenom samma sak. Vi snackade en del då.

Plötsligt såg han upp och smålog mot de andra runt bordet.

– Han bjöd mej faktiskt på en kålpudding som var nåt av det godaste jag har ätit.

– Kålpudding? Det är ju köttfärs …, började Jonny.

– Han gjorde den på nåt sojajox. Men det tog en stund innan jag insåg att det inte var riktig färs.

– Snart säger du väl att han bjöd på en bärs också, sa Jonny och himlade med ögonen.

– Faktiskt så gjorde han det. Lättöl. Men i alla fall.

Kommissarien avbröts av Birgitta Moberg-Rauhalas entré. Det blev någon minuts förvirring när hon började berätta om en seriekrock på motorvägen utanför Floda, samtidigt som hon bad om ursäkt för sin och makens sena ankomst.

– Vi tar ett snabbt möte nu före presskonferensen klockan tio, sa Andersson.

Sedan vände han sig mot Tommy och frågade:

– Liket som hittades i går. Vad har ni fått fram?

– Det var en polishund som fann kroppen i oländig terräng bakom Brudaremossens tv-mast. Den låg inkilad i en bergsskreva i halvsittande ställning. Både Fredrik och jag tyckte att det såg ut som kvarlevorna efter en man. Han såg ut att ha suttit där ett bra tag. Säkert flera månader, sa Tommy.

– Yngre eller äldre? frågade Andersson.

– Äldre. Av kläderna att döma. Gummistövlar storlek fyrtiotvå. Och nåt som såg ut som en Helly Hansen-jacka och en öronlappsmössa.

– Varmt klädd, anmärkte Irene.

– Ja. Fast gummistövlarna tyder på att det inte var minusgrader. Det var antagligen fuktigt höstväder, tänkte Tommy högt.

– Minus sexton grader. Torleif Sandberg hade joggingskor, sa Hannu plötsligt utan någon särskild adressat i församlingen.

De andra såg förvånat på honom.

– Och? ville Andersson veta.

– Kallt, sa Hannu lakoniskt.

Ibland förstår jag mej inte på den där finnpajsaren. Eller om det är lappjävel han är, tänkte kommissarien. Men han sa inget. Han vände sig till Fredrik med nästa fråga:

– Fick ni fram nåt om hur han dött?

– Det är utan tvivel så att han dog på platsen där han hittades. Vi kunde inte se nåt misstänkt på själva fyndplatsen. Inga vapen eller misstänkta tillhyggen. Och vad vi kunde se så fanns det inget på kroppen som indikerade brott. Obduktionen får utvisa det. Fast den lär väl dröja några dar.

– Säkert. Dom är ju så förbannat underbemannade, fnös Andersson.

Han trummade några snabba solon med fingrarna mot bordsskivan och plutade med underläppen; osvikliga tecken på att han tänkte. Slutligen sa han:

– Fredrik får gå igenom efterlysta gubbar som kan ha försvunnit i området under förra året. För övrigt ligger vi lågt med utredningen av liket på Brudaremossen tills vi har fått besked från obduktionen. Och jag kan berätta att dörrknackningarna i området runt Töpelsgatan hittills inte har gett några resultat.

Han gnuggade energiskt händerna och vände sig mot Birgitta.

– Nåt nytt om den lilla tjejen? frågade han.

– Egentligen inte. Jag har kontaktat kollegorna i Norge, Danmark och Finland. Det finns inte några efterlysningar på yngre tonårstjejer som stämmer på henne. Därför ska jag tala med Linda Holm på traffickingenheten i dag.

– Ah! Lilla Blondie som dom inte kunde ha på span utan fick göra till chef! sa Jonny och skrattade menande.

– Vad då fick göra till chef? frågade Birgitta.

– När dom skickade ner lilla Blondie för att spana i Rosenlund så blev det fullkomligt kaos. Alla torskarna ville ha den blonda tjejen som satt i bilen! Dom andra hororna härsknade till och skulle ge henne smörj.

Jonny skrattade igen och såg ut att vara nöjd med sin lilla anekdot. En blick på Birgitta räckte för att konstatera att hon inte uppskattade den. Hon bet ihop käkarna så hårt att det stramade i ansiktsmusklerna. En ilsken rodnad steg från halsen upp mot hennes kinder.

– Hör du inte själv vad du säger! "Dom andra hororna." Vad du säger är att kommissarie Linda Holm är en hora bland dom andra i Rosenlund!

– Äh. Det var ju bara skoj …

– Skoj! Du kallar en kommissarie för hora! Du säger att hon fick sitt jobb bara därför att hon inte dög ute på fältet! Och du kallar henne medvetet nedsättande för lilla Blondie!

Birgitta var så arg att hon kippade efter andan och var tvungen att ta några djupa andetag.

– Har du gått med i Fi eller? sa Jonny hånfullt.

Han försatt aldrig ett tillfälle att höja stämningen. Birgitta flög upp från stolen och böjde sig över bordet. Ögonen gnistrade av ursinne.

– Håll käften Jonny! Kommissarie Linda Holm har läst juridik och är en duktig polis. Hon har gjort det du aldrig skulle klara av! Och därför måste du klanka ner på henne. Kalla henne för hora. Varför? Jo, för att det enda du egentligen kan anklaga henne för är att hon är kvinna!

– Nu lägger ni av båda två!

Andersson var högröd i ansiktet och drämde ilsket knytnäven i bordet. Sådant här var det värsta han visste. Han hötte med fingret åt Birgitta och Jonny.

– Skärpning! sa han barskt.

Birgitta satte sig ner. Hon pressade ihop läpparna och glodde ilsket på en urblekt gammal litografi som hängde på väggen. Den föreställde några lyftkranar i hamnen som avtecknade sig mot en urvattnad gråblå himmel.

– ... överkänslig ... märka ord ... ingen humor, muttrade Jonny halvhögt.

Irene passade på att försöka skingra den griniga stämningen i rummet genom att berätta för de nytillkomna om nyckeln som passade i Torleif Sandbergs lägenhetsdörr.

– Det är alltså mycket som tyder på att det verkligen är Torleif som ligger på bårhuset, konstaterade Andersson.

– Ja. Och vi har börjat kolla upp ynglingar som är på rymmen just nu. Dom är inte speciellt många. Tre stycken som stämmer på signalementet har vi hittills vaskat fram.

– Försök få tag på dom där tre gynnarna. Om inte annat så för att avföra dom från utredningen, sa kommissarien till Irene.

Hon nickade och fångade Tommys blick. Dags att ta nya tag med Daniel Lindgren, Niklas Ström och Billy Kjellgren.

Andersson vände sig mot Birgitta.

– Och varför ska du snacka med kommissarie Linda Holm på trafiken då? sa han med tydlig ironi.

– En så här ung tjej borde vara efterlyst om hon är svensk eller från nåt av dom övriga skandinaviska länderna. Hon finns inte registrerad som saknad nånstans. Hennes kropp bär ju tydliga spår av att hon har varit utsatt för grovt sexuellt våld under en längre tid. Stridner sa också att flickan led av nån sorts underlivsinfektion. Och så har vi stickmärkena på kroppen som tyder på knarkmissbruk. Allt det här sammantaget gör att jag tror att vårt mordoffer är en insmugglad sexslav.

Andersson nickade sakta för sig själv och såg eftertänksamt ut genom de mörka fönstren där snögloppet rasslade mot rutan. Med lite god vilja kunde man ana en ljusning i grådasket som skulle kunna föreställa gryning. Han började med sitt enerverande trummande mot bordsskivan igen. Trots att de var beredda på det hoppade alla högt när han plötsligt med kraft daskade handflatan i bordet.

– Irene, Fredrik och Birgitta håller i utredningen av flickmordet. Jonny tar Irenes plats i utredningen kring Torleifs död tillsammans med Tommy och Hannu. Vad gäller gubben på Brudaremossen så avvaktar vi obduktionen. Har han legat död så länge kan han vänta några dar till, bestämde han.

Irene blev lika överraskad som de andra i rummet. Samtidigt insåg hon varför Andersson gjorde den här rockaden. Det var alldeles för spänt mellan Jonny och Birgitta och det skulle kunna påverka utredningen. Orsakerna till den infekterade stämningen låg minst sju år tillbaka i tiden när Birgitta hade börjat på avdelningen. Nästan genast hade Jonny börjat stöta på den blonda snyggingen med de pigga bruna ögonen. Han hade gått på med sin vanliga burdusa stil. På den årliga julfesten hade hans uppvaktning gått över i handgripligheter och då hade Birgitta fått nog. Mitt på dansgolvet hade hon sagt sin åsikt om honom och hans tafsande. Till övriga kollegors förtjusning hade hon inte skrätt orden.

När Birgitta året därpå fick urklippta porrbilder i internkuvert utan avsändare hade Jonny automatiskt blivit huvudmisstänkt. Även om det senare hade visat sig vara en annan gammal kollega som skickat dem, så var förtroendet mellan Birgitta och Jonny totalt kört i botten. Det hade reparerats något under senare år, men helt bra skulle det aldrig bli.

En gång hade Andersson i ett ovanligt anfall av förtroende frågat Irene om hon trodde att det skulle bli bättre om Birgitta bytte avdelning. Då hade Irene ilsknat till och snäst: "Det är inte Birgitta som har gjort nåt fel. Hon har aldrig tagit Jonny mellan benen eller kommit med några skamliga förslag." Kommissarien hade gett henne en förvånad blick och utan ett ord gått ut ur rummet. Han hade aldrig tagit upp frågan igen.

– Fem minuter till presskonferensen, meddelade Andersson bistert.

Han reste sig upp som tecken på att mötet var avslutat.

NÄR TRAFFICKINGENHETEN i Göteborg bildades sex år tidigare hade den varit ett försöksprojekt. Linda Holm hade varit kriminalinspektör på avdelningen och gruppen bestod då av tre personer. Under åren hade enheten permanentats och utökats. I dagsläget var de åtta personer och sedan ett år tillbaka var Linda Holm kommissarie för gruppen. Den tidigare chefen var nu fristående projektledare. Han for land och rike runt för att hålla föredrag för poliser och andra berörda kategorier, som skulle kunna tänkas komma i kontakt med problemen som den ökande traffickingen medförde. Det hade Irene fått reda på under informationsdagen som gruppen hade haft för kollegorna på våldet ett år tidigare.

Kommissarie Linda Holm talade i telefon när de kom till hennes rum. Eftersom dörren stod öppen kunde de inte undgå att höra delar av samtalet.

– ... det är okej. Hur länge har tjejerna varit här? Så pass. Då får vi sno oss.

Hon tystnade och lyssnade koncentrerat. Samtidigt höjde hon blicken från sitt anteckningsblock och fick syn på Irene och Birgitta utanför dörren. Med ett snabbt leende och en yvig gest visade hon att de skulle kliva på.

– Har vi tillräckligt för en husrannsakan? Helst i kväll ... Okej. Då siktar vi på morgondagen. Jag håller kontakten med åklagaren. Och du håller mej underrättad. Hej då.

Linda Holm lade på luren och riktade uppmärksamheten mot sina två besökare. Hon var några år yngre än Irene. En snabb blick på kommissarien fick Irene att göra reflektionen att det kanske låg ett korn av sanning i anekdoten som Jonny hade berättat. Och att hon med sitt självlockiga hår kallades Blondie var heller inte speciellt långsökt.

Utan vidare krusiduller gick Birgitta över till deras ärende. Hon redogjorde för fallet och sina misstankar om att den mördade flickan var ett traffickingoffer. När hon var klar nickade Linda Holm.

– Jag tycker också att det låter som om det finns fog för misstanken om trafficking. Låt oss se om vi hittar henne på nätet, sa hon.

Kommissarien klickade på laptoppen som stod på bordet. Eftersom den var vänd mot henne kunde varken Irene eller Birgitta, som satt på andra sidan av skrivbordet, se vad hon gjorde. En koncentrationsrynka blev synlig mellan Linda Holms ögonbryn. Fingrarna flög över tangenterna och hon bläddrade snabbt igenom sidorna hon fick upp.

– Här, sa hon efter en stund.

Hon vred på datorn så att kollegorna på andra sidan skrivbordet skulle kunna se.

Det var en hel sida med annonser. Att det rörde sig om sexannonser var uppenbart eftersom flera av dem var försedda med foton. Halv- och helnakna flickor poserade i olika sexiga ställningar. De presenterades med förnamn och en kort text.

– Veckans aktuella tjejer i Göteborg, sa Linda Holm torrt.

Hon pekade på olika flaggor som fanns i kanten av texterna.

– Flaggorna visar vilka språk flickorna talar. Imponerande, inte sant?

Irene såg att de flesta hade tre eller fyra flaggor. Vanligast var ryska, lettiska, estniska, tyska och engelska.

– Vad gäller tyska och engelska så handlar det om enstaka ord som flickorna har snappat upp under tiden som dom har forslats runt i Europa.

Liksom de flesta poliser hade både Irene och Birgitta stött på olika former av trafficking i sitt arbete under senare år. Men Irene kände att hon behövde veta mer om det aktuella läget.

– Hur länge stannar dom i samma land? frågade hon.

– En till fyra veckor. Och dom stannar bara några dagar på varje ställe. Många av flickorna är kidnappade. Anhöriga kan söka efter flickan och dom kan ha efterlyst henne. Alltså vill hallickarna inte stanna för länge på samma ställe. Hallickarna har i sin tur ofta köpt flickan av kidnapparen och vill inte bli av med henne innan hon har tjänat in så mycket pengar som möjligt. Men dom flesta tjejerna är köpta och sålda som slavar. Ofta av föräldrar eller andra anhöriga. Eller som sagt av kidnappare. Ofta är det organiserade människohandlare som förespeglar flickorna och deras familjer bra jobb utomlands. För orsaken till hela det här eländet är alltid i grund och botten fattigdomen.

– Får flickorna inte behålla några pengar själva?

– Nej. Hallickarna tar ifrån dom passen så fort dom har passerat gränsen till ett nytt land. Sen hotar dom tjejerna och säger att dom måste betala av vad det har kostat att få ut dom ur hemlandet. Ofta säger hallicken att flickans familj ska få sona om hon inte är lydig. Och lydig innebär att ställa upp på alla former av sex som hallicken och kunderna begär.

Linda Holm hejdade sig ett ögonblick och tog fram en bok med mjuka pärmar ur skrivbordslådan. Hon höll upp den framför sig.

– Här är en aktuell rapport från FN. Den visar att aldrig förr i världshistorien har det funnits så många slavar i världen som det gör i dag! Minst tolv miljoner människor lever i slaveri. Troligen är den korrekta siffran betydligt högre. Förr var det mest arbetskraftsslaveri. Det förekommer fortfarande men i dag är sexslaveriet minst lika vanligt. Det ger mer pengar. Handeln inkluderar barn och vuxna av båda könen men dom flesta är flickor och unga kvinnor. Faktum är att människohandeln i dag omsätter mer pengar än narkotikahandeln.

– Varför har det blivit så? frågade Birgitta.

– Narkotikabrott ger stränga straff över hela världen. Ofta kan brottslingarna riskera dödsstraff. Människohandel har generellt sett låga straffsatser. Plus att dom ekonomiska vinsterna är enorma. Lagstiftningen hänger inte alls med i den lavinartade utvecklingen. Och även om det finns lagar är myndigheterna inte alltid intresserade av att utnyttja dom. Och minns att ofta har maktens män sina skitiga trasor med i byken.

Vid de sista orden såg Linda Holm riktigt bister ut.

– Ni arbetar i motvind, konstaterade Birgitta.

– Ofta känns det så. Det har ändrat sej något i Sverige. Men utomlands är synen på prostitution en annan. Man skiljer inte på frivillig prostitution och traffickingoffer. Man drar alla över en kam och ser flickorna som horor som själva har valt att syssla med det dom gör.

– Du menar att ingen av dom här flickorna har valt det av egen vilja?

Linda gav Birgitta en lång blick innan hon svarade:

– För ett halvår sen gjorde vi ett tillslag mot en lägenhet som vi hade spanat på. Vi visste att det fanns minst två flickor i lägenheten och två hallickar. Män kom och gick i stort sett alla tider på dygnet. Jag var med när vi gjorde själva tillslaget. Lägenheten var som vanligt ett sunkhål men det var nåt med lukten ... det luktade mer skit än vanligt. När jag kom in i det ena rummet såg jag en tjej i tonåren som stod och bytte blöja på en vuxen karl. Blöjan var full med bajs. Jag undrar fortfarande var en hundrakilos karl kan få tag på en sån sparkdräkt som han hade på sej. Och napp hade han också.

Irene fick en hastig vision av scenen och kände kväljningar.

– Sjukt, sa hon.

– Fast inte ovanligt. Tror ni att en ung tonårstjej frivilligt skulle välja en tillvaro i fångenskap utan möjlighet att ta sej utanför den tillfälliga bordellen? Att ständigt vara beredd på att utföra dom mest förnedrande sexuella tjänster åt okända män? För det är dom här sexslavarna som får ta hand om dom värsta avarterna.

– Vad är det för män? frågade Irene.

– Alla sorters. Åldern varierar mellan sjutton och åttio år. Majoriteten är socialt väletablerade män med familj.

– Vet man varför dom gör det?

– Du menar varför dom köper sex av en sexslav? förtydligade Linda Holm.

Hon gjorde en eftertänksam paus innan hon besvarade sin egen fråga:

– Det har jag funderat mycket på. Och jag tror att svaret är makt. Makten att kunna köpa en annan människas totala underkastelse. Och så tror jag att det känns lättare för många att flickan inte kan språket. Hon blir bara ett stumt föremål. En "sexsak". Det tror jag är en viktig grej för den socialt väletablerade mannen med familj. Egentligen har han aldrig varit otrogen. Han har bara använt sej av en "sexsak" som inte betyder nåt känslomässigt. Att han samtidigt har fått en kick av makten över flickan vill han självklart inte medge. Många män intalar sej också att dom har gjort en god gärning genom att ge flickan pengar.

– Vad händer med flickorna? Kan dom nånsin bli fria?

Linda skakade på huvudet.

– Det är ytterst sällsynt. Enstaka tjejer lyckas ta sej tillbaka till sina hemländer. Det kan kanske gå bra så länge som hon inte berättar vad hon har varit med om. Men dom fysiska och psykiska skadorna är ofta så djupa att hon helt enkelt blir psykiskt sjuk eller begår självmord.

Linda tystnade och vred datorn mot sig igen. En lång stund såg hon på skärmens små bilder med veckans erbjudanden på sexmarknaden innan hon fortsatte:

– Dom är förbrukningsvaror. Dom flesta går under av sjukdomar och missbruk. En del mördas av hallickarna eller kunderna. Det finns faktiskt en egen marknad för det.

– En egen marknad? Kan man köpa sej ett mordoffer? utbrast Birgitta.

– Visst. När tjejen är förbrukad kan hallicken sälja henne till nån som vill betala för att döda henne. Fast det kostar.

En kort stund satt både Irene och Birgitta tysta.

– Menar du att det går att köpa sej ett sånt offer här i Sverige? frågade Birgitta slutligen.

– Troligen. Fast vi har bara haft två misstänkta fall. Båda i Stockholmstrakten. Plus några flickor som har drunknat när dom har kastats i vattnet från nån färja. Men det är antagligen deras hallickar som har slängt i dom. Billigt och enkelt sätt att göra sej av med förbrukade tjejer.

– Du menar att flickan som vi har på bårhuset skulle kunna vara ett sånt mordoffer som man kan köpa?

– Ja. Av er beskrivning att döma låter hon ju mycket illa åtgången och sjuk. Kanske kunde hon inte längre inbringa några pengar åt hallicken. Fick han bara tag på rätt köpare så vore han dels av med sin värdelösa tjej, dels skulle han kunna tjäna en sista ordentlig hacka på henne.

Linda Holm fortsatte att skrolla bland sidorna som erbjöd olika sexuella tjänster.

– Här, sa hon slutligen.

Med en penna pekade hon på en annons. På bilden syntes två leende tonårsflickor som höll varandra om axlarna. Båda var endast iklädda stringtrosor.

– Heinz Becker har haft den här annonsen i två år. Flickorna på bilden är borta sen länge. Men kunderna känner igen den. Den signalerar att Heinz is back in town och han har alltid mycket unga flickor med sej. Det är hans specialitet.

– Vem är han?

– Medelålders före detta militär från forna Östtyskland. Pappan var tysk och mamman var från Estland så han kan tala estniska också. Åkte fast för narkotikabrott i början av nittiotalet. När han kom ut ur fängelset slog han sej på trafficking i stället. Köper unga flickor från Baltikum. Med betoning på unga. Dom flesta hallickar brukar vara försiktiga. Om tjejerna är för unga väcker det uppmärksamhet. Tullen och polisen kan bli frågvisa. Och det kan vara svårt att hävda att flickorna är med av egen fri vilja om dom är underåriga. Men Heinz är beredd att ta den risken. Oftast smugglar han in dom. Han tjänar hur mycket pengar som helst under sina turnéer. Det är kundernas efterfrågan som styr och för riktigt unga tjejer är dom beredda att betala extra.

– Och just nu finns den här Heinz i Göteborg?

– Ja. Den här annonsen har funnits på nätet i tre dagar. Vi har precis lokaliserat lägenheten där han har installerat sej och flickorna. Just nu spanar vi och ska försöka göra ett tillslag i morgon.

– Fast det är väl svårt att få dom här tjejerna att prata, antog Irene.

– Ja. Vi använder alltid tolkar. Det paradoxala är ju att den enda som flickan kan tala med i det främmande landet är hallicken. Ibland har hon kanske nån olyckssyster som talar samma språk men det är inte säkert. Tjejerna kan vara från olika länder och ofta håller hallickarna isär dom så att dom inte lär känna varandra. Hallicken blir därför den enda fasta punkten i flickans tillvaro och den enda som hon kan prata med.

– Jag kan tänka mej att hallickarna också skrämmer dom för utländska poliser.

– Självklart. Det vanliga är att dom bara tiger och vägrar att svara. Och vi har alltid en kvinnlig polis med vid förhören. Ingen manlig polis får vara ensam med nån flicka.

Irene tänkte intensivt en stund. Fallet med den döda flickan i jordkällaren började få vaga konturer.

– Kan vi få vara med på ett hörn när ni förhör Heinz Becker? Det skulle nämligen vara väldigt intressant för oss att höra om han känner till nåt om vårt mordoffer. Och naturligtvis också att få prata med flickorna som han har i lägenheten. Dom kanske vet nåt.

– Visst. Inga problem, sa Linda och log.

Leendet nådde aldrig riktigt fram till hennes ögon. Kanske hade hon sett alldeles för mycket mänskligt elände. Det slog Irene att den där trötta blicken var ganska vanlig bland hennes kollegor.

Det var hög tid för lunch efter mötet med kommissarien på traffickingenheten. Varken Irene eller Birgitta hade någon större aptit.

– Vad sägs om sushi? föreslog Irene när de åkte ner i hissen.

– Joo … men nej, sa Birgitta och såg lite besvärad ut.

– Du brukar ju gilla det.

Birgitta gav Irene en prövande blick innan hon sprack upp i ett brett leende.

– Gravida kvinnor ska inte äta rå fisk, sa hon glatt.

Det tog bråkdelen av en sekund innan Irene kopplade vad

hennes kollega just hade sagt.

– Gravida … är du gravid? Jag menar … grattis! utbrast hon förvirrat.

– Ja, jag är gravid igen. Och tack. Fast jag tror knappast att Sven kommer att gratta mej, sa Birgitta med en liten grimas.

Nej, det skulle han knappast, han skulle bli vansinnig. Å andra sidan var det snart inte hans problem längre, eftersom han skulle över till Cold Cases-gruppen. Men det kände Birgitta till lika väl som hon, så det var inget som Irene brydde sig om att påpeka. I stället frågade hon:

– När kommer bäbisen?

– I mitten av juli.

De hade kommit ner till bottenvåningen och gick ut genom entrén. Utanför föll snön lika ymnigt som den hade gjort under morgonen. Irene stannade till utanför dörren och vände sig mot Birgitta.

– Juli. Bra planerat. Att slippa köra barnvagn i snön, sa hon och gjorde en gest som inbegrep allt snöeländet omkring dem.

REDAN VID FYRATIDEN steg Irene ut genom polishusets ytterdörr och skyndade mot parkeringen. Hon kämpade sig fram i motvinden och den piskande snöyran. Kollegorna hade muttrat om allt arbete som hopade sig, men Irene hade stått fast vid sitt beslut att för en gångs skull gå tidigare. Hon hade massor av kompledighet att ta ut och nu kom några av dessa timmar bra till pass. Det var en del att förbereda inför kvällens middag.

Naturligtvis hade det varit bättre om de hade kunnat ha den på fredags- eller lördagskvällen, men Krister skulle arbeta hela helgen. Och att vänta till nästa helg kändes alldeles för länge. Därför fick det bli denna torsdagskväll. Hela familjen skulle fira att Katarina och Felipe hade kommit lyckligt och väl hem efter fyra månader i Brasilien. Irene hade inte träffat dem ännu eftersom de hade sovit i Felipes lägenhet under natten. Han hyrde en etta i andra hand vid Frölunda torg. Katarina pratade också om att flytta hemifrån, men hon ville bo själv ett tag innan hon flyttade ihop med någon. Och om hon och Felipe skulle bli sambor ville hon absolut inte bo i den lilla ettan. Hennes stora problem var annars att hon inte hade kommit på vad hon ville göra med sitt liv. Betygen var hyfsade men inte tillräckligt bra för att komma in på drömutbildningen till sjukgymnast. Och hon hade ingen lust att läsa upp några betyg. Tre år på gymnasiet fick räcka.

Det var den ståndpunkten som hade gällt för Katarina när hon fyra månader tidigare reste iväg till Sydamerika. Irene undrade i sitt stilla sinne om något hade förändrats på den fronten. Hon var också nyfiken på att få höra mer om hur dottern hade upplevt det stora landet på andra sidan Atlanten. Varken Irene eller Krister hade varit på den sidan av jordklotet. Ingen av dem hade ens varit utanför Europa. Fast ungdomar nu för tiden for ju kors och tvärs över världen. De backpackade sig fram genom Thailand och Australien med samma självklarhet som Irene och hennes dåvarande pojkvän hade cykelsemestrat på Gotland för tjugofem år sedan.

Irene hade talat med Katarina i telefon under dagen och dottern hade beställt svensk mat som hon hade längtat efter: pappas blinier med rödlök och löjrom och fyllda cannelloni med gorgonzolasås och rökt skinka. Som avslutning önskade hon sig crème brûlée. Samtliga tillhörde Kristers paradrätter. Han skrattade gott när Irene vidarebefordrade dotterns önskemål om "svensk mat".

– Ryska blinier och italienska cannelloni. Och som grand final en dessert med rötter i Spaniens crème catalane men som förädlades i New York av restaurangägaren Sirio Maccioni. Därifrån togs den till Europa och Frankrike av stjärnkocken Paul Bocuse.

– Jösses! Är det sant?

– Visst. Snacka om globalisering! Inom restaurangvärlden är den i det närmaste total. Vi blandar glatt matkonst från hela världen. Men sanningen är att alla människor i dag är kosmopoliter i sina vardagsmatvanor. Ta till exempel pizza. Jag åt min första när jag var i tolvårsåldern. Efter att hela familjen hade varit på Liseberg så gick vi till en av Göteborgs första riktiga pizzarestauranger. La Gondola finns ju kvar än i dag. Faktum är att smaken och doften av mitt livs första calzone gjorde ett mycket djupare intryck i mitt minne än besöket i nöjesparken. Sen åkte vi hem till Säffle igen och jag berättade för alla kompisarna om den jättegoda pizzan i Göteborg. Bara nåt år senare öppnades den första pizzerian i Säffle och i dag finns det flera stycken. Pizza har blivit svensk husmanskost.

Det här var ett av Kristers favoritämnen. Eftersom Irene befann sig på jobbet och hade begränsat med tid blev hon tvungen att avbryta honom.

– Handlar du matvarorna så fixar jag vinet? skyndade hon sig att inflika när han gjorde en paus för att hämta andan.

– Visst. Jenny brukar bara vilja ha vanlig tomatsås till pasta men jag måste nog köpa hem en del ingredienser. Champinjoner och svarta oliver i alla fall. Och färsk basilika.

Han hade låtit glad och förväntansfull inför kvällens middag. Det hade varit en lång väg tillbaka från utbrändheten för snart ett och ett halvt år sedan. Ibland kunde han sjunka ner i ett mörkare stämningsläge men numera var de perioderna inte lika långvariga. Först nu vågade Irene verkligen hoppas att han skulle bli sig själv igen. Precis som förr skulle han nog aldrig bli, men hans goda humör och humor hade så sakteliga återvänt och kunde glimta fram allt som oftast. Deras sexliv hade också tagit fart igen. Ibland tyckte Irene att livet på många sätt var bättre nu när Krister inte arbetade lika många timmar. Oftast var det han som handlade och lagade mat. Ibland drog han ett varv över golven med dammsugaren innan hon kom hem. Och gamle Sammie slapp att vara lika mycket hos dagmatten. Trots allt fungerade det dagliga livet riktigt bra, tyckte hon.

På hemvägen körde hon om Guldheden för att hämta sin mamma. Trots det täta snöfallet såg hon modern på långt håll när hon körde uppför Doktor Bex gata. Iförd pälsmössa och signalröd dunkappa stod hon stödd mot sin käpp och väntade utanför porten. Irene parkerade och klev ur bilen för att hjälpa sin mor över snövallen som plogen hade lämnat efter sig. Tillsammans förbannade de den erbarmliga snöröjningen i Göteborg, medan Irene mer eller mindre bar sin mamma över plogvallen.

Så lätt hon har blivit, flög det genom Irenes huvud. Varsamt satte hon ner modern vid passagerardörren och öppnade den åt henne. Gerd krånglade sig mödosamt in på sätet. Ena höftleden var totalt utsliten och borde enligt Gerds husläkare bytas ut. För snart tre år sedan hade han skrivit en remiss. Ett år senare hade hon blivit kallad till en specialist i ortopedi. Han hade undersökt henne noggrant och satt upp henne i operationskön. Hon hade fortfarande inte fått någon operationstid.

Viktnedgången kunde bero på att Gerd var oroad för sin särbo Sture. I maj skulle han fylla åttiotvå år. Ett halvår tidigare hade han genomgått en stor hjärtoperation och den hade tagit hårt på hans krafter. Irene hade bjudit in honom till kvällens familjemiddag men han hade tackat nej, med ursäkten att han var för trött. Han hade inte heller orkat vara med på julaftonskvällen för snart en månad sedan. Redan vid femtiden hade Irene fått köra hem honom. Han hade varit totalt utpumpad och somnat i bilen. Hon hade fått väcka honom när de hade kommit fram till hans port. Som tur var bodde han och Gerd bara ett par hundra meter ifrån varandra. Det var nog en av orsakerna till att de aldrig hade flyttat ihop.

Irene var oerhört tacksam över att mamman hade haft sin särbo de senaste åren. Det hade besparat henne åtskilligt med dåligt samvete för att hon försummade modern. Och sanningen att säga så hade Gerd och Sture haft mycket roligt tillsammans. De hade åkt på olika resor och utflykter. Tack vare att de hade haft varandra hade de sluppit att känna sig ensamma på helgerna. Men nu började båda två bli påtagligt skraltiga och gamla. Ingen av dem orkade gå några längre sträckor. Till och med det korta avståndet mellan deras lägenheter kunde vissa dagar bli för långt.

Irene försökte hinna med att besöka modern minst en gång i veckan men för det mesta var det Krister som åkte till sin svärmor. Han handlade och städade åt henne. Det var mest praktiskt på det viset eftersom Irene arbetade heltid, och mer än så, och Krister än så länge var deltidssjukskriven. När han gick upp på heltid igen skulle det genast bli jobbigare för Irene att hinna med sin mamma. Kristers mamma hade dött sommaren innan, faktiskt nästan på dagen två år efter sin make. Nu har vi bara mamma kvar, tänkte Irene och sneglade mot moderns hopsjunkna gestalt i sätet bredvid.

– Hur är det mamma? frågade hon.

– Kunde vara bättre. Jag sover nästan ingenting på grund av värken.

– Hjälper inte dom nya tabletterna?

Gerd fnös.

– Dom är för starka! Jag blir alldeles yr och velig av dom. Det sitter i under hela förmiddagen om jag tar en till natten. Och jag tror att det är dom som jag får mardrömmar av. Om jag nu skulle råka somna till, alltså.

Det lät inte bra. Tänk om modern gick upp på natten och fick en yrselattack. Vad skulle hända om hon ramlade? Hon kunde bryta benet eller slå i huvudet. Irene bestämde sig för att det var dags att ta diskussionen som hon borde ha tagit för länge sedan. Nu gick det inte att skjuta upp den längre. Hon svalde hårt och tog ett stadigt grepp om ratten innan hon sa:

– Mamma, du skulle kanske skaffa dej ett sånt där larm? Du vet … som sitter runt handleden och som du kan trycka på om du skulle ramla.

Fnysningen som Gerd gav ifrån sig nådde nästan orkan-
styrka.

– Larm! Det är för gamlingar! Och här ska inte ramlas!

Tiden var uppenbarligen inte mogen för den här diskussio-
nen. Men nu hade Irene påbörjat den och hon tänkte återvän-
da till den.

Irene var ganska nervös och spänd inför mötet med Felipes
familj. Det enda hon visste om dem var att pappan var brasilia-
nare och att han hade varit professionell dansare. Han hade
hoppat av sin danstrupps turné i Sverige för snart trettio år
sedan och gift sig med Felipes mamma. Nu jobbade han sedan
flera år som handläggare på Folksam. Felipes mamma Eva var
lärare, vilket var det enda Irene visste om henne. Felipes lilla-
syster var, liksom han själv, en mycket duktig dansare.

Josef Medina och hans son Felipe var mycket lika. Båda var
långa och slanka. Josefs hud var några nyanser mörkare men
håret var silvervitt och prydligt kortklippt. Hans son bar sitt
mörka tjocka hår flätat i tusentals småflätor som hängde fritt
långt ner på ryggen. Ytterst i varje fläta satt små träkulor som
rasslade när han rörde på huvudet. Lillasyster Evita var sexton
år och Katarina var väldigt förtjust i henne.

Jenny och Katarina hade dragit ut de båda extraskivorna till
det stora matbordet i vardagsrummet. Nio personer fick gott
och väl plats runt bordet. Själva rummet var dock ganska litet,
varför Gerd fick sitta vid den yttre kortsidan av bordet för att
slippa krångla när hon skulle sätta sig.

Middagen artade sig bra. Redan efter en kort stund flöt
samtalet otvunget. Den goda maten och drycken bidrog till att
spänningen hos dem alla efter hand löstes upp. De lyssnade
intresserat när Katarina och Felipe hjälptes åt att berätta om
allt de hade upplevt under resan och det frivilliga arbetet med

gatubarnen i Natal som de hade deltagit i. Mot att barnen gick till skolan varje dag fick de gratis undervisning i dans- och kampsporten capoeira och ett lagat mål mat. Om de strulade med skolarbetet eller skolkade åkte de ut ur capoeiragruppen.

– Skolan är deras chans. Kunskap är enda vägen upp ur fattigdomen, sa Felipe allvarligt.

Naturligtvis hade de också haft mindre trevliga upplevelser under resan. Felipe berättade om hur han rånades av fyra knivbeväpnade pojkar på stranden vid Natal mitt på blanka förmiddagen. Ingen av de övriga på stranden hade uppfattat att det hade begåtts ett rån. Inte ens Katarina, som bara befunnit sig cirka femtio meter från platsen, hade sett något.

Katarina hade förfärats över den oerhörda fattigdomen som hon hade kommit i kontakt med. Aldrig förr hade hon sett människor som faktiskt bara ägde kläderna på kroppen. Ingenting annat.

– Men det värsta var i Rio. Där såg vi barn och ungdomar som satt på vissa barer eller gick i vissa parker och så kom männen och plockade med sej nån av dom. En del såg ut att vara max tio år, typ! Det var så äckligt att se dom där torskarna med en liten kille eller tjej, sa Katarina upprört.

– Det fanns faktiskt en del äldre kvinnor också som köpte unga killar. Fast inte på samma barer, upplyste Felipe.

– Tur att vi inte har det så här, sa Evita.

Innan Irene hann tänka sig för sa hon:

– Jodå. Vi har det här. Fast vi importerar dom. Sexslavarna, alltså.

De andra kring bordet såg förvånat på henne. Hon fick snabbt tänka igenom vad hon skulle säga innan hon fortsatte:

– Trafficking är ett växande problem. Ni har säkert läst om det. Antalet sexslavar ökar här i Sverige också.

När hon hade sagt det ångrade hon sig genast. Stämningen

blev påtagligt tryckt. Efter en stund sa Eva allvarligt:

– Så länge vi väljer att se sexslaveriet som ett problem i andra länder och då gärna på andra sidan jordklotet så kan vi diskutera det öppet. Men när vi tvingas inse att vi själva har människohandeln inom våra gränser, då blir det jobbigt. För det tvingar oss i medmänsklighetens namn att ta ställning och agera.

– Precis så är det, instämde Irene lättat.

– Jag har läst i tidningen om det här och jag kan inte inse att det är nåt problem. Lås in dom där äckliga hallickarna på livstid och hjälp dom stackars flickorna tillbaka hem till sina hemländer. Eller låt dom stanna här om dom vill det, sa Gerd bestämt.

Som vanligt ansåg hon sig sitta inne med problemets solklara lösning.

SMHI HADE KVÄLLEN INNAN varnat för fortsatt snöfall. Irene hade förberett sig genom att sätta väckarklockan en halvtimme tidigare.

Det var vidrigt att behöva gå upp ur den sköna sängen och vimmelkantig av trötthet stappla ut i badrummet. När hon slängde en sömndrucken blick genom fönstret gratulerade hon dock sig själv till sitt förutseende. Under natten hade det fallit ytterligare en decimeter snö.

Innan hon gick försökte hon locka med Sammie ut på en kissrunda. Han gläntade inte ens på ögonlocken utan drog demonstrativt några djupa snarkande andetag och rullade runt på rygg med tassarna i vädret. Var det något han avskydde så var det kalla, blöta och tidiga morgnar. En inställning som hans matte delade helt och fullt. Men till skillnad från honom hade hon inget val utan måste ge sig ut i rusket.

– Blond... Linda Holm har sökt dej, meddelade Jonny när Irene stötte ihop med honom i korridoren.

Irene sneglade hastigt på klockan. Det var tio minuter kvar till morgonbönen. Hon gick bort genom sidokorridorerna och fram till kommissariens rum. Linda Holm stod vid skrivbordet med ryggen mot dörren. Hon talade i telefon samtidigt som hon försökte kränga av sig en turkos kofta. Den var stickad i ett tjockt luddigt garn och såg varm ut.

Hon lade på luren och lyckades äntligen trassla loss armen ur koftärmen. Samtidigt fick hon syn på Irene i dörröppningen.

– Hej. Jag undrar om du och Birgitta vill vara med i eftermiddag när vi förhör Heinz Becker och flickorna från bordellen? frågade hon.

Irene tänkte efter vad hon hade att göra under dagen och insåg att det var hur mycket som helst. Men det här fick hon prioritera. Becker var än så länge deras enda spår som möjligen kunde leda till flickans identitet.

– Visst. Kanske nån av dom vet vem den mördade tjejen är, svarade hon.

– Exakt min tanke.

Linda nickade mot datorn och sa:

– I går eftermiddag gick jag igenom alla aktuella tjejer som är till salu på nätet i Göteborgsregionen. Jag kollade också alla städer inom en radie av tio mil. Ingenstans hittade jag nån lika ung tjej som hon på bårhuset. Men som sagt så är Heinz Becker i stan. Och är det nån som kan ha smugglat in en riktigt ung flicka så är det han. Jag tror att det är en god chansning.

– Då hänger vi med på förhören. Jag ska prata med Birgitta.

– Jag hör av mej när vi är redo.

– Okej, sa Irene.

Linda nickade samtidigt som telefonen började ringa igen.

Irene satte av i korridoren för att hinna stanna till vid kaffeautomaten före morgonmötet. Med god fart rundade hon hörnet och sprang ihop med kriminaltekniker Svante Malm.

– Ufff! Oj! Ursäkta, sa Irene virrigt.

– Fan! Nu fick du kaffe på dej, sa Svante.

Tafatt började han borsta på kaffefläcken som bredde ut sig över Irenes ljusblå tröjärm. Med påföljd att den spreds ut över en ännu större yta. Irene föste undan hans hand och sprang tillbaka en bit i korridoren. Snabbt öppnade hon dörren till toaletten och slängde sig in i rummet. Hon vred på kallvattenkranen för fullt och satte armen under strålen. Det skvätte åt alla håll. Tack vare att hon hade reagerat så snabbt blev det ingen brännskada på huden men det sved ordentligt. Svantes fräkniga nuna dök upp i dörröppningen.

– Brände du dej? frågade han bekymrat.

– Nej. Det gick bra. Men vill du vara snäll och hämta kaffe till mej? Så ses vi inne i konferensrummet, svarade Irene samtidigt som hon försökte låta övertygande.

Ett lättat leende spred sig över Svantes vänliga hästansikte.

– Det är lugnt. Gänget sitter och väntar på mej. Dom får tåla sej tills jag har hämtat två muggar kaffe. Mjölk? Socker?

– Svart. Tack.

Med en suck stängde hon av kranen och började dutta med några torra pappershanddukar på fläcken. Den syntes tydligt men det var inget att göra åt. Frågan var om det någonsin skulle gå att få bort den. Irene kände sig lite moloken eftersom den tunna ylletröjan var av ett fint märke och det enda plagg som hon hade hunnit köpa under mellandagsrean. Hon slängde en blick på sitt ansikte i spegeln ovanför handfatet och konstaterade att hon såg ut precis som hon kände sig.

– Vi har säkrat flera spermafläckar på T-shirten och jackan. Samt hittade vi också färsk sperma i hennes hår, sa tekniker Svante Malm.

Han gjorde en paus och såg på poliserna i rummet innan han fortsatte:

– Sperman i håret matchar fläckarna på T-shirten. Den kommer alltså från samme man. Fläckarna på jackan är sperma från två andra män.

En djup tystnad följde på hans avslöjande. Birgitta viskade lågt till Irene:

– Gangbang.

Irene vred på huvudet och slängde en snabb blick på bilden som var fastsatt på översiktstavlan. Hon rös ofrivilligt när hon såg den späda kroppen som låg direkt på metallbordets kalla yta. För sin inre syn såg hon tre nakna män som ställde sig kring bordet. Irene kände kväljningar och bröt där.

Döden hade svept bort alla känslor från det tunna flickansiktet och lämnat kvar en stum försegling. Vem var hon? Var kom hon ifrån? Vem eller vilka mördade henne? Hur hade hon hamnat i jordkällaren?

Svantes röst trängde in i hennes medvetande och avbröt funderingarna.

– Hon var anmärkningsvärt tunnklädd med tanke på kylan som rådde den kvällen när hon dödades. Hennes kläder fanns bredvid henne inne i jordkällaren. Dom verkade hastigt inkastade eftersom dom låg ovanpå kroppen. Det enda hon hade på sej var T-shirten. Den var av bomull och syntet. Storlek extra small.

Svante tryckte fram en bild i datorn som projekterades på filmduken.

Ett barnplagg, for det genom Irenes huvud. När hon skärskådade det noggrannare såg hon att det kanske ändå inte var så. Den kortärmade tröjan var ljusrosa med texten SEX i stora bokstäver över bröstet. Halslinningen var mycket vid. Med tanke på offrets spädhet borde linningen ha fallit ner över åtminstone ena axeln. En riktig sommartröja, enligt Irenes åsikt. Hon noterade också att den var solkig.

Nästa bild visade ett par smala svarta jeans. Återigen spred sig olustkänslan inom Irene. Barnjeans. De kunde inte vara större än storlek etthundratrettio.

– Insydda, upplyste Svante och pekade på stuprörsbenen.

Han vände sig om mot auditoriet och fortsatte:

– Jeansen är alldeles nya. Inga spermafläckar på dom.

Han bytte bild. Ett par svarta damstövlar syntes på duken. De var hårt skavda med snedslitna höga klackar.

– Billiga. Syntet. Storlek trettiofem. Fast tösen hade mindre fötter för det låg papper hopknölat framme i tån. Troligen köpta på second hand enligt sakkunskapen. Det vill säga Emilia. Hon påstår att modellen är från slutet av nittiotalet. Inga strumpor. Sannolikt var flickan barfota i stövlarna.

Alla i rummet visste att Emilia var ny kriminaltekniker på polishuset i Göteborg. Hon hade arbetat många år på Statens kriminaltekniska laboratorium i Linköping men följt med sin man till Göteborg när han hade fått en tjänst på Chalmers tekniska högskola. Hon hade redan gjort sig känd för sin kunnighet. Samtidigt var det en fördel att hon hade bra kontakter med SKL.

– Hon hade ingen behå. Inte som vi hittade i alla fall. Och hon behövde väl ingen heller. Däremot fanns där ett par stringtrosor. Av nylon.

Bilden visade några förvridna svarta snören som skulle föreställa ett par trosor.

– Ytterplagget är en täckjacka storlek small. Också den har några år på nacken.

Bilden visade en rosa midjekort jacka med breda stickade muddar på ärmarna och i midjan. Mudden på högerärmen var sliten och fransig. Jackan var i skriande behov av en tvätt.

– På utsidan av jackan hittade vi totalt sju spermafläckar. Dom satt allihop på framsidan av jackans övre del. Och den sperman kommer alltså från två olika män. Men dessa fläckar är äldre än dom på T-shirten. Minst en vecka gamla.

Irene kände en irrationell lättnad. Det hade inte varit tre män samtidigt på flickan. Mördaren hade sannolikt varit ensam.

– Hittade ni inget alls på jeansen? avbröt Birgitta honom.

– Nej. Som jag sa så är dom splitternya. Det fanns en massa sekret i grenen men vi fann inga spermarester där.

– Stridner sa att tjejen hade en äcklig infektion som stank. Antagligen tog gubbarna på sej kådisar, sa Jonny.

Svante nickade.

– Säkert. Men jag har samtidigt en känsla ...

Han tystnade och tryckte fram nästa bild som också var den sista.

– Hennes smycken. Oäkta och väldigt billiga. Nästan sånt som ungarna får med på köpet i tuggummiautomater.

Bilden föreställde ett halsband med tillhörande örhängen i form av små plastblommor och tre ringar med färgade plast-stenar. Tuggummismycken. Troligen utgjorde de flickans samlade förmögenhet.

– Vad var det du tänkte säga förut? Det där om att du hade en känsla av ... vad då? undrade Birgitta.

Svante satt tyst en stund innan han svarade:

– Med tanke på var vi hittade fläckarna så ... jag tror att det rörde sej om oralsex. Men hon kvävdes inte ... hon blev strypt. Fast det är också nåt som vi får närmare besked om när obduktionen är färdig.

– Skulle det inte komma ett utlåtande i eftermiddag? påpekade Jonny.

Kommissarie Andersson harklade sig som tecken på att han tänkte ta till orda.

– Jag ringde i går eftermiddag. Obduktionen blir inte klar i dag. Men dom har lovat att det ska komma ett preliminärt besked på måndag eftermiddag. Då kommer också det preliminära utlåtandet om Torleif, upplyste han.

– Det kan väl inte vara så jävla svårt att uttala sej om vad han dog av, muttrade Jonny högt.

Andersson blängde på honom men sa inget. Han vände sig mot teknikern igen och frågade:

– Det går inte att säga var kläderna är köpta?

– Nej. Jackan och stövlarna är troligen inhandlade på second hand. Möjligen också T-shirten. Det enda som vi säkert kan säga är att jeansen är köpta i Sverige. På JC. Dom är nämligen av JC:s eget märke Crocker. Det är Emilia igen. Hennes barn köper jeans av det märket.

Kommissarien pekade på Birgitta och sa:

– Kolla med alla JC-butiker i Göteborg med omnejd.

Irene bet sig i underläppen för att inte protestera högt. Hon hade inte hunnit informera Birgitta om att de skulle få närvara vid förhören med Heinz Becker och de andra från bordellen.

– Vi har naturligtvis tagit tillvara en hel del fibrer och partiklar från hennes kläder. Dom enda fynden som är intressanta just nu är några centimeterlånga mörkblå nylonfibrer som vi hittade på hennes T-shirt. Dom fanns mest på ryggen. Hon har legat på ett luddigt underlag. Kanske en fleecefilt eller ett klädesplagg av fleece.

Det var Svantes slutord. Han fällde ner locket på sin laptop och gick mot dörren. När han passerade Irene frågade han:

– Hur är det med armen?

– Inga problem, försäkrade hon.

Visst sved det fortfarande men det var inget att hålla på och beklaga sig över. Tröstande klappade han henne på den fuktiga fläcken och log uppmuntrande innan han försvann ut genom dörren. Trots att hans klapp hade varit lätt sved det till ordentligt. Hon fick stålsätta sig för att inte rycka åt sig armen och grimasera.

Irene begärde ordet och informerade om traffickinggruppens planerade tillslag mot lägenheten där Heinz Becker för tillfället hade sin bordell. Hon passade samtidigt på att berätta om Linda Holms erbjudande, att de två kvinnliga inspektörerna från våldet skulle få vara med vid förhören under eftermiddagen.

– Det är kanske en bra idé att ni är med. Om inte annat så kan det vara en trådända att börja nysta i. Men först måste ni kolla upp JC-butikerna, slog Andersson fast.

Därefter vände han sig mot Hannu och frågade:

– Några spår efter ligisterna som körde ihjäl Torleif?

– Det ryktas att Daniel Lindgren syntes på Frölunda torg i onsdags kväll. Kollegorna i Frölunda håller hans mammas lägenhet under uppsikt. Inga spår efter dom andra två. Vi har gått ut med en extra efterlysning i samtliga distrikt inom Västra Götaland på Niklas Ström, Daniel Lindgren och Billy Kjellgren. Samtidigt söker vi förutsättningslöst på flera fronter. Hittills har det inte gett nåt, svarade Hannu.

Andersson tog själv till orda:

– Det finns totalt fem vittnen som såg när BMW:n körde uppför Töpelsgatan efter att ha kört på Torleif Sandberg. Två av vittnena är säkra på att det bara var två personer i bilen. Vi har också fått in två vittnesmål om en bil som betedde sej lite underligt tidigare under den aktuella mordkvällen. Båda vittnena bor på Töpelsgatan. Det ena såg bilen från sitt fönster och det andra var ute med hunden. Dom är osäkra på exakt tid men båda säger omkring klockan tjugo och trettio. Mannen med hunden säger cirka fem över halv nio. Bilen körde i hög fart uppför Töpelsgatan. Det var allt som fönstervittnet såg. Hundägaren påstår att hunden höll på att bli överkörd eftersom dom precis skulle gå över gatan. Han hötte med knytnäven efter bilen men den bara försvann runt nästa kurva utan att sakta ner. Vittnet påstår att det satt en man och en kvinna i bilen. Jag kontaktade vittnet i går och han beskrev kvinnan som mörkhårig och klädd i nåt mörkt ytterplagg. Han hann inte se så noga hur hon såg ut men han uppfattade att det var en vuxen kvinna. Inget barn eller tonåring. Mannen hade kort-snaggat mörkt hår, möjligen tunt uppe på hjässan och glas-ögon. Han hade gestikulerat och pratat med kvinnan. Vittnet tyckte det såg ut som om han var mycket upprörd. Bilen var en mörk Volvo S80. Troligen mörkblå eller svart.

Kommissarien tystnade och rynkade pannan medan han funderade.

– Vi efterlyser bilen i media. Den rörde sig i området under tiden för mordet på flickan. Om inte annat så kan dom i bilen ha sett nåt, sa han slutligen.

En timme innan killarna i den stulna BMW:n fräste uppför backen med krossad vindruta hade den mörka Volvon kört samma väg i hög hastighet. Varken mannen eller kvinnan hade hört av sig till polisen, trots att alla som hade rört sig i området hade uppmanats att göra det. De intressanta tidpunkterna hade stått i tidningarna. Troligen hade paret i Volvon ingen-ting med mordet att göra men det var ändå underligt att de inte hade tagit kontakt med utredarna. Eller ville de inte? Kunde de ändå vara inblandade i flickmordet? Irene funderade på olika möjligheter men fick ge upp.

Fredrik Stridh begärde ordet.

– Jag har fått en hint om vem vårt gamla lik uppe vid Bruda-remossen kan vara, sa han med tydlig triumf i rösten.

– Vem? frågade Andersson kort.

– Jag gick igenom alla saknade män över sextio år som har försvunnit i Göteborgsområdet under det senaste året. Dom flesta har ju hittats men det är fortfarande tre som saknas. En går bort direkt eftersom han saknar tre fingrar på vänster hand. Vårt lik har alla i behåll. Ytterligare en går bort eftersom han försvann på Mallis. Det finns inget som indikerar att han skulle ha tagit sej in i landet igen. Återstår alltså en möjlig gubbe.

Han såg ner i blocket framför sig och började läsa högt:

– Ingvar Olsson, sjuttioett år. Anmäld försvunnen i december av fastighetsbolaget han hyrde av. Sista hyran inbetald i slutet av augusti. Försvann alltså under september månad. Olsson var pensionerad sjöman. Han bodde i en etta i Kortedala som han fick överta hyreskontraktet på efter sin bror när han dog. Det finns inga andra släktingar i livet så Olsson ärvde allt. Men hans brorsa hade inte bara den här lägenheten utan han hade också övertagit en kolonistuga som hade tillhört deras föräldrar. Gissa var den låg?

– Elementärt. Delsjöns koloniområde, svarade Birgitta rappt.

– Exakt! Som barn sprang bröderna Olsson omkring i Delsjöterrängen på sommarloven. Ingvar måste ha känt området som sin egen ficka!

– Hade han kvar stugan? sköt Birgitta in.

– Nej. Han sålde den för några år sen. Antar att gamla sjömän inte har miljonfallskärmar som vecklas ut när dom går i land. Och så söp han ganska hårt. Vi har några omhändertaganden för fylla under åren. Och …

Fredrik gjorde en konstpaus och höll kollegorna på halster en kort stund.

– … när vi flyttade på liket så hittade vi en ryggsäck som han hade stöttat ryggen mot. I den låg en plastkasse som innehöll rester av rutten frukt och en plastbytta med ännu ruttnare mackor. Bredvid honom på marken hittade vi en nästan tom flaska Brännvin Special och en tom burk som innehållit typ sömntabletter. Vad hette dom nu då?

Han avbröt sig för att leta i sina papper.

– Mogadon. Burken var tom. Vi vet inte hur många han tog.

– Självmord, konstaterade Andersson.

– Det verkar så. Allt pekar på det. Men vi får väl avvakta

obduktionen innan vi lägger ner undersökningen, sa Fredrik.

– Bra. Då avvaktar vi. Du kan hjälpa Irene och Birgitta med att ringa JC-butikerna. Om ni inte får nåt positivt resultat under dagen så får ni kontakta JC-administrationen i Göteborg och be dom skicka ut en central förfrågan. Den som sålde jeansen till tjejen kan ju vara ledig i dag. Jonny och Hannu fortsätter med spaningarna efter killarna som dödade Torleif. Tommy och jag tar tag i dom vittnesmål som finns från Töpelsgatan under mordkvällen. Nån jävel måste ha sett nåt som kan kopplas till mordet. Och det där paret i Volvon skulle jag vilja snacka med.

Det blev napp i JC-butiken på Backaplan. Biträdet kom mycket väl ihåg det udda paret som hade köpt ett par svarta jeans av märket Crocker helgen innan.

– Jag kommer ihåg dom för hon hade typ en kort jeanskjol och en skitful rosa täckjacka. Stövlarna var typ hundra år och så var hon barbent. Men hallå tänkte jag, det är tio minus ute! Och så ville hennes farsa att vi skulle sy in benen. Så att hon skulle få ner brallorna i stövlarna. Och det här var ju på lördan så jag sa att vi inte kunde göra det på studs men då blev han skitsur, berättade den ungdomliga rösten i luren.

– Talade han svenska? frågade Birgitta.

– Nä. Engelska. Skitdåligt.

– Pratade flickan också engelska?

– Nä. Tjejen sa ingenting. Hon typ bara nickade när gubben sa nåt.

– Uppfattade du vad han talade för språk med henne? frågade Birgitta.

– Njaä … det lät som typ finska.

Estniska låter ganska likt finska för den som inte kan någotdera av språken. Birgitta kände sig ganska säker på att hon hade kommit till rätt JC-butik. Hon bad biträdet att vänta i luren.

– Irene. Jag tror att jag har fått tag i rätt butik. Men jag behöver gå in till traffickingenheten och fråga Linda Holm om hon har nåt foto av Heinz Becker. Och så behöver jag en bild på flickan. Och så måste jag åka ut till Backaplan för att höra den här butikstjejen och låta henne kolla på bilderna.

– Toppenbra, sa Irene och strök det senaste numret som hon hade ringt.

Det var för tidigt att kassera listan över JC-butikerna, ifall det skulle visa sig att biträdet på Backaplan inte kände igen personerna på fotografierna.

– Jag kan gå in till Linda så fixar du bilden på tjejen. Den tecknade bilden till tidningarna borde vara klar nu, sa Irene.

– Om den inte är det får jag ta det riktiga fotot från patologen. Hon ser fridfull ut. Inga skador i ansiktet eller så, funderade Birgitta högt.

Inte i ansiktet, tänkte Irene och rös.

När Irene kom till Linda Holms rum stod kommissarien åter och trasslade med den stickade koftan. Den här gången försökte hon få på sig den samtidigt som hon talade i telefon.

– Okej. Jag drar direkt.

Hon lade på luren och hejade på Irene i dörröppningen. Snabbt frågade Irene om det fanns något foto på Heinz Becker som de kunde få. Linda Holm drog ut översta lådan och räckte henne en uppförstorad utskrift.

– Här. Rykande färskt passfoto. Togs för tre månader sen.

Heinz Beckers ögon syntes som smala springor i hans köttiga ansikte. Hårfästet hade krupit upp mot hjässan och han hade kammat det tunna gråsprängda håret bakåt och fäst det i en hästsvans i nacken. Någon gång under sitt liv hade han knäckt näsbenet utan att frakturen hade behandlats, att döma av potatisnäsans placering snett åt höger. Han såg minst tio år äldre ut än han var.

– Jösses! Snacka om förbrytarutseende! utbrast Irene.

– Absolut. Vill du förresten hänga med på razzian? Jag sticker nu. Vi går in om knappt en timme.

Irene gjorde ett snabbt överslag. Birgitta kunde sköta samtalet med butiksbiträdet på Backaplan. Det krävde knappast att de var två stycken. Om de kunde hitta bevis på att flickan på bårhuset hade varit i lägenheten innan hon dog skulle det bespara dem en massa tid.

– Gärna. Kan jag ta med mej Fredrik Stridh?

– Visst. Inga problem.

Irene skyndade tillbaka och gav Birgitta bilden på Heinz. Samtidigt frågade hon Fredrik om han ville vara med vid tillslaget mot lägenheten.

– Självklart, sa han.

Han sken upp inför utsikten att få komma ut på fältet ett tag. Liksom Irene avskydde han skrivbordsarbete. Han utstrålade en pojkaktig glädje och energi som lätt kunde misstolkas som barnslighet. Inget kunde vara mer felaktigt. Irene hade lärt sig att uppskatta hans goda humör och lättsamma sätt. Än mer uppskattade hon hans entusiasm för sitt arbete. Fredrik tyckte fortfarande att han hade världens bästa yrke. För egen del var Irene inte alltid lika övertygad om den saken.

BISKOPSGÅRDEN HAR ALDRIG vunnit något pris för sin vackra arkitektur eller stimulerande miljö. En del av de äldre höghusen från slutet av femtiotalet har fått några smärre ansiktslyftningar men i stort sett står husen och förfaller. Hyresintäkterna kommer in ändå eftersom svenska arbetare och invandrare måste ha någonstans att bo, nu när Majorna, Landala och Haga har lyxsanerats till centrala bostadsrätts-getton.

Betongkomplexet i åtta våningar såg ut som de övriga grannhusen. Det enda som avvek var att delar av taket var täckt med presenningar, eftersom det hade brunnit på vinden. Byggfirmans lastbil stod parkerad utanför en portuppgång. Det var en mörkblå täckt lastbil med texten "MT-Bygg" i vita bokstäver på sidan. Både huset och gården såg öde ut. Endast ljuden från byggjobbarnas verktyg på taket bröt tystnaden. På gården fanns några gungor och en översnöad sandlåda men inga barn som lekte ute i snön. Antagligen var det för kallt. Snön hade åter börjat falla och intensiteten ökade hela tiden.

Linda Holm hade parkerat den civila polisbilen på en parkeringsplats där de hade god uppsikt över husets framsida. Det tilltagande snöfallet försvårade sikten. Efter en kort stund var det nästan omöjligt att läsa texten på sidan av den blå lastbilen.

– Uppgången där lastbilen är parkerad. Nummer trettiotre. Fjärde våningen, sa hon till kollegorna i baksätet utan att vrida på huvudet.

Irene böjde sig försiktigt fram och kikade upp mot lägenheten. Det enda hon såg var den virvlande snön.

– Det är en tvårummare. Hyresgästen är bortrest sen nån vecka men vi jobbar med att lokalisera honom. Vi är naturligtvis intresserade av att få veta hur Heinz Becker har fått tillgång till lägenheten. Men det är troligen ingen tillfällighet att killen som bor i lägenheten valde att resa bort just den här veckan, när Heinz behövde låna ett kyffe för att upprätta sin tillfälliga bordell, sa Linda Holm.

– Är det ett vanligt tillvägagångssätt? frågade Irene.

– Vi har stött på det några gånger. Svårt att bevisa vem som har gett hallickarna tillträde till lägenheten. Den bortresta hyresgästen spelar totalt ovetande, svarade Linda.

Porten till trettiotrean öppnades och två män kom ut. Mellan sig bar de en stor svart plastsäck. De hukade mot snön, skyndade fram till lastbilen och låste upp bakdörren. Därefter slängde de in säcken därbak, stängde dörren och förpassade sig snabbt till förarhytten. Några sekunder senare startade motorn med ett vrål. Lastbilen studsade till och körde iväg.

Kommissarie Holm tog upp sin mobil ur jackfickan och svarade. Irene hade inte hört någon signal men förstod att den hade varit inställd på vibrationssignal. Linda Holm hummade instämmande några gånger och sa kort:

– Fem minuter från … nu!

Hon knäppte av mobilen. Några minuter senare gled piketen in på gården. Den parkerade på platsen som lastbilen precis hade lämnat.

Ingen i bilen sa något utan följde hur mobilens klocka långsamt ändrade siffror. När exakt fem minuter hade förflutit sköt Linda Holm upp bildörren. Utan att springa rörde de sig snabbt mot porten. Från en bil lite längre bort kom två inspektörer från traffickingenheten, en man och en kvinna.

– Hissen och trapporna, sa kommissarien kort när de två grupperna samtidigt nådde fram till porten.

En av inspektörerna från traffickingenheten öppnade den tunga porten. Glasrutan i den övre dörrhalvan var krossad och ersatt med en plywoodskiva. Hela porten var översprayad med svart och blå färg.

Tre av poliserna sprang uppför trapporna och de övriga tog hissen. En piketpolis avdelades att stå kvar nere i portuppgången. Irene hamnade i gruppen som skulle spärra trapporna som reträttväg.

Hon fick snabba sig för att hinna med de andra två som hade rivstartat uppför trapporna. På andra våningen hörde de ett brak som fortplantade sig i hela trappuppgången. Ljudet av snabba steg indikerade att poliserna hade tagit sig in. När Irene något andfådd nådde fjärde våningen möttes hon av ett bistert piketbefäl.

– Tomt. Dom har hunnit sticka, sa han.

– Lastbilen! utbrast Irene.

De andra såg frågande på henne.

– Den som var parkerad utanför. Den åkte iväg precis innan ni kom.

– Vi lyser den direkt, sa piketbefälet.

– Stensson! Stick upp på vinden och fråga byggkillarna om det är några av dom som körde iväg med lastbilen. Om inte så vill vi ha registreringsnumret!

Polisen som lystrade till namnet Stensson kom kutande från lägenhetens inre och försvann mot hissen. Någon minut senare hördes hans röst i radion:

– Ingen av killarna här uppe har åkt iväg med lastbilen. Dom är jävligt förbannade kan jag säga. Numret är …

Irene hörde inte registreringsnumret. Hon hade redan börjat undersöka lägenheten.

Det första hon lade märke till var lukten. Luften i lägenheten var tung av cigarettrök. Den lyckades inte helt kamouflera den oljigt sötaktiga cannabislukten. Där fanns också en tydlig odör av otvättade människokroppar.

– Teknikerna kommer när som helst, sa Linda Holm inifrån ett av rummen.

Irene satte på sig plasttossor och tog fram plasthandskarna som hon hade i fickan. Därefter öppnade hon en dörr med toalettlås och tände lampan.

Badrummet var litet och stanken kväljande. På golvet låg ett lakan som av allt att döma hade använts som handduk. Det var fläckigt och skulle säkert kunna ge teknikerna en hel del att arbeta med. Några av fläckarna såg ut att vara blod. På badkarskanten stod en stor förpackning med allt-i-ett-duschkräm och schampo. Ovanför handfatet hängde ett spegelskåp som stod halvöppet. Irene petade upp dörren. På översta hyllan låg en förpackning med kondomer, en kam och en hårborste samt en nästan tom flaska munvatten. Längst ner i skåpet fanns det en använd spruta och framme vid kanylfästet var det fortfarande lite blodblandat innehåll kvar. Amfetamin, gissade Irene.

– Här stinker! hördes Fredriks röst från dörren.

Irene pekade på sprutan och Fredrik nickade.

– Vi har hittat några påsar med pulver i köket. Dom verkar ha övergivit den här kvarten hals över huvud. Här finns både knark och kondomer kvar. Och en stor förpackning som ser ut att innehålla Viagra står mitt på bordet. Men hittills har vi inte hittat några pass eller andra papper.

Irene gick ut i hallen. En naken glödlampa hängde i taket och spred ett kallt sken över poliserna som befann sig där.

– Vi får undersöka lägenheten närmare när teknikerna är klara, sa Linda Holm.

Fredrik öppnade en garderobsdörr och kikade in. Han skulle precis stänga dörren igen, när han hejdade sig. Irene såg hur han böjde sig in i skåpet och lyste med sin ficklampa.

– Irene! hojtade han dämpat.

Hon gick dit och kikade över hans axel.

På garderobsgolvet låg en liten jeanskjol slängd i en hög.

– Tror du den är hennes? frågade Fredrik med återhållen spänning i rösten.

– Stor chans, sa Irene och kände hur pulsen steg.

Flickan som hade köpt svarta jeans på JC för sex dagar sedan hade enligt biträdet burit en jeanskjol och trots kylan varit barbent. Det fanns verkligen all anledning att ställa förhoppningar till kjolen.

– Om den är hennes så har vi kommit mycket närmare hennes identitet. Då vet vi att hon har varit här i lägenheten. Och att den där Heinz måste veta vem hon var och varifrån hon kom, sa Irene.

Hon och Fredrik fortsatte in i sovrummet. Där inne var det mörkt och dystert. De nerdragna persiennerna släppte inte in mycket ljus. Rummet saknade tavlor, mattor och gardiner. De kommunalgrå tapeterna var fläckiga och trasiga. Där fanns bara en dubbelsäng med smutsiga lakan. Ovanpå sängen låg två huvudkuddar men inga täcken. Vid ena sidan av sängen stod en papperskorg. En snabbtitt visade att den var fylld med toapapper och använda kondomer. Stanken av mänskliga utsöndringar var ytterst påträngande. På de två skrangliga nattduksborden stod toalettrullar och en gammal kantstött efterrättsskål. Vid första ögonkastet verkade skålen tom men på botten låg några ovala blå tabletter.

– Käkar dom Viagra som Non Stop, eller? frågade Fredrik och skakade på huvudet.

– Att dom vågar. Det kan ju vara vad för skit som helst i dom där tabletterna. Dom köper väl pillren via internet, sa piketbefälet som hade kommit in i rummet.

Han såg sig omkring och rynkade på näsan.

– Vi sticker nu. Jävligt märkligt att dom kunde smita rätt framför ögonen på er, sa han och smålog retsamt.

Varken Irene eller Fredrik brydde sig om att upplysa honom om att de inte tillhörde traffickinggruppen. Samtidigt måste de ge honom rätt; det var verkligen mycket märkligt att Heinz Becker och hans kumpan hade hunnit försvinna med flickorna från lägenheten. Hur kunde de veta att det skulle bli razzia? Och hur hade de lyckats få tag på bilnyckeln så att de kunde starta lastbilen?

De gick in i vad som normalt skulle betecknas som vardagsrummet, men som för tillfället mest såg ut som ett primitivt logement. En sliten soffgrupp hade skjutits in i ett hörn av rummet, där det också stod några andra möbler och lampor. På golvet låg två madrasser. Runt madrassen fanns samma utensilier som i sovrummet: toarullar, kondomer och en plastbytta med potenspiller.

Köket hade uppenbarligen varit hallickarnas domän. Längs ena väggen stod en tältsäng med täcke och huvudkudde. Köksbordet hade de ställt mitt på golvet. Ovanpå tronade en stor tv. Bredvid den stod den stora asken med Viagra. Åtminstone angavs det med blå text utanpå förpackningen att den innehöll preparatet. Alla köksbänkar var belamrade med tomma pizzakartonger och spritflaskor. I vasken låg en använd kanyl. Stanken var kväljande.

– Teknikerna kommer när som helst. Vi åker tillbaka till polishuset, sa Linda Holm när hon stack in huvudet genom dörröppningen.

– Här finns väl inte så mycket mer för oss att göra, instämde Irene.

– Nej.

Kommissarien försökte inte ens dölja besvikelsen i rösten.

– Om jag kunde begripa hur dom visste att vi skulle komma!

Fredrik tittade på henne och såg fundersam ut. När de kom ut i trappuppgången sa han plötsligt:

– Jag stannar kvar en stund. Det är en grej som jag vill kolla.

Linda Holm bara nickade. Det verkade inte som om hon riktigt uppfattade vad Fredrik sa. Hon var djupt försjunken i sina egna grubblerier.

Linda satt tyst i bilen in mot stan. För att bryta tystnaden frågade Irene:

– Hur fick ni reda på var Heinz fanns?

– Han annonserade med mobilnumret på internet, svarade kommissarien.

– En av killarna på avdelningen ringde alltså?

– Ja.

– Hur länge har ni spanat?

– Två och ett halvt dygn. Det tar lite tid innan allt är ordnat med husrannsakan. Vi måste spana och visa att vi har fog för våra misstankar. Men vi har ett bra och nära samarbete med åklagarna. Och i det här fallet var det ingen tvekan. Det var en jämn ström av olika män till lägenheten.

– Tror du att nån varnade dom så att dom hann smita, frågade Irene.

– Det måste ha varit så. Dom lämnade kvar dyrbart knark och potensmedel. Det skulle dom ha tagit med sej om dom hade gjort en normal förflyttning. Men det här var en panikflykt. Nån tipsade dom!

Kommissariens röst och bistra min gjorde klart att om den anonyma tipsaren någonsin blev avslöjad, så skulle det inte bli nådigt för vederbörande.

– Jag undrar hur dom kunde starta lastbilen. Även om snön

skymde sikten så tyckte jag att det såg ut som om dom låste
upp bakdörren när dom lastade in säcken och ...

– Säcken!

Linda Holm avbröt Irene och slog handflatan hårt i ratten.

– Tjejen låg i säcken! Självklart!

Kommissarien grep så hårt om ratten att knogarna vitnade.
Hon stirrade stint ut genom framrutan. Trots att vindrute-
torkarna jobbade på högsta hastighet var det svårt att se ut.
Snöfallet hade ökat till snöstorm.

– Dom har alltså bara en tjej kvar, mumlade hon högt.

Irene fick en stark känsla av att kommissarien talade till sig
själv och sa ingenting. Troligen förhöll det sig som Linda
Holm trodde: den ena flickan låg i en plastsäck på ett last-
bilsflak och den andra i ett kylfack på rättsmedicin.

– Förlåt. Jag avbröt dej. Vad sa du om lastbilen? sa Linda
Holm.

Hon sneglade mot Irene utan att våga släppa vägen med
blicken.

– Jo, jag sa att det såg ut som om dom låste upp bilen med
en nyckel. Det var det som lurade mej. Om dom har nyckel så
bör dom ju vara byggjobbare och ...

Irene hejdade sig. Plötsligt förstod hon vad Fredrik hade
insett.

– Hur fick dom tag i nyckeln? frågade Linda.

– Nåt säger mej att Fredrik håller på att ta reda på det just
nu.

Under tystnad svängde de in på parkeringen utanför polis-
huset.

Lastbilen hittades en timme senare, gömd bakom ett magasin
på Ringön. En telereparatör som hade arbetat med ett kabel-
skåp knappt hundra meter från lagerbyggnaden rapporterade

att han hade sett en mörk kombi, troligen en Passat, stanna utanför magasinet. Två män och en ung kvinna hade kommit skyndande från baksidan av byggnaden och hoppat in i kombin. Det hade snöat för kraftigt för att han skulle kunna lämna några signalement eller bilens registreringsnummer. Men han hade lagt märke till att en av männen var stor och kraftig.

– Heinz Becker, sa Linda Holm dystert.

Hon och Irene hade slängt i sig en lunch i Försäkringskassans matsal. Nu satt de och pimplade automatkaffe inne på kommissariens arbetsrum. Telefonen ringde oupphörligen men det kom bara negativa besked. Hallickarna och flickan var som uppslukade av snöstormen.

– Flygplatser och färjeterminaler är larmade. Hur tror du att dom kommer att försöka ta sej ut ur landet? frågade Irene.

– Det troligaste är att dom försöker ta sej söderut. Från Skåne kan dom ta nån färja till Estland eller Polen eller Tyskland. Eller till Danmark. Väl där kan dom fortsätta ner i Europa. Det verkar ju som om dom fick med sej passen eftersom vi inte hittade några i lägenheten.

– Fast ett Skåne i snökaos är inte att leka med.

– Sant. Kanske ligger dom lågt och avvaktar ett tag. I varje fall tills det har slutat snöa.

Irene såg ut genom fönstret. Utanför rasade stormen med oförminskad styrka.

– Det verkar som om vi kommer att bli mer insnöade än vanligt här på Huset, sa hon och log mot Linda.

– Hejsan! Bingo! hördes det från den öppna dörren.

Birgitta kom in med bilden på Heinz Becker fladdrande i handen.

– Det var han som var på JC i lördags. Tillsammans med vår tjej!

Ur jeansfickan drog hon fram ett hopvikt papper som hon

vecklade upp. Hon slängde det på skrivbordet bredvid bilden på hallicken och log brett. Irene såg på fotot av Beckers plufsiga ansikte. Teckningen av flickans späda drag utgjorde en slående kontrast.

Birgittas leende bleknade när hon såg de båda andras miner.

– Men hallå! Vi har fått bevis på att tjejen tillhörde Heinz stall och nu är det bara att fronta honom med det här under förhören och … Har det hänt nåt?

– Det kan man säga, suckade Linda Holm.

Snabbt berättade hon om razzian ute i Biskopsgården. Birgitta satt tyst en stund innan hon sa:

– När vi trålar in dom så har vi bevis för att han och hans kumpan har haft flickan i sitt våld. Vi lyser dom för mord! Innan vi har förhört dom så vet vi ju inte om det är dom eller nån kund som dödade henne.

– Det är redan gjort, sa kommissarien stillsamt.

Irene reste sig från stolen.

– Vi går in till oss. Men vi håller kontakten ifall nåt dyker upp, sa hon.

Linda Holm nickade och gjorde en grimas som skulle föreställa ett leende. Att Becker och hans kumpan hade kommit undan såg hon uppenbarligen som ett personligt misslyckande. Kanske tyckte hon att det var extra försmädligt att kollegorna från våldet hade varit med och sett hennes nederlag.

När Irene och Birgitta kom in i korridoren som ledde till deras tjänsterum såg de Fredrik komma emot dem. Hans min speglade belåtenhet.

– Var det som du trodde? frågade Irene.

– Yes!

– Hur många är dom totalt?

– Fyra.

– Vem?

Han höjde på ögonbrynen och såg menande på sina kvinnliga kollegor när han svarade:

– Allihop. Verkar det som.

Irene nickade.

– Kan ni sluta snacka i koder och tala om vad det här handlar om! utbrast Birgitta irriterat.

– Okej. Vi tar mitt rum, sa Fredrik och höll chevalereskt upp dörren.

Kvinnorna ockuperade de två stolarna som fanns i det lilla rummet. Fredrik förblev stående.

– Både jag och Irene såg när dom där snubbarna kom ut från porten med säcken mellan sej. Den ena av dom tog fram bilnyckeln och låste först upp bakdörren så dom kunde lassa in säcken i lastutrymmet och sen låste han upp förarhytten. Sen rivstartade dom och försvann. Det gjorde ju att man tänkte att dom var byggjobbare. När vi förstod att dom hade stuckit med hjälp av lastbilen så blev ju den naturliga frågan hur dom lyckades få tag på nyckeln, sa han.

– Bra fråga. Hur fick dom det? ville Birgitta veta.

Fredrik kunde inte dölja sin belåtenhet när han svarade:

– Jag gick upp på vinden där gubbarna höll på. Det var svinkallt och snön vräkte ner. Det är inte lätt att få upp presenningar i stormen, kan jag säga! Dom blev oroliga när jag kom och presenterade mej. Ingen av dom var direkt pigg på att snacka men jag stod på mej. Sa att dom kunde få skjuts hit ner om dom hellre ville det. Det ville dom inte!

Vid den sista meningen flinade han brett.

– Därefter tog jag dom en och en. Basen först. Det kröp fram att dom har jobbat där på vinden i fyra dar. Det brann där uppe natten mellan söndag och måndag. Först förnekade han all kännedom om bordellen på fjärde våningen. Men samtidigt kunde han inte förklara vart nyckeln till lastbilen hade tagit vägen. Försökte med att han måste ha tappat den eller att nån skulle ha stulit nyckeln ur hans ficka. Men då blev det marigt för honom eftersom det inte finns nåt omklädningsrum där uppe på vinden. Dom går ut och sätter sej i trappan när dom behöver tina upp. Och dom är ändå tjockt påbyltade när dom jobbar. Men dom har alltså arbetskläderna på sej under hela arbetsdagen. Till slut hade han snärjt in sej så i lögner att det inte längre fanns nån väg ut. Inför hotet att bli förhörd här hos oss så föll han till föga. Han hade varit nere på bordellen under förmiddagen. Och enligt honom måste Heinz eller hans kumpan ha stulit nyckeln ur hans ficka under tiden som han hade sex med tjejen.

Det blev tyst en stund i rummet medan var och en tänkte igenom scenariot.

– Men du tror honom inte, sa Irene slutligen.

– Nej. Jag snackade med dom andra tre också. När jag frågade om dom hade varit nere på fjärde våningen så blev dom skitnervösa. Helt uppenbart att alla visste vad som fanns där! Och när jag frågade om dom hade varit där så svarade dom typ "man blir ju nyfiken" och "dom andra gick dit" och "jag har aldrig varit på nåt sånt förr" och sån skit. Två är gifta och en är sambo. Den fjärde är förlovad men inte sambo. Han är yngst. Alla är skitskraja att det ska komma fram att dom har varit på bordellen.

– Att dom inte blånekade! utbrast Birgitta.

Fredrik log okynnigt.

– Jag måste erkänna att jag körde lite killsnack. Dom blev invaggade i säkerhet. Berättade i förtroende, typ.

– Vi måste framför allt ta in den där basen som erkände att han hade sex med flickan i dag på förmiddagen, sa Irene bestämt.

– Jag lovade att han skulle slippa komma hit …, började Fredrik men Irene avbröt honom.

– Vi måste höra honom och dom andra tre! Dom kan ge oss ett signalement på flickan. Kanske uppfattade nån av dom vilket land hon kommer ifrån. Dom är vittnen till att Becker och hans kumpan fanns i lägenheten samtidigt. Och man undrar hur flickan som dom fick med sej mår. Fast hon levde ju i alla fall efter rymningen med lastbilen. Enligt telekillen så gick hon för egen maskin till Passaten som hämtade upp dom.

– Okej. Jag ska se till att allihop kommer hit, sa Fredrik.

– Bra. Vi måste få dom att fatta att hallickarna kan vara mördare. Det är ett mord vi utreder och vi struntar i deras eventuella brott mot sexköpslagen.

– Basen tillhör alltså dom gifta, konstaterade Birgitta.

– Ja, sa Fredrik.

Han började gå mot dörren.

– Jag åker ut till Biskopsgården igen och tar med mej en patrull. Det går fortast, sa han.

– Se bara till att du inte fastnar i snön, förmanade Irene innan hon hann hejda sig.

Som om Fredrik behövde en morsa, tänkte hon irriterad på sig själv. Fast det verkade inte som om han tog illa upp.

– Risken finns. Men det har faktiskt börjat lugna ner sej.

En blick ut genom fönstret visade att han hade rätt. Stormen hade avtagit till ett mer normalt snöfall. Det fanns kanske hopp om att kunna ta sig hem framåt kvällen. Om snöplogarna bara kom igång så … Irenes tankar avbröts av att Fredriks telefon ringde. Han stod redan med handen på dörrhandtaget men vände tillbaka till skrivbordet igen för att svara.

– Inspektör Fredrik Stridh … ja det stämmer … jaså en Toyota?

Fredrik stod tyst en lång stund och lyssnade till rösten i luren. Både Birgitta och Irene såg hur han stelnade till när han slutligen utbrast:

– Båda två! Fast hon klarade sej … okej …

Han började redogöra för samtalet innan han hade fått tillbaka luren i klykan:

– Nu händer det grejer! Det var Varbergspolisen. En vit Toyota, som visade sej vara stulen på Heden här i Göteborg för knappt två timmar sen, körde av vägen strax norr om Varberg för en timme sen. I bilen satt tre personer som stämde med efterlysningen som vi precis hade skickat ut. Vurpan var kraftig och bilen åkte nerför en slänt. Båda männen konstaterades döda vid framkomsten till sjukhuset. Den unga kvinnan är svårt skadad och djupt medvetslös. Kraftig hjärnskakning. Opereras just nu för spräckt mjälte. Hon hade också frakturer på bäckenet och ryggraden och allt vad det var. Hennes tillstånd betecknas som mycket kritiskt.

Både Birgitta och Irene stod förstummade en stund innan Irene lyckades samla ihop sig till en kommentar.

– Det var som … plötsligt händer allting på en gång! utbrast hon.

– Det är väl det minsta man kan säga, mumlade Birgitta omtumlat.

Fredrik sjönk ner på sin skrivbordsstol och funderade.

– Hur agerar vi nu? Ska jag fortfarande åka ut till Biskopsgården och höra gubbarna igen? frågade han.

– Absolut! Det är jätteviktigt att vi får fastslaget sambandet mellan Heinz Becker och flickan som just nu ligger medvetslös. För att inte tala om ifall du kan få nån av dom att erkänna att han även har sett flickan från jordkällaren i lägenheten. Då har vi också den länken klar, svarade Irene snabbt.

– Speciellt som Heinz är död och vi inte kan få nåt erkännande från honom själv, inflikade Birgitta torrt.

– Jag informerar Sven om händelseutvecklingen. Det är ingen idé att åka ner till Varberg i det här vädret. Tjejen kommer antagligen att vara medvetslös ett bra tag. Sen måste hon samla krafter innan vi kan höra henne. Och vi behöver veta vilket språk hon pratar så vi kan fixa tolk, sa Irene.

– Låter vettigt i mina öron. Jag går in till mej och skriver rapport om den positiva identifikationen som biträdet på JC gjorde. Den är ett starkt samband mellan Becker och den döda tjejen, sa Birgitta.

– Och om det finns DNA på jeanskjolen som vi såg i lägenheten så är ju det också ett starkt bevis för att hon verkligen har varit där, påpekade Fredrik.

– Absolut. Även om Linda Holm inte var så glad över utvecklingen för traffickingenhetens del så måste jag säga att vår avdelning har kommit en bra bit framåt i utredningen av flickmordet. Vi är betydligt närmare flickans identitet än vi var i morse. Och kanske även hennes mördares. Vi får ta DNA från Becker och hans kumpan och jämföra med sperman som vi hittade i hennes hår, sa Irene.

– Tror du att det är nån av dom? undrade Birgitta skeptiskt.

– Egentligen inte. Men vi kan inte bortse från möjligheten. Fast ska jag vara ärlig så tror jag inte att det var dom som mördade henne.

– Varför inte?

– Platsen flickan hittades på. Hur skulle Heinz Becker och hans kompis kunna känna till den undangömda gamla jordkällaren? Det skulle ha varit mycket lättare för dom att dumpa henne i nåt dike utefter vägen. Eller lägga henne i nån skogsdunge. Men just jordkällaren krävde lokalkännedom. Och det tror jag inte att Becker eller hans kompanjon hade.

– Vi får fortsätta att leta efter en gärningsman, konstaterade Birgitta.

IRENE VAR HELGLEDIG. Lördagsförmiddagen ägnade hon åt två intensiva träningspass i dojon. Under det första var hon tränare för en grupp kvinnliga poliser. Flera av dem hade börjat gradera för blått bälte. De hade varit träningsvilliga och kämpat på flitigt. Irene var mycket stolt över dem. Det andra träningspasset var blandat, med flest manliga deltagare. Det var populärt att gå en runda mot Irene, eftersom hon faktiskt var före detta europamästarinna. Även om det var mer än tjugo år sedan satt de gamla takterna i.

Resten av lördagen ägnade hon mest åt att skotta upp snöhögar utomhus och försöka minska tvätthögarna inomhus. Tvättmaskinen gick på högvarv. Att fyra personer kunde generera så mycket smutstvätt var en gåta. Märkligt nog tyckte Irene att tvättberget bara växte ju äldre flickorna blev. Vi sliter inte på våra kläder utan vi tvättar sönder dem, tänkte hon. Men hon sa inget, eftersom båda flickorna var sysselsatta med att städa huset. Det var dags för månadens Huss-ryck. Irene hade infört det för flera år sedan och det fungerade bra. En gång i månaden gjorde hela familjen en insats och hjälptes åt att städa huset. Krister slapp den här gången för han hade i princip gjort hela julstädningen själv. Till och med bytt till julgardiner i köket. Om inte han hade gjort det så skulle det inte kommit upp några julgardiner. Gardiner var helt enkelt inte Irenes grej, som tvillingarna skulle ha uttryckt det. Krister

skulle dessutom arbeta hela helgen och inte komma hem förr-
än framåt midnatt.

Egentligen var det hög tid att klippa Sammie, men det var
alldeles för kallt ute. Det var bäst att han fick behålla den långa
pälsen ett tag till. Framåt mars skulle han se ut som ett ute-
gångsfår om han inte blev ansad innan dess. Det bekom
honom inte ett dugg. Han avskydde allt vad pälsvård hette!
Det hade han gjort i hela sitt tolvåriga hundliv. Det är inte för
inte som rasen heter irish softcoated wheaten terrier, vilket
direktöversatt till svenska betyder irländsk mjukpälsad vete-
färgad terrier. Det var en mycket träffande beskrivning av
Sammie, härligt lockig päls som inte fällde, men måste klippas
och kammas noggrant. Och denna skötselkrävande päls satt på
en terrier! Irene hade ofta undrat hur man bara kunde komma
på idén att avla fram något dylikt.

Hon var tvungen att kamma honom, annars skulle hon ald-
rig få fason på hans päls igen. Irene ställde upp Sammie på
trimbordet i tvättstugan. Han insåg vad som väntade och bör-
jade genast sura. Med sänkt svans snodde han nervöst runt på
bordet. Det var som att sko en häst i galopp, som Irenes
mamma brukade säga. Irene var van och hade lärt sig hand-
greppen. Hon tog ett mjukt men bestämt tag kring hans hals
och började borsta hans mjuka päls. Hon höll med handflatan
mot halsen bakom hans ena öra, medan hon borstade med den
andra handen.

Den kändes mycket distinkt under hennes fingrar: en hård
valnötsstor knöl. Det är en ofarlig fettknöl, försökte Irene
genast intala sig. Samtidigt visste hon mycket väl hur de mjuka
fettknölarna kändes. De satt under huden och gick lätt att röra
på mot den underliggande muskulaturen. Den här knölen satt
fast. Hon lät fingrarna löpa över Sammies kropp. I högra
ljumsken kände hon en nästan lika stor knöl. Mitt fram på

halsen satt en tredje, stor som en hasselnöt.

Irene blev alldeles iskall i hela kroppen. Samtidigt insåg hon klart vad det kunde innebära. Sammie skulle fylla tretton år i april, vilket är en aktningsvärd ålder för en hund. Är det bara en tumör kan man försöka att operera bort den. Om cancern har hunnit sprida sig är det dålig prognos. Herregud, hon hade hittat tre knölar på olika ställen på kroppen!

Krister får ta honom till veterinären på måndag, tänkte hon. Gråten steg inom henne och blicken skymdes av tårar. Inte ta ut något i förskott, förmanade hon sig själv och svalde hårt. Det var lönlöst, för gråten satt som en klump i halsen och den gick inte att svälja.

Ömt höll hon Sammies huvud mot sitt ansikte och lade sin kind mot hans. Först blev han konfunderad, men märkte sedan att matte var ledsen. Försiktigt buffade han med nosen mot hennes näsa och gav henne en liten slick. Även om hon för tillfället låg på minus – vilket vem som helst som utförde pälsvård på honom skulle ha gjort – så var hon ändå hans älskade matte.

Söndagsmorgonen grydde alldeles vindstilla med klarblå himmel. Irene spankulerade i sakta mak ner mot Fiskebäcks småbåtshamn med den sömndruckna Sammie. Hon var ordentligt påklädd men för honom räckte den tjocka pälsen som skydd.

Det var bedövande vackert när de kom ner till havet. Solgnistret i det orörda snötäcket som sträckte sig ut över isen bländade henne. Den senaste tidens starka kyla hade inneburit att isen hade lagt sig ovanligt tidigt runt Sveriges kuster. Om kylan höll i sig skulle det säkert bli möjligt att åka bil ut till öarna i skärgården.

Irene släppte Sammie som överlycklig sprang ut i snön och började rulla sig. Han älskade snö, och kylan bekom honom inte ett dugg. Det var ingen fara att låta honom vara lös en liten stund. Det fanns inga andra hundar inom synhåll. Och med stigande ålder och nedsatt synförmåga hade han blivit allt mer obenägen att rymma. Med pälsen full av snö kom han skuttande mot Irene. Han såg så lycklig ut som bara en fri terrier kan göra. Av ålder och sjukdom syntes inte ett spår. Med ett sting i hjärtat insåg Irene att det ändå fanns där. Det var bara en tidsfråga.

Sammie sjönk ihop på mattan i vardagsrummet när de kom hem. Efter någon minut snarkade han högt. Han hade inte ens brytt sig om att tigga till sig en leverpastejsmörgås, trots att Krister satt vid frukostbordet. Irene kysste sin man på kinden. Perkolatorbryggaren stod på bordet och hon hällde kaffe ända upp till kanten på sin mugg. Samtidigt som hon bredde en fralla berättade hon för Krister om Sammies knölar.

– ... så jag tänkte att du är ju ledig i morgon. Skulle du vilja ringa veterinären och beställa en tid? avslutade hon.

– Visst. Jag är ju ändå ledig.

Den beska tonen undgick henne inte, men Irene kunde inte förstå varför han blev sur.

– Eller hade du tänkt att göra nåt annat? frågade hon.

Han suckade ljudligt.

– Nej. Jag kontaktar Blå Stjärnan.

– Är det okej? undrade hon osäkert.

– Jadå.

Han gav henne ett blekt småleende över kanten på dagstidningen. Förvisso hade han sagt att det var okej, men Irene tyckte inte att det lät så. Men hon avstod från att driva frågan vidare. Tids nog skulle det säkert visa sig vad som var fel. Kanske var han bara trött, helgpassen var långa. I dag skulle han bara arbeta till klockan fem och säkert vara hemma strax efter sex. Irene bestämde sig för att hon och tvillingarna skulle överraska honom med en god middag som skulle stå på bordet när han kom hem.

Vid fyratiden ringde telefonen. Det var Fredriks pigga stämma som trumpetade i luren när Irene svarade.

– Det kan vara napp på Passaten, inledde han entusiastiskt.

– Vilken Passat? frågade hon innan hon hunnit tänka efter.

– Den svarta kombin som hämtade upp framlidne Heinz Becker och hans likaledes framlidne kumpan och tjejen som ligger på Varbergs sjukhus!

– Jaså. Jag menar …

– En kille togs för rattfylla i natt. Bilen han körde var en mörkblå Passat kombi. Och killen var ett känt bus, Anders Pettersson.

– Vad då känt? Jag vet inte vem han är, avbröt Irene honom. Fredrik skrattade förnöjt.

– Anders Pettersson säger dej kanske inget. Men om jag säger Indianen? sa han.

Indianen kände Irene mycket väl till. Storlangaren var ökänd inom polisen för att urskillningslöst sälja narkotika till barn och ungdomar. Han var totalt skrupelfri och krävde alltid sexuella gentjänster av sina unga kunder när han väl hade fått dem fast i missbruket. Vissa hade inte ens hunnit bli tonåringar. Det spelade heller ingen roll om de var flickor eller pojkar. Några gånger hade han åkt fast för sex med minderåriga och narkotikabrott, men oftast gick det aldrig så långt som till rättegång. Det hade aldrig gått att bevisa att det förekom några hotelser mot vittnena och målsägarna. Men de som kunde utgöra ett hot mot Indianens frihet brukade dra tillbaka sina anklagelser och vittnesmål. Indianen skyddades av Bandidos och hade i många år varit deras samordnare av langningen till skolorna i Göteborg. De minderåriga missbrukarna hade inte mycket att sätta emot. De flesta vågade inte ens försöka.

– Indianen? Det svinet har alltså åkt dit för rattfylla? sa Irene.

– Precis. Piketen var på väg in mot Huset när dom fick se en bil som velade fram och tillbaka mellan filerna på Södra vägen. Dom stoppade bilen. Föraren var ensam i bilen och det var alltså Indianen. Han var redlöst berusad och hängde över ratten. I handen höll han sin mobil. Hela tiden upprepade han samma mening. Piketbefälet blev intresserat när han till slut hörde vad det var Indianen sluddrade. Det lät som typ "måste ringa Heinz". Gissa vem piketbefälet var?

– Han som var med vid tillslaget i Biskopsgården, gissade Irene.

Det var ingen kvalificerad gissning, bara ren logik.

– Yes! Han heter förresten Lennart Lundstedt. Skärpt kille. Han tänkte att så många Heinz kan det ju inte finnas så han la beslag på Indianens mobil. När han kollade senast uppringda nummer så var det naturligtvis Heinz Beckers!

– Det som han hade lagt ut på internet?

– Ja. Och eftersom jag är krimjour den här helgen så kontaktade Lundstedt mej i förmiddags. Han hade fått en idé. Jag gjorde som han föreslog. Och det blev bingo!

– Vad blev bingo? frågade Irene lätt irriterat.

Samtidigt kände hon hur intresset steg inom henne. Det lät på Fredrik som om han verkligen hade kommit på något.

– Jo, jag ringde kollegorna i Varberg och dom ordnade fram Heinz Beckers mobiltelefon. Jag ringde numret i Indianens mobil. Och gissa vilken mobil som började ringa!

– Den i Varberg, antog Irene.

– Precis. Och i Beckers mobil hittade Varbergskollegorna Indianens nummer. Vi har ett vattentätt bevis på samröre mellan Becker och Indianen!

– Snyggt, sa Irene med uppriktig beundran.

– Varbergarna hälsade också att dom letar efter pass och andra handlingar som kan ge ledtrådar om kumpanens och tjejens identitet.

– Dom har inte hittat nåt?

– Inte ännu. Men dom letar. Bilen är tydligen ganska mosad. Antar att det är svårt att hitta väskor och sånt.

– Vi får alltså nöja oss med vetskapen om sambandet mellan Heinz och Indianen.

– Nöja oss! Vi sitter med trumf på hand! Men vi måste agera snabbt. Typ nu!

– Varför är det så bråttom?

– Indianen har sovit djupt i fyllecellen under dagen. Han hade två komma tre promille i blodet men man misstänker att han också var narkotikapåverkad.

– Vad menar du med trumf på hand, då?

Irene brukade inte vara speciellt trögtänkt, men just nu hängde hon inte riktigt med sin entusiastiska kollega.

– Indianen vet inte om att Heinz Becker är död!

Det tog en stund innan innebörden av Fredriks ord hade sjunkit in.

– Du har rätt. Vi måste prata med honom innan han får veta det, sa hon.

– Jag tror att det är bra om vi är två.

– Absolut. Jag är utanför häktet om en halvtimme.

– Bra. Jag förbereder förhöret.

Irene och Fredrik satt på plats i förhörsrummet när Anders "Indianen" Pettersson leddes in av två stabila häktesvakter. Enligt arkivuppgifterna skulle Indianen vara trettiosex år, men han såg äldre ut. Visserligen hade han rakat huvud, piercingar i ögonbrynen, klädde sig som en hiphoppare och var fullklott-

rad med tatueringar. Men det hjälpte inte, han såg ohjälpligt
äldre ut. Det var några dagar sedan han hade rakat huvudet
senast och stubben avslöjade obarmhärtigt att han redan hade
en välutvecklad flint. En gång i tiden hade han sannolikt varit
vältränad – troligen efter en längre fängelsevistelse – men nu
släpade han omkring på alldeles för många extrakilon. Indianen
såg ut för det han var: ett medelålders bus som levt hårt.

På andra sidan bordet damp han ner på stolen som kved
under hans tyngd. Demonstrativt höjde han händerna i luften
och viftade med dem.

– Inga kedjor? sa han skrovligt.

Kommentaren utlöse ett gurglande hostanfall som lät som
om det hade sitt epicentrum i hans nedre lunglober. Samtidigt
spred sig en stark lukt av dagen efter-andedräkt i förhörsrummet.
Indianens mosiga ansikte var svettblankt och hans röd-
sprängda ögon indikerade att han inte alls mådde bra.

– Inte den här gången. Vi vill bara ställa några frågor, svarade
Fredrik när Indianens hostattack hade ebbat ut.

Han presenterade sig själv och Irene.

– Vad då för jävla frågor? Då får ni fanimej ta hit min advokat!
Jag säger inte ett jävla …

– Lugna ner dej. Det handlar inte om dej.

Indianen gav Fredrik en förvånad blick. Långsamt bearbetade
hans drogförgiftade hjärna den nyss givna informationen.

– Inte? var den enda kommentar han lyckades formulera.

– Nej. Det handlar …

Klumpigt började Indianen resa sig från sin stol.

– Då ska jag inte sitta här en jävla sekund till.

– Sitt! kommenderade Fredrik.

– I helvete! Om det inte gäller mej så …

– Det gäller mord.

Indianen hejdade sin breda ändalykt halvannan meter ovanför stolssitsen. Med öppen mun stirrade han på Fredrik.

– Vafan, muttrade han och sjönk lealöst tillbaka ner på sitsen igen.

Under bråkdelen av en sekund fruktade Irene att han skulle hamna vid sidan om stolen, men det klarade sig. Påpassligt sköt hon in:

– Jag kan fixa en mugg kaffe om du vill ha.

Indianen riktade sina röda ögonspringor mot henne och grymtade något. Det verkade som om han var i starkt behov av något centralstimulerande.

– Mjölk? Socker? frågade hon.

– Socker. Massor av socker.

Hon reste sig och öppnade dörren. Med ena handen vinkade hon till häktesvakten som befann sig i korridoren. De hade gjort upp om signalen på förhand och han nickade och log konspiratoriskt innan han försvann i riktning mot kaffeautomaten.

– En med socker, en med mjölk och en svart, ropade hon efter hans breda ryggtavla.

Så obemärkt som möjligt smög hon tillbaka till sin stol. Det var fullkomligt onödigt att smyga, för Indianen hade sin odelade uppmärksamhet riktad mot Fredrik.

– Va ... va menar du för jävla skit ... vicket mord! Ja har fanimej inte ...

– Vi vet. Men du har en kompis som är starkt misstänkt, avbröt Fredrik honom.

Indianen försökte fixera honom men det misslyckades. Ögongloberna slirade hela tiden runt i sina hålor. Irene kom att tänka på en enarmad bandit. Indianens ögonrödor skulle mycket väl kunna gälla för två körsbär. Fast det krävs tre i rad för att få jackpot. Det enda Indianen skulle få var en präktig baksmälla.

Indianen sa inget utan fortsatte att glo på Fredrik till dess att häktesvakten kom in med deras kaffe. Först när vakten hade gått och stängt dörren igen, sa han:

– Vem?

Fredrik låtsades inte höra utan frågade:

– Vad gjorde du i fredags eftermiddag vid halvtvåtiden?

I stället för att svara försökte Indianen läppja på sitt rykande kaffe.

– Svara! Annars får du stanna i häktet för skyddande av brottsling.

Indianen bara ryckte på axlarna.

– Du vet säkert inte om det, men vi skickade ut en efterlysning på din bil i fredags eftermiddag strax efter klockan tre. Typ alla poliser i Västra Götaland sökte efter den och så kör du din klant rattfull och blir haffad av piketen!

Indianen tog några små klunkar av kaffet och verkade inte lyssna. Men Irene kunde se hur hans förvirrade tankar studsade omkring i hjärnluddet. Det var nästan så hon tyckte lite synd om honom.

– Vafan … varför lös ni min bil? mumlade han slutligen.

– Ett vittne såg din bil när du hämtade upp Heinz Becker och dom andra två på Ringön. På samma plats som vi hittade lastbilen som dom hade snott. Efter mordet.

– Vilket jävla mord? stönade Indianen.

– På den lilla ljusa tjejen som Heinz Becker hade med sej. Vad hette hon nu igen …

Fredrik låtsades leta i minnet. Irene iakttog Indianen, utan att med en min avslöja hur spänt hon väntade på hans reaktion. Först rynkade han sina massiva piercade ögonbryn. Det verkade som om han verkligen försökte förstå vad Fredrik just hade sagt.

– Vafan säger du … har Heinz fimpat den lilla ryskan?

Han såg precis lika förvånad ut som han lät.

– Märkte du inte att hon saknades i går när du hämtade upp dom? frågade Fredrik snabbt.

– Jo … men Heinz sa att hon redan hade åkt till Teneriffa …

– Själv?

– Nä … nä …

– Vem var med henne då?

– Sergej, svarade han med en trött suck.

– Vad heter han mer än Sergej?

Indianen skakade på sitt runda huvud.

– Det vet du inte?

– Nä … har bara hört Sergej.

– Sergej skulle alltså ha åkt iväg till Teneriffa med den ljusa tjejen? Sa Heinz det?

– Ja.

Irene fick en stark känsla av att Indianen faktiskt talade sanning. Hon kunde förstå att han, med tanke på sin egen ljusskygga verksamhet, naturligtvis inte ville dras in i Beckers smutsiga byk. Samtidigt var det uppenbart att de ändå hade haft någon form av samarbete, eftersom Heinz kallade på Indianen när det krisade. Vad var deras beröringspunkt? Irene trodde sig veta vilken den var och beslöt att testa sin hypotes. Hon reste sig upp och gick fram till bordet.

– Hon åkte inte till Teneriffa med Sergej, sa hon lugnt när hon lade fotot av den döda flickan framför Indianen.

Indianen kastade en förströdd blick på bilden men ryckte till när han fick se vem den föreställde.

– Du känner igen henne. Heinz stod för flickorna och du för knarket, konstaterade Irene.

Med en trött gest sköt Indianen undan fotot med ena handen. Den andra knöt han och hötte med under Fredriks näsa.

– Ni ska fanimej inte sätta dit mej för det här! Jag vill ha hit min advokat! Jag har inte ett skit med tjejen att göra! skrek han upprört.

Irene kunde nästan höra hur baksmällan började hamra inne i hans huvud.

– Jag fixar mer kaffe om du vill ha, sa hon vänligt.

– Ja för fan, sa han spakt.

– Socker vet jag men vill du ha en bulle eller en macka också?

– Bulle, bestämde han efter lång betänketid.

Hon gjorde om beställningsproceduren med häktesvakten. Bakom ryggen hörde hon hur Fredrik frågade:

– Minns du vad den ryska tjejen hette?

– Nä … va de inte Tanja? Eller Katja? Nä … jag minns inte, svarade Indianen och ruskade tungt på huvudet.

– Den andra tjejen då? Vad heter hon?

– Ingen aning.

Svaret kom snabbt.

– Är hon också ryska?

– Vet inte.

– Du hörde henne aldrig prata med nån eller nån som pratade med henne?

– Nä.

– Men Tanja var ryska. Det vet du, slog Fredrik fast.

Indianen nickade kort och knep ihop munnen. Han tänkte inte säga något mer om den döda flickan. Nu visste de i varje fall att hon var ryska.

– Den andra killen som du hämtade upp tillsammans med Heinz Becker, vem är han? fortsatte Fredrik.

– Vet inte.

– Du har aldrig sett honom innan?

– Nä.

– Och Heinz nämnde aldrig hans namn i bilen?

– Nä.

Det blev ett avbrott när Indianens kaffe och bulle anlände. Han doppade kanelsnurran i det varma kaffet. Under ljudligt sörplande sög han i sig det uppmjukade fikabrödet. Stärkt av snabba kolhydrater och koffein lutade han sig bakåt mot stolsryggen och knäppte händerna över magen. Skulle bara fattas att han somnar nu, tänkte Irene. Hon hade inte behövt oroa sig, Fredrik tänkte hålla Indianen vaken en stund till.

– Hur länge har du och Heinz känt varandra?

Indianen stelnade till vid frågan. Också i hans röst hördes en avvaktande hållning när han svarade:

– Inte länge … förra veckan.

– Ni har aldrig haft kontakt tidigare?

– Nä.

Uppenbarligen tänkte han inte säga sanningen. Både Irene och Fredrik märkte att han ljög men de skulle inte komma vidare genom att pressa honom. Han var van vid polisförhör och visste när han skulle ljuga och när han skulle tiga.

– Har du nånsin tidigare träffat den här ryska flickan … Tanja eller Katja?

– Nä.

– När träffade du henne för första gången?

Indianen satt tyst en lång stund och snurrade runt den sista kaffeskvätten i muggen. Slutligen tog han den i ett enda svep och satte bestämt ner den tomma muggen på bordet.

– I lördags. Förra lördan …

– Jag förstår det.

Fredrik såg ner på bilden av den döda flickan.

– Hur var hon? frågade han kort.

– Vill du ha detaljerna, ditt lilla pervo? flinade Indianen.

– Du hade sex med henne, konstaterade Fredrik.

Indianen svarade inte utan fortsatte att flina. Irene fick lägga band på sig för att inte gå fram och ge honom en rejäl örfil.

– Flickan var minderårig, sa hon i stället.

Han svarade fortfarande inte men flinet bleknade bort. I stället gäspade han stort och sa:

– Jag har fanimej sagt allt jag vet. Nu vill jag tillbaka och sova.

För att ytterligare understryka sanningshalten i sitt påstående presterade han en gäspning i storleksordningen ordinärt dubbelgarage.

Fredrik och Irene utväxlade en snabb blick och nickade åt varandra. Det skulle inte gå att få ur Indianen något mer. Han hade varit oväntat talför, vilket sannolikt fick tillskrivas hans fortfarande höga promillehalt i blodet.

Häktesvakten förde tillbaka Indianen till hans cell.

– Jag skriver att piketbefäl Lennart Lundstedt uppfattade att Indianen och Heinz Becker kände varandra när Indianen satt och babblade i piketen. Och att jag passade på att prata med Indianen eftersom jag har helgjouren. Det viktigaste är väl beviset för att Becker och Indianen stod i kontakt med varandra via mobilerna. Så skriver jag att han gav en del viktiga upplysningar som att tjejen kom från Ryssland och hette Tanja eller Katja, sa Fredrik.

– Och att det enligt Indianen finns en kille som heter Sergej inblandad.

– Det vi har borde räcka för att få honom anhållen.

– Tja, Indianen är väl inte precis den mest tillförlitliga källan som jag har träffat genom åren. Men han är allt vi har just nu. Vi får gå på vad han har sagt. Jag kan kontakta Linda Holm i morgon och höra om hon känner till den där Sergej.

Irene parkerade bilen på radhusparkeringen strax efter åtta. Krister och flickorna hade gjort söndagsmiddag. Irene fick värma resterna i mikron, som så många gånger förr.

IRENE SPRANG SOM VANLIGT in på avdelningen med andan i halsen, med föresatsen att hon skulle hinna få med sig en mugg kaffe till morgonbönen. Med högsta växeln ilagd rundade hon hörnet och sparkade upp dörren till sitt tjänsterum, samtidigt som hon försökte krångla sig ur den tjocka vinterjackan. Det var ytterst nära att den unge mannen som stod inne i rummet hade fått dörren i ansiktet. Han såg minst lika förvånad ut som Irene gjorde, när hon tvärnitade innanför tröskeln och stirrade på sin oväntade besökare.

– Åh ... ursäkta mej. Jag visste inte att det fanns nån här, lyckades hon till slut haspla ur sig.

Mannen var mellan tjugofem och trettio år, av medellängd, med tjockt mörkbrunt hår och bärnstensbruna ögon. Kroppsbyggnaden var något satt men han verkade vältränad. Han såg mycket bra ut och hon visste att hon aldrig hade sett honom förut. En tjock Canada Goose-jacka hängde prydligt över ena besöksstolens ryggstöd. På fötterna hade han kraftiga kängor. Hans övriga klädsel med blåjeans och stickad mörkblå tröja över en tunn vit bomullspolo lämnade inga ledtrådar till vem han var. En svag doft av fräscht rakvatten svävade i luften. Irene tog sig samman och sträckte fram handen för att hälsa.

– Hej. Inspektör Irene Huss.

Han tog hennes hand i ett fast grepp och svarade:

– Hej. Stefan Sandberg.

Irene hajade till. Det måste vara Torleif Sandbergs son. Men det kunde absolut inte vara den lille pojken på fotot som hon hade sett i Kruska-Totos lägenhet. Pojken på kortet hade varit ljushyllt och blond.

– Jag måste verkligen beklaga din fars tragiska bortgång ..., började hon men hejdade sig när hon såg hans ansiktsuttryck.

– Tack, svarade han stelt.

Tommy stack in huvudet genom dörren och sa:

– Morrn, morrn! Kommer du eller? Vi börj... åh, har du besök så här tidigt? Eller är det jag som har det?

Tommy steg in i rummet och log mot den oväntade besökaren. Irene presenterade dem snabbt för varandra.

– Om det gäller utredningen av din fars död så ska du prata med inspektör Hannu Rauhala igen för han har hand om den, skyndade sig Irene att upplysa Stefan Sandberg om.

Hon hade fortfarande inte gett upp hoppet om att hinna uppsöka kaffeautomaten.

– Jag vet. Men han är sjuk i dag. Vinterkräksjukan sa en äldre kille som troligen är nåt slags chef här. Han skickade mej till er. För jag måste anmäla en sak, sa han allvarligt.

– Vad är det du måste anmäla? frågade Irene.

Hon fick anstränga sig för att inte avslöja sin otålighet.

– Torleifs bil är stulen.

Varken Irene eller Tommy kom sig för att säga något.

– Stulen? lyckades Irene till sist få fram.

– Ja. Bilen är stulen. Den står inte på hans parkeringsplats.

Alla tre hoppade högt när interntelefonen i samma stund skrällde till och kommissariens sträva stämma ljöd genom högtalaren:

– Kom nu era slashasar!

– Okej, okej! hojtade Tommy.

Irene vände sig mot Stefan och sa:

– Som du säkert inser så är vi underbemannade i dag. Men vi vill gärna prata mer med dej. Har du möjlighet att komma tillbaka hit efter lunch? Vid ett- eller halvtvåtiden?

– Det går bra. Inga problem, nickade Stefan Sandberg och tog sin tjocka jacka från stolsryggen.

– Hannu och Birgitta ligger hemma och spyr. Det går vinter-kräksjuka på ungens dagis, upplyste kommissarie Andersson sina inspektörer som inledning på den nya arbetsveckans första morgonbön.

Flera i församlingen såg oroliga ut och för att lugna dem fortsatte han:

– Deras pojk blev sjuk i fredags och Hannu och Birgitta i går. Jag ringde sjukvårdsupplysningen och talade med en sköterska. Det finns en god chans att vi har klarat oss för den där jävla spysjukan slår till snabbt. Och det är ju inga andra som har blivit sjuka under helgen så vi får hoppas att hon har rätt.

Trots det såg Andersson bekymrad ut.

– Det blir tungt för oss andra, för paret Rauhala kommer knappast tillbaka förrän i slutet av veckan. Jag har fått en kille från allmänna span som är ganska ny men han kan bistå Jonny i sökandet efter smitarna. Har du kommit nånstans?

Kommissarien vände sig mot Jonny Blom som satt och halvsov på sin stol. Jonny ryckte till och försökte låta pigg och vaken.

– Jajamän! En patrull ute i Tynnered såg Daniel Lindgren utanför huset där hans morsa bor i går förmiddag vid elva-tiden. Det var en ren tillfällighet att radiobilen passerade förbi just då men kollegorna i bilen är säkra på att det var han. Han såg dom också och stack upp i ett skogsområde som ligger bakom huset. Eftersom han verkligen befann sej på sin mammas gata så lyckades han försvinna. Men att han finns i området är helt klart. Vi ska öka bevakningen och tar honom snart.

Jonny lät säker på sin sak och Andersson nöjde sig med att nicka gillande. Äntligen en front där det gjordes framsteg.

Fredrik började sin redogörelse med utvecklingen under och efter fredagens tillslag i Biskopsgården och han berättade också om vad som hade skett under helgen. Eftersom det sista var nyheter för alla utom Irene, kunde han knappast klaga på intresset hos sina åhörare.

– Indianen och Heinz Becker har alltså haft ett utbyte av tjänster. Indianen fick troligen unga tjejer och Heinz knark och Viagra. Det behöver inte vara så att Bandidos är direkt inblandade i bordellgrejen. Fast Bandidos kan ha fixat lägenheten och indirekt knarket, via Indianen. Jag pratade med honom i går och han sa att han hade träffat den lilla ryskan i lördags kväll. För nio dagar sen, alltså. Jag frågade om han var säker på att hon var ryska och det sa han att han var.

– Men biträdet på JC uppfattade ju att Heinz Becker hade tilltalat tjejen på ett språk som lät som finska. Vi antog att det var estniska. Becker kunde estniska eftersom hans mamma var från Estland men frågan är om han kunde ryska? Vi får försöka ta reda på det, sköt Irene in.

– Ja gör du det, sa Andersson.

Irene låtsades inte om hans kommentar utan fortsatte:

– Indianen trodde att flickan hette Tanja eller Katja. Han mindes inte vilket. Det enda spåret vi har hittat i lägenheten efter henne är en jeanskjol. Enligt vittnet i JC-butiken var flickan klädd i en kort jeanskjol när hon och Heinz var inne och köpte dom svarta jeansen. Teknikerna håller på med kjolen just nu, avslutade Irene.

Kommissarien lade pannan i djupa veck och trummade med fingrarna i irriterande otakt mot bordsskivan.

– Indianen har träffat den lilla ryskan. Som är död. Han har också träffat Becker. Som är död. Han har träffat Beckers kumpan. Som är död. Och han har träffat den andra tjejen. Som är djupt medvetslös och kanske dör. Som jag ser det så är Indianen det enda vi har som binder ihop alltihop. Och som fortfarande är vid liv. Indianen måste höras igen, konstaterade han.

När de började bryta upp erinrade sig kommissarien plötsligt en sak.

– Du Irene. Vad ville killen som sökte nån som hade hand om utredningen av Torleifs död? Jag skickade honom till dej och Tommy eftersom Hannu inte var här och inte skulle komma under dagen, sa han.

– Killen heter Stefan och är Torleifs son. Vi hann inte prata med honom men han kommer tillbaka efter lunch. Han sa nåt om att pappans bil var stulen.

– Är Torleifs bil stulen? upprepade Andersson förvånat.

– Han sa så. Jag ska fråga närmare när han kommer tillbaka.

– Ja gör det, mumlade kommissarien.

Han såg plötsligt väldigt gammal och sliten ut.

Direkt efter morgonbönen gick Irene till Linda Holms rum. Kommissarien på trafickingenheten satt djupt försjunken i något på sin datorskärm och märkte först inte hennes närvaro. Irene knackade lätt mot dörrkarmen. När Linda såg henne i dörröppningen lyste hon upp och vinkade in henne.

– Hej du. Det blev väl en märklig utveckling av händelserna i fredags. Både Heinz Becker och hans kompis är döda. Och tjejen är fortfarande medvetslös. Sjukhuset i Varberg har lovat ringa mej så fort hon vaknar upp.

Hon skakade på det blonda håret och gjorde några nackrörelser som ska vara bra för folk som arbetar mycket framför datorn. Irene satte sig inte eftersom hon hade bråttom. I stället redogjorde hon snabbt för vad som hade framkommit vid gårdagens förhör med Indianen. Linda Holm lyssnade uppmärksamt.

– Det var intressant. Ryska. Ja, det kan hon naturligtvis ha varit. Men det finns en stor rysk befolkning i Estland. Hon kan mycket väl komma därifrån och tala estniska men också vara rysktalande. Det är många barn och ungdomar som försvinner från slummiljöerna i Ryssland och Baltikum. Och inte minst från barnhemmen. Ofta är nån i personalen inblandad. Och det är nästan omöjligt för oss att fastställa barnens identitet om dom inte själva kan tala om den för oss. Och det kan inte den lilla ryskan.

– Det gav alltså ingen större ledtråd till var hon kommer ifrån, sa Irene.

Hon hade svårt att dölja sin missräkning.

– Fast den medvetslösa flickan kanske kan ge oss en när hon vaknar upp, tillade hon hoppfullt.

– Kanske. Eftersom det är Heinz Becker som har tagit hit flickorna så misstänker jag att han har gjort dom några år äldre i passen och säkerligen gett dom falska namn.

– Sven Andersson har bett polisen i Varberg att skicka hit alla papper och eventuella pass, om och när de hittas i bilvraket. Jag ser till att du får kopior direkt.

När hon skulle gå kom Irene på en sak som hon hade glömt att berätta.

– Indianen påstår att Heinz Becker hade sagt att den lilla ryskan och Sergej redan hade åkt till Teneriffa. Känner du till nån Sergej? frågade hon.

Linda Holm funderade en stund innan hon svarade:

– Sergej är ett vanligt ryskt namn. Och det är också vanligt med ryssar inom traffickingbranschen. Teneriffa är en ledtråd. Jag ska se om det finns nåt.

– Teneriffa … tror du verkligen att dom skulle vidare till Teneriffa? frågade Irene.

– Mycket möjligt. Där det finns pengar finns prostitutionen. Kunderna styr. Där dom finns, där finns sexmarknaden.

– Ja men … Teneriffa är ju en charterort. Familjer som åker på semester och så …

– Visst. Det är den bilden som researrangörerna vill visa utåt. Men faktum är att Kanarieöarna har en stor sexindustri. Både laglig och mera ljusskygg. Öststatsmaffian börjar växa sej stark på öarna. Det är dom som tillhandahåller vad kunderna vill ha. Det är som sagt kundernas efterfrågan som styr. Och är dom beredda att betala så finns allt till salu. Och jag menar allt.

Irene stirrade på Linda Holm utan att riktigt veta vad hon skulle säga. Linda var säkert luttrad och cynisk efter sina många år på traffickingenheten. Å andra sidan visste hon mycket väl vad hon talade om. Hennes kunskaper om hur det fungerade inom sexindustrin var odiskutabla.

Irene tackade för hjälpen och gick mot dörren. När hon slängde en blick över axeln satt Linda Holm åter djupt försjunken framför sin datorskärm.

– Varberg har ringt. Dom har hittat tre pass i en väska i bilvraket. Ett var utställt på Heinz Becker. Allt i passet stämmer med tidigare uppgifter. Han reste tydligen på sitt eget alldeles äkta pass. Kompisen som också strök med heter enligt passet Andres Tamm. Estnisk medborgare, fyrtiotvå år. Det tredje passet är också estniskt och utställt på Leili Tamm. Enligt passet är hon arton år. Det skulle antagligen se ut som om dom var far och dotter. Jag har bett Varbergskollegorna att skicka alla papper som dom har funnit i bilen, meddelade Andersson.

Han gick omkring i rummet och gnuggade händerna av belåtenhet.

– Jag har talat med Linda Holm. Hon ska hjälpa oss att kolla om den där Sergej finns i verkligheten. Därför ville hon gärna ha kopior på pappren och passen när dom kommer, sa Irene.

– Visst. Hon ska få kopior så fort vi får grejerna, lovade kommissarien.

Prick klockan ett meddelade vakten i entrén att inspektör Huss hade besök av en Stefan Sandberg. Hon tog hissen ner och hämtade honom. När de kom upp till avdelningen frågade hon om han ville ha kaffe.

– Tack gärna. Jag har ätit en hamburgare på McDonald's till lunch. Den kan behöva sköljas ner.

– En vegoburgare?

– Vego…? Nej. En vanlig cheeseburgare.

– Så du är inte vegetarian som din pappa? frågade Irene.

Skuggan som drog över hans ansikte undgick henne inte. Hon sa inget utan tryckte på knapparna på automaten för att få ut två muggar kaffe.

De gick in på hennes tjänsterum och satte sig. Tommys skrivbord var obemannat. Han hade åkt till patologen för att om möjligt få ett utlåtande om obduktionen av flickan från jordkällaren. Ingen av dem kallade ännu den döda flickan för Katja eller Tanja, den lilla ryskan var alltför vedertaget.

– Jag måste nog klargöra en sak. Det är alltså jag som ärver Torleif. Han har inga andra nära släktingar. Men han var inte min biologiska far. När mamma och han gifte sej så var hon höggravid. Jag föddes en månad senare och då adopterade han mej.

– Jaså, var allt som Irene kom på att säga.

Det förklarade varför Stefan och Torleif inte var det minsta lika. Troligen var det ett kort av Torleif själv som barn, som hade stått på hans skrivbord. En tanke började gnaga i Irenes undermedvetna och slutligen lyckades den bana sig fram i ljuset; varför hade det inte funnits minsta fotografi eller sak i lägenheten som indikerade att Stefan fanns? Hennes nyfikenhet var väckt men det var inget som hon tänkte börja fråga honom om än. Primärt så gällde det en anmälan av en stulen bil.

– Har jag förstått dej rätt när jag antar att du upptäckte bilstölden först nu under helgen? frågade hon i stället.

– I går, närmare bestämt. Jag bor i Umeå och arbetar som distriktsläkare. Jag fick beskedet om Torleifs död i torsdags men hade inte möjlighet att flyga ner förrän i lördags. Och då kom jag sent på eftermiddagen. Det var redan mörkt och jag tänkte inte på nån bil. Det var så mycket annat ...

Han tystnade och såg ut att sitta obekvämt på stolen. Irene beslöt att följa sina instinkter och frågade:

– Stod ni varandra nära?

Nu skruvade han på sig ännu mer och dröjde en bra stund med svaret.

– Nej. Det kan man inte säga. Vi hade inte mycket kontakt under dom senaste åren.

Han såg sammanbiten ut och Irene beslöt att lämna det uppenbarligen minerade området.

– Men du är säker på att han hade bil? Jag menar om ni nu inte hade så mycket kontakt ..., sa hon medvetet svävande.

– Han hade en bil. Det var det enda han faktiskt unnade sej. En bra bil och en utlandsresa per år. Och jag råkar veta att han hade en två år gammal Opel Astra. En vit.

Stefan verkade säker på sin sak, men Irene skulle kolla med fordonsregistret.

– Hur vet du det? Årtal och märke, menar jag?

– Han sa det. Vi talades vid i telefon. Han ringde mej några dar före julafton för två år sen. Vi hade som sagt inte så mycket gemensamt. Så han pratade mest om sin nya bil. Och här har jag reservnycklarna som jag hittade i hans skrivbordslåda.

Förenade med en nyckelring landade två bilnycklar med ett klirr på skrivbordet. Irene noterade att det var Polisens Idrottsförenings emblem som var inbakat i nyckelringens plastbricka.

– Har ni talat med varandra efter det samtalet? fortsatte Irene och såg på guldkronan som glimmade i emblemet.

Han suckade tungt samtidigt som han skakade på huvudet.

– Nej. Det blev som vanligt. Vi … grälade och la på luren i örat på varandra, sa han.

En rodnad steg upp mot hans höga kindben. Irene kom på sig själv med att tänka på hur snygg han faktiskt var. Det var säkert inget negativt för honom att Kruska-Toto inte var hans biologiska far. Tvärt om, enligt hennes åsikt. Men den behöll hon för sig själv.

– Vad grälade ni om? frågade hon.

– Det vanliga. Mamma … han ville alltid pumpa mej på uppgifter om henne. Och som vanligt så började han prata skit om henne.

– Vad sa han då?

– Som sagt … det vanliga. Att hon är falsk. Att hon aldrig skulle ha fått föda några barn. Allt det vanliga.

Stefan såg besvärad ut när han berättade om det sista samtalet med Torleif. Irene hade gärna forskat vidare angående den infekterade relationen mellan Stefan och hans adoptivfar, men det var trots allt den saknade bilen som deras samtal skulle handla om. Plötsligt rätade Stefan på axlarna och såg rakt in i Irenes ögon. Beslutsamt sa han:

– Du tycker säkert att det var hårt av mej att bryta kontakten med Torleif. Han hade inga nära släktingar kvar och han var ju en enstöring. Men han kunde vara så jävla elak … då för två år sen berättade jag nämligen för honom att jag skulle bli pappa. Jag trodde att han skulle bli glad! I stället började han gå på om mammas dåliga gener och säkerligen också min pappas ... min biologiska pappas, alltså.

Det hördes tydligt på hans röst hur mycket det kostade på att berätta om den såriga relationen till Torleif.

– Vet du vem din riktiga pappa är? frågade Irene.

Han nickade.

– Ja. Mamma berättade alltihop när jag var femton. Vi bodde i Warszawa dom första sex åren efter skilsmässan. Mamma trodde nämligen att min biologiska far bodde kvar där. Men det gjorde han inte. Det visade sej att han hade dött året innan vi flyttade tillbaka. Det var den gamla vanliga visan. Han var mycket äldre och gift. Hon arbetade som kontorist och han var hennes chef. Och så blev hon med barn. Hela mammas släkt är katoliker så hon vägrade göra abort. Men hon fick sparken från kontoret av min biologiska pappa för han blev rädd att det skulle börja synas. Hennes situation blev desperat. Hon vågade inte berätta för nån i släkten att hon var gravid. Så hon svarade på en äktenskapsannons. Från en svensk man. Torleif.

Han gjorde en liten grimas när han uttalade adoptivfaderns namn. Irene var mållös. Torleif hade annonserat efter en fru i Polen och han var inte pojkens far! Undrar om Andersson känner till det här, tänkte hon. Det måste hon fråga honom om.

– Hur gammal är du? frågade hon.

– Tjugonio. Fyller trettio i april. Och då fyller Amanda två. Också i april, alltså.

Han lyste upp när han talade om dottern och det sorgsna uttrycket i hans ögon vek undan för en stund.

– Mina tvillingdöttrar fyller tjugo i mars men min hund fyller tretton i april, sa Irene.

De log mot varandra och det kändes något lättsammare i rummet. Det kunde behövas, för hon insåg att det snart kunde bli ganska jobbigt igen. Hon hade börjat "snoka", som Andersson brukade säga, och nu var det lika bra att löpa linan ut.

– Hur länge var Torleif och din mamma gifta? frågade hon.

– Fyra år. Enligt mamma var det fyra år för mycket.

Hans vackra leende slocknade och blicken blev åter sorgsen. Där skymtade också något annat. Hat? Ilska? Rädsla? Det var svårt att avgöra vad det var, men det fanns där.

– Varför säger hon så? Misshandlade han henne?

– Nej … inte fysiskt. Men psykiskt. Åldersskillnaden var ju ganska stor. Fjorton år. Hon var bara tjugo när jag föddes. Han knäckte henne nästan med sitt kontrollbehov. Hon fick knappt några pengar men ändå krävde han att hon skulle sköta hushållet. Handla mat och kläder för ingenting, som hon brukar säga. Helst vill hon inte prata om Torleif.

Irene beslöt att fortsätta på den inslagna linjen.

– Kommer du ihåg nåt från åren med Torleif?

Han tänkte efter en lång stund innan han svarade:

– Nästan inget alls. Utom att jag fick stryk när jag hade lekt med hans bilsamling. Han samlade på polisbilar. Fast det var nog enda gången som han slog mej. Men då fick mamma nog. Hon tog sitt lilla pick och pack, i vilket jag ingick, och stack hem till Warszawa. Senare berättade hon att hon fick låna pengar av mormor till hemresan. Mormor hade nog förstått att mamma inte var lycklig i sitt äktenskap borta i Sverige. Fast än i dag så vet ingen av mina släktingar i Polen om att Torleif inte är min riktiga pappa.

– Hade du och Torleif nån kontakt under åren som ni bodde i Polen?

– Nej. Ingen alls. Mamma fick ett bra jobb eftersom hon talade och skrev hygglig svenska. Hon arbetade för ett polskt bolag och blev efter några år utnämnd till deras Sverigerepresentant. Därför flyttade vi till Stockholm. Där träffade hon en ny svensk man och gifte om sej. Jag har en halvsyster som är sexton år. Och mamma är fortfarande gift med samme man och bor kvar i Stockholm. Men dom första åren efter att vi hade kommit tillbaka till Sverige så var hon rädd. Jag fattade inte så mycket då men senare så har jag förstått … Hon var rädd att Torleif skulle ta kontakt med oss igen. Att han skulle börja bråka. Vilket han också gjorde.

Till Irenes förvåning började han småskratta. Antagligen syntes det vad hon tänkte för han blev snabbt allvarlig igen.

– Nu är det ganska komiskt när man tänker tillbaka på det men det var det sannerligen inte då. Han fick på nåt vis reda på att mamma och jag hade flyttat tillbaka till Sverige och han lyckades få tag på mammas telefonnummer. Antagligen utnyttjade han att han var polis. Du vet nog bättre än jag vilka möjligheter ni har att leta fram folks adresser.

Irene nickade men svarade inte. Hon ville att han skulle fortsätta berätta.

– Han krävde att han skulle få träffa mej. Han hävdade att han hade umgängesrätt. Men mamma var inte längre den lilla utsatta polskan som han hade förbarmat sej över, som han själv brukade säga. Hon fräste tillbaka att då fick han vara så god att betala flera års underhåll som han hade sluppit. Och sen bad hon honom dra åt helvete. Det skar sej alltså rejält. Så där höll dom på tills jag själv sa att jag ville träffa Torleif. Jag var femton då och trodde fortfarande att han var min riktiga pappa. Nånstans så längtade jag nog efter en pappa. Hade ju faktiskt inte haft nån annan egentlig manlig förebild. Eller jo … morfar och morbror Jan, förstås. Men dom var kvar i Warszawa. Och mammas nye man har alltid varit schysst mot mej. Men ändå … alla barn gör sej väl en idealbild av den föräldern som dom inte träffar. Bara vi får lära känna varandra så ska allt bli fantastiskt bra.

Han smålog och höjde menande på ögonbrynen.

– Eftersom du har facit i hand så förstår du säkert hur det hela avlöpte. Ensam åkte jag tåg ner från Stockholm till Göteborg. Full av förväntan. Det var i början av juli och jag satt hela tiden och drömde om hur kul vi skulle ha. Jag och min pappa. Gå på Liseberg. Käka hamburgare. Åka ut och bada vid havet. Gå på fotboll. Just den helgen spelade ett engelskt ligalag mot IFK Göteborg på Ullevi. Jag önskade så hett att han hade köpt biljetter till matchen för jag hade tipsat honom om den när vi talades vid i telefon nån dag innan jag åkte. Till slut hade jag lyckats övertyga mej själv att han verkligen hade gjort det.

Han hejdade sig ett kort ögonblick och Irene tyckte att det blänkte till i hans ögon. Inte var det av skratt eller glädje. Det kunde hon höra i hans röst när han fortsatte:

– Han mötte mej på Centralen. Ingen välkomstkram. Bara en formell handskakning. Sen åkte vi hem till hans lägenhet. Där bjöd han på nåt slags linsbiffar. Jag höll på att spy. Behöver jag säga att det inte blev nån match eller nåt Lisebergsbesök? Det enda vi gjorde var att vi gick upp till Delsjöns badplats och badade. Jag minns att det var fint där uppe och att jag köpte tre varmkorvar av en gubbe som stod och sålde från en liten vagn. I smyg, när Torleif var i och badade. Som tur var hade mamma skickat med mej pengar. Hon kände ju Torleif och anade väl hur det skulle bli.

Han gjorde en liten paus innan han fortsatte:

– När jag kom hem till Stockholm igen försökte jag hålla skenet uppe och sa att det hade varit jättekul att träffa pappa. Men mamma genomskådade mej naturligtvis. Hon tog mej i enrum och berättade sanningen. Hon visade adoptionspappren. Det står fader okänd i mina papper. Hon har aldrig berättat för nån vem min riktiga far är. Bara hon och jag vet. Än i dag kan hon säga att hon ångrar att hon utsatte mej för det där mötet med Torleif. Att hon inte berättade innan jag åkte ner till Göteborg. Men faktum är att jag blev lättad när jag fick reda på sanningen ... att Torleif inte var min riktiga pappa. Och att jag aldrig mer behövde träffa honom om jag inte ville! Det ville jag inte!

Han såg bestämd ut när han sa det sista.

– Träffades ni aldrig mer? frågade Irene.

– Jo. En gång. När jag kom ner till Göteborg för att se Bruce Springsteen för några år sen. Min tjej, som numera är min fru, skulle komma från Malmö där hon bodde och vi skulle mötas på Centralen. Jag hade några timmar till godo och då fick jag en impuls att ringa Torleif. Jag gjorde det och vi träffades på ett fik. Det första jag gjorde var att tala om att jag visste sanningen om mitt ursprung. Han verkade inte bry sej. Och jag tror att vi båda två kände att vi inte hade nåt mer att säga varandra. Sen ringde han nån gång. Sista gången var alltså strax före jul för två år sen. Och det samtalet blev ju som det blev.

Stefan lutade sig bakåt mot ryggstödet och drog ett djupt andetag. Bärnstensblicken fixerade henne stadigt.

– Jag vet att jag inte behöver berätta all den här skiten för dej. Men på nåt vis så har jag en känsla av att det är viktigt att du får reda på det här. Och kanske var det viktigt för mej att få berätta. Kanske borde jag ha snackat med nån terapeut innan jag själv blev pappa. Men det här är mycket billigare.

Han log brett för att markera att han skämtade. Men ögonen berättade sanningen. De speglade en liten pojke som hade farit väldigt illa under sin uppväxt. Trots det hade han klarat sig och lyckats bygga upp en framtid för sig och sin familj. Irene hade stött på dem genom åren – maskrosbarnen.

– Du ska ha stort tack för ditt förtroende. Jag visste mycket väl vem Torleif var när han jobbade i tredje distriktet men jag lärde aldrig känna honom. Åldersskillnaden gjorde väl sitt till, sa Irene och log tillbaka.

Han nickade men förblev tyst.

– Hur länge stannar du? frågade Irene för att bryta tystnaden.

– Till på torsdag. I förmiddags talade jag med en begravningsbyrå och jag har gjort klart allt vad gäller begravningen. Nu måste jag ta tag i bouppteckningen och försäljning av lägenheten. Praktiska saker som dyker upp efter ett dödsfall. Begravningen blir om tre veckor och då kommer jag ner igen.

– Jag ska efterlysa bilen. Registreringsnumret tar jag fram via registret.

Båda reste sig upp samtidigt och skakade hand när de tog adjö. Irene gav honom sitt kort ifall han skulle behöva kontakta henne.

– Jävligt märkligt, löd kommissariens kommentar när Irene kortfattat hade redogjort för samtalet med Stefan Sandberg.

– Du visste alltså inte att Torleif inte var far till pojken, konstaterade Irene.

Andersson skakade på huvudet.

– Nej. Tvärt om så skröt han om att han redan hade gjort henne på smällen när dom gifte sej. Att dom hade varit tvungna att gifta sej, som han sa. När dom skilde sej så gnällde han om att hon hade stuckit tillbaka till Polen så han inte kunde träffa sin son. Jag minns att jag sa till honom att åka dit och hälsa på pojken. Warszawa ligger ju inte precis på andra sidan jordklotet. Men då klagade han över hur dyrt det var att resa. Han kunde faktiskt vara en riktig jävla gnällspik. Inget ont om dom döda, men det var han faktiskt. Det var väl ett av skälen till att vi förlorade kontakten mer och mer ...

Andersson lät meningen hänga i luften och stirrade frånvarande ut genom fönstret. Där utanför fanns bara ett kompakt mörker som lystes upp av stadens ljus. Väderlekstjänsten hade lovat stigande temperaturer men också risk för mer snö eller regn. Irene tyckte om den rena vita snön men i city blev den snabbt svart och sölig. Tanken på regn ovanpå all snön fick henne att rysa. Allt skulle förvandlas till svartsoppa.

Andersson gav Irene ett trött ögonkast.

– Vad tror du om bilstölden? frågade han.

– Antagligen har nån tjuv haft området under uppsikt och sett att bilen har stått oanvänd på parkeringen. Den är ju ganska ny.

Kommissarien nickade men verkade inte riktigt ha lyssnat på hennes svar. Han var tydligt frånvarande. Vad var det som inte stämde? Som om han hade märkt hennes undran sa han:

– I morgon kommer jag senare. Efter tio. Ska på hälsokontroll.

Hans snäva tonfall lämnade inget utrymme för några frågor. Irene kände en viss befogad oro. Hennes chef var inte precis begåvad med någon järnhälsa. Övervikt, astma, högt blodtryck och kärlkramp var några av de åkommor han led av. Hade något förvärrats? Eller tillkommit? Hon hade frågorna på tungan men var klok nog att svälja dem. Han skulle inte ta väl upp om hon frågade. Tids nog skulle hon kanske få reda på det.

– Vi tar ett möte efter lunch i morgon. Då bör vi ha fått obduktionsutlåtandet om den lilla ryskan. Sprid det till dom andra.

Han viftade med handen som om audiensen var slut. Det var inte likt honom att vara disträ och avvisande. Uppenbarligen hade han bekymmer som tryckte honom.

STÄMNINGEN RUNT BORDET var dämpad. Före middagen hade Krister berättat om resultatet av Sammies veterinärbesök. Irene satt mest och skyfflade runt maten på tallriken utan att orka äta. Hennes värsta farhågor hade besannats – Sammies hårda knölar var sannolikt tumörer. Veterinären kunde inte uttala sig om vad det var för sorts cancer han hade drabbats av, men det faktum att tumörerna satt spridda över i stort sett hela kroppen försämrade prognosen.

– Enligt veterinären är enda behandlingsalternativet att först ta cellprov från en av knölarna och sen ge nåt cellgift som passar, sa Krister.

– Cellgifter kräks man av. Och tappar håret ... eller pälsen, suckade Jenny dystert.

– Han är pigg och glad. Kanske lite tröttare än förr men han är ju faktiskt snart tretton år, sa Irene.

– Tretton år är mycket för en hund. Då är den gammal, fastslog Jenny.

Både Krister och Irene såg på henne. Det blev Krister som till slut sa:

– Du tycker inte att vi ska ge honom nån behandling?

– Nej. Då får han bara dålig livskvalité den sista tiden av sitt liv. Det är bättre att han får vara sej själv så länge han orkar.

Som den övertygade vegan hon varit i flera år var hon även motståndare till allt vad mediciner hette. Jenny reste sig abrupt från bordet och gick ut i vardagsrummet. Under soffbordet låg Sammie och snarkade i godan ro. Han väcktes av att Jenny lade sig bredvid honom på mattan och borrade in sitt ansikte i hans mjuka päls. Yrvaket noterade han att hon grät och han gjorde sin plikt som så många gånger förr. Försiktigt buffade han med nosen i hennes hår. Där han kom åt slickade han snabbt i sig hennes tårar. De var salta och goda. Så hade han gjort i alla år när någon av tvillingarna varit ledsen. Till slut lyckades han få gråten att övergå till fniss och skratt. Det brukade alltid fungera. Men inte den här gången. I stället tilltog hennes gråt. Sammie blev allt olyckligare. Konfunderat såg han på sin älskade lillmatte som nu låg och snyftade bredvid honom. Hans bekymrade blick mötte husses och mattes. Krister och Irene stod i dörröppningen och kände sig handfallna inför Jennys sorg. Krister lutade sig mot Irene och viskade:

– Jag tror att Sammie vet bäst hur man ska trösta henne.

De gick tillbaka till matbordet. Katarinas tallrik stod oanvänd, eftersom hon inte skulle komma hem förrän senare. Då skulle troligen en liknande scen spelas upp igen.

– Jag tycker inte att vi ska ta ut sorgen i förväg. Vi vet ju att hundar lever omkring tio år. Några längre och några kortare. Jag tycker att Jenny har rätt. Vi låter Sammie ha det bra den sista tiden. Han verkar ju inte ha ont eller lida på nåt vis. Den dagen kanske kommer och då får vi ta ställning till det då. Men till dess ska vi glädja oss åt var dag som vi har honom kvar, sa Krister bestämt.

Irene nickade men förmådde inte svara. Hon litade inte på att rösten bar.

Under natten hade vädret slagit om. Temperaturen låg precis kring nollan och en tjock dimma kom vältrande in från havet och svepte in hela kusten. Fukten trängde in i den torra snön.

Med blotta ögat kunde man se hur snödrivorna hade sjunkit ihop sedan gårdagen. Irene välsignade sitt förutseende att ha skottat bort snön allt eftersom den hade fallit.

Dimridån hängde bara någon meter framför bilen. Bilköerna kröp fram. Alla följde bakljusen på framförvarande bilist.

Det var en sådan morgon som borde märkas som en distinkt topp i självmordsstatistiken.

Tommy såg ut att allvarligt överväga om han skulle höja den ytterligare ett snäpp.

Irene hajade till när hon såg hans dystra min. Det var inte alls likt honom – enligt hennes åsikt brukade han vara påfrestande morgonpigg. Fylld av onda aningar hejade hon på honom och hängde upp jackan på kroken bakom dörren innan hon frågade:

– Har det hänt nåt?

– Sätt dej, sa Tommy och gjorde en gest mot hennes skrivbord.

När hon hade åtlytt hans uppmaning sa han:

– Hannu ringde. Birgitta ligger på sjukhus. Hon har tydligen varit nära att få missfall.

– Herregud! Hon berättade för mej i fredags att hon var gravid igen …

Det ledsamma beskedet låg helt i linje med den senaste tidens händelser, tänkte hon pessimistiskt. Först Sammies knölar och nu det hotande missfallet. Och över all tragiken låg dimman som en tjock grå filt.

– Enligt Hannu så har läkarna gott hopp om att det ska gå bra. Men hon kommer att vara sjukskriven en ganska lång period. Till att börja med två veckor.

– Två veckor! Jag behöver kaffe, suckade Irene.

– Självklart, svarade Tommy med skymten av ett leende.

Ute i korridoren stötte de på Linda Holm. Hon sken upp

när hon fick syn på dem.

– Hej. Det var er jag sökte. Jag har fått svar från kollegorna på Teneriffa. Från en kommendante nånting hos Policía Nacional. Dom ...

Tommy avbröt henne:

– Ta en mugg kaffe och häng med in på rummet, sa han.

Inte utan en viss tillfredsställelse noterade Irene det faktum att han för ovanlighetens skull lät lite trött.

– Den där kommendanten-nånting frågade om jag kunde koppla honom till chefen för traffickingenheten. När jag sa att det var jag blev det alldeles tyst i luren.

Linda kunde inte dölja ett belåtet leende innan hon fortsatte:

– Och killen talade himla dålig engelska. Men så mycket förstod jag att dom hade registrerat min förfrågan om dom kände till nån Sergej inom traffickingbranschen. Och dom reagerade direkt. Dom har problem med en Sergej som har försvunnit. Sergej Petrov. Men sen blev det rörigt. Nån hade blivit ihjälskjuten på grund av att den här Sergej är försvunnen. Och inte blev kommendanten gladare när jag förklarade att det enda vi kände till var förnamnet Sergej och att han skulle ha åkt från Sverige till Teneriffa med en ung flicka. Jag berättade att vi hade hittat flickan mördad. Och att vi inte har en aning om vem den där Sergej är. Ärligt talat så vet jag inte om han förstod vad jag sa. Han vill tala med den som förhörde vittnet som gav er namnet Sergej.

– Det var Fredrik. Men han är inte speciellt glad just nu. Indianens stjärnadvokat Svanér kom ångande och fick snackat ut sin klient i morse. Fredrik har varit och härjat med åklagarna och övertalat dom att få plocka in honom igen, upplyste Irene.

Hon reste sig för att se om han fanns på sitt rum. När hon öppnade dörren och kikade in kunde hon konstatera att det såg ut som vanligt, det vill säga som om en mindre tornado hade dragit fram genom rummet. Fredrik hävdade envist att han visste exakt var han hade alla sina papper i röran. Det var bara det att ingen annan hade lyckats inse hans system.

– Han är redan ute. Troligen jagar han väl Indianen, sa Irene till de andra två när hon återvände till rummet.

– Jag skriver en lapp med kommendantens telefonnummer och lägger på hans bord så kan han ringa när han kommer tillbaka, sa Linda och reste sig för att gå in till sig.

Framför sig såg Irene pappershögarna på Fredriks skrivbord. En lapp mer eller mindre gjorde ingen skillnad. Den skulle kunna bli liggande i veckor. Eller månader.

– Det är faktiskt mycket bättre om du mejlar honom, sa hon.

– Mejlar? Okej.

Kommissarien såg något förvånad ut men frågade inte varför. Antagligen hade hon hört underligare saker i sitt liv.

Kommissarie Andersson återvände strax efter tio. Hack i häl på honom kom Fredrik med en stor bageripåse i handen. Han slängde upp påsen på fikabordet. En ljuvlig doft av färska kanelbullar skvallrade om innehållet.

– För att lätta upp den jävligaste av tisdagar, förklarade Fredrik.

Irene hade fått tag på honom via hans mobil och berättat att de skulle vara två inspektörer mindre de närmaste dagarna.

För en gångs skull hade Fredrik låtit riktigt modstulen. Indianen hade inte funnits på adressen som han var skriven på. Inte någon annanstans heller, som det verkade.

– Mmmm. Luktar gott! Tur att det finns nån ljuspunkt en

sån här dag, sa Tommy och såg lite gladare ut vid tanken på att få nybakade bullar till fikat.

De hade hämtat kaffe och Fredrik hade lagt upp kanelsnäckorna på ett fat. Han bjöd runt och alla tog en ljummen bulle. Alla utom Andersson.

Det dröjde en stund innan Irene insåg att fatet hade passerat kommissarien utan att han hade försett sig. Det var oerhört förvånande. Han brukade alltid låta sig väl smaka av gott fikabröd. Nu satt han och sneglade på brödfatet men tog inget. Även Jonny hade noterat det.

– Bantar du? flinade han mot sin chef.

– Ska väl du skita i! fräste Andersson.

Jonnys flin falnade och ersattes med en förvånad min. De båda brukade ha en ganska frän jargong sinsemellan och kunna skämta hjärtligt men hårt med varandra. Men det här var uppenbarligen förbjuden mark som Jonny hade klampat in på. Till och med han förstod det. Under tystnaden som uppstod reste sig Andersson och tog med sig sin kaffemugg när han gick ut ur rummet.

– Det var fan så känsligt det var! sa Jonny när dörren hade stängts bakom kommissariens breda rygg.

– Han var på hälsokontroll i morse. Läkaren har säkert sagt åt honom att gå ner i vikt, antog Irene.

– Antagligen. Det blir tufft för honom, höll Tommy med.

De tuggade i sig sina bullar under tystnad. När Irene reste sig för att gå efter påfyllning, vände hon sig till Fredrik och frågade:

– Ringer du till den där kommendanten på Teneriffa?

– Si! Si! log han glatt.

– Och sen håller du i sökandet efter Indianen, fortsatte hon.

– Si igen!

– Och Tommy ...

Hon lämnade osäkert frågan hängande i luften.

– Kontaktar patologen. Dom lovade skicka utlåtandet om den lilla ryskan. Det har dom inte gjort än. Jag ska sparka dom i arslet så dom sätter lite fart, svarade Tommy rappt.

– Bra. Hör om dom har hunnit kika på Torleif också, sa Irene.

– Jag och Jesper fortsätter att spana efter dom som mejade ner Kruska-Toto, inflikade Jonny snabbt.

Han tänkte minsann inte låta något fruntimmer tala om för honom vad han skulle göra. Det tog några sekunder innan Irene kom ihåg att den nya killen som skulle bistå Jonny i spaningarna hette Jesper Tobiasson.

– Och Andersson håller i spaningarna i området runt Töpelsgatan. Har efterlysningen av det där paret som fräste uppför backen vid tiden för mordet gett nåt resultat? frågade Irene.

Både Jonny och Tommy skakade på huvudet.

– Konstigt. Vi har ju gått ut i pressen och bett dom att kontakta oss. Det kan dom knappast ha missat, tänkte Irene högt.

– Och hur ska du fördriva dan då? ville Jonny veta.

– Jag koncentrerar mej på Heinz Becker och hans kumpan. Ser till att passen från Varberg kommer hit. Det ringde jag om i går förresten. Jag ska försöka få fram om Andres och Leili Tamm verkligen är deras riktiga namn. Och se om det finns nån möjlighet att komma på den lilla ryskans riktiga namn. Och så ska jag kolla om spaningarna efter Torleifs bil har gett nåt resultat och …

Irene avbröts av att växeln sökte henne via snabben.

– Irene Huss har ett bud från Varberg.

– Jag kommer ner.

Att Heinz Beckers pass var autentiskt visste hon redan, men de andra två måste hon kolla upp. Irene skickade iväg en förfrågan till den estniska polismyndigheten angående Andres och Leili Tamm. Om hon hade tur skulle hon kanske få svar under dagen.

Framför henne på skrivbordet låg de tre passen uppslagna. Heinz Beckers pussiga ansikte var redan välbekant för henne, varför hon ingående studerade de andra två.

Andres Tamm var enligt passuppgifterna fyrtiotvå år, etthundrasjuttiosju centimeter lång, hade mycket ljusa blå ögon och blont hår. På fotot bar han moderna obågade glasögon. Det ljusa håret var ganska långt och omsorgsfullt fönat. Nedtill på bilden skymtade en vit skjortkrage som hölls ihop av en blank sidenslips. Över skjortan hade han en mörk kavaj. Till och med på passfotot gick det att se att han var solbränd. Om han inte hade befunnit sig i det sällskap som han gjorde när han dog, skulle Irene ha gissat att han var en framgångsrik affärsman.

Leili Tamm skulle antagligen ha kunnat passera som hans dotter. Enligt passet var hon arton år, etthundrasextiotre centimeter lång, blond och hennes ögonfärg klassades som "mixed colour". På fotot såg hon trots en kraftig makeup inte en dag äldre ut än fjorton. Kanske berodde det på kindernas barnsliga rundning eller den trumpet plutande munnen. Irene hajade till när hon såg närmare på flickans ögon. Den döda blicken tillhörde inte en yngre tonåring. Snarare en mycket gammal kvinna. Eller var hon kraftigt drogad? Det var inte alls omöjligt. På bilden syntes överdelen av en urringad T-shirt. Runt halsen hängde en tunn kedja och på den satt en liten berlock. Irene kände igen den lilla plastblomman. Leili bar ett likadant tuggummismycke som den lilla ryskan hade haft.

Irene ringde till Varbergspolisen och lyckades få tag i kollegan som hade utrett bilolyckan. Efter några inledande fraser frågade Irene:

– Vet du om man har funnit några spår efter droger i männens kroppar?

– Nej, men jag vet att prover är tagna. Svaren kommer tidigast i slutet av veckan.

– Vet du om man har gjort drogtester på flickan?

– Nej. Det måste du fråga sjukhuset om. Misstänker ni att det handlar om narkotika också?

– Ja. Vi hittade en hel del i lägenheten, svarade Irene undanglidande.

Naturligtvis kände Varbergspolisen till den misslyckade razzian i stora drag, samt att det rörde sig om en traffickingutredning.

– Jaja. Så brukar det ju vara. Håller dom på med den ena skiten så kan man ge sej fan på att dom också håller på med nåt annat. Jävligt röriga utredningar blir det!

Jotack, det kan jag verkligen hålla med om, tänkte Irene. Men det sa hon inte högt. I stället tackade hon kollegan och lade på.

Nästa samtal gick till Varbergs sjukhus, intensivvårdsavdelningen. Irene fick tag på en jäktad läkare som bad att få ringa upp henne. Hon insåg självklart att det handlade om patientsäkerheten men tyckte ändå att det var enerverande att behöva sitta och vänta nästan tio minuter på att läkaren skulle ringa tillbaka. När samtalet kom bad han om ursäkt med motiveringen att han hade konfererat med överläkaren om vad de kunde berätta för polisen.

– Som du vet så är hennes identitet inte säkerställd. Detsamma gäller för den man som enligt passet skulle ha varit hennes far. Den andre döde mannen är en ökänd människohandlare. Han köpte och sålde unga kvinnor och tvingade dom till prostitution. Det var alltså trafficking han sysslade med, inledde Irene.

– Jaha, sa läkaren avvaktande.

– Saken är den att vi misstänker att Leili inte är flickans riktiga namn och att hon är ett traffickingoffer.

– Jag förstår.

– Vi hittade en hel del narkotika i lägenheten där männen höll Leili fången. Min fråga är om ni har gjort några drogtester på flickan?

Det blev tyst i luren en lång stund innan han svarade:

– Det har vi. Hon hade flera färska stickskador på kroppen. Och hon testades positivt för morfin och amfetamin. Troligen har hon fått både heroin och amfetamin i sprutform. Men hon har också knaprat amfetamin. Vi hittade några amfetamintabletter i hennes jeansficka.

– Hur mår hon nu?

– Tillståndet är oförändrat. Hennes många frakturer är allvarliga men allvarligast är hennes skallskador. Hon ligger i koma. När vi vänder henne så reagerar hon inte men vi ger henne smärtstillande. Vi vet inte om hon får tillräckligt för att vara smärtfri. Det är svårt att dosera till narkotikavana personer.

– Hur länge bedömer du att hon har använt narkotika?

– Inte längre än några månader. Hon har fortfarande en god grundfysik och är inte så värst avmagrad.

– Hur gammal tror du att hon är?

– Tjaa … i går fick vi uppgiften att hon enligt passet är arton. Men vi har nog alla uppfattat henne som yngre. Och nu säger ju du att passet kanske är falskt så … inte äldre än femton år skulle jag tro.

Läkarens bedömning stämde helt överens med Irenes egen. Om Leili Tamm inte var flickans namn och hon kanske inte ens var estniska, vem var hon då? Och vem var mannen som utgav sig för att vara hennes far?

– Skulle du vilja vara snäll och ta ett DNA-prov på Leili? frågade Irene.

– Varför det?

– Vi måste kontrollera om den döde mannen som enligt passet heter Andres Tamm verkligen är hennes far.

– Jag förstår. Det är inget problem. Det här faller inom sekretessen men du bör känna till att flickan är gravid. Graviditeten är i ett relativt tidigt skede. Vecka tretton eller fjorton.

– Vad tänker ni göra?

– Vi blir nog tvungna att göra abort. Flickan klarar inte av en graviditet i det tillstånd hon befinner sej. Och vi vet inte ens om hon kommer att vakna upp igen. Eftersom hon har fått narkotika via sprutor har vi skickat tester för blodsmitta. Hon har inte hepatit A eller B. Men vi har inte fått svar på hiv-testet ännu.

Irene kände hur något som liknade sorg växte inom henne. Kanske fanns där också en rejäl portion maktlöshet. En sådan fruktansvärd tillvaro dessa unga flickor döms till av de samvetslösa hallickarna, tänkte hon. De säljs som förbrukningsvaror enligt mönstret: såld, utnyttjad, förbrukad. Slutligen dumpas de som sexindustrins avfall. Men vem bryr sig om industriavfall? Det handlar ju bara om människor.

När Irene hade avslutat samtalet med läkaren ringde hon tekniker Svante Malm och bad honom att hålla utkik efter Leilis och Andres DNA-profiler. Som alltid ställde han beredvilligt upp och lovade att höra av sig så fort han hade fått några resultat.

Irene beslöt att smita iväg på lunch. Det såg ut att kunna bli en lång arbetsdag.

När hon kom tillbaka till sitt rum efter en snabblunch hade hon fått ett mejl från den estniska polisen. De hade inte några saknade personer som stämde överens med de uppgifter som Irene hade lämnat i sin förfrågan till dem. Inte heller hade de hittat några anmälningar av försvunna personer som stämde med fotona. Utan att bli särskilt överraskad konstaterade hon att båda passen var falska. Men frågan kvarstod – vilken var Leilis och Andres riktiga identitet?

– OBDUKTIONEN AV DEN lilla ryskan bekräftar att den primära dödsorsaken är strypning. Hon ströps framifrån. Mördaren tog tag med båda händerna runt hennes hals och klämde åt med tummarna. Troligen behövdes ingen större kraft. Men hon har faktiskt gjort en del motstånd. Under hennes naglar har vi säkrat en del hudfragment. Vi har alltså mördarens DNA-profil. Och den matchar sperman som vi hittade i hennes hår.

Tommy Persson lät förhoppningsfull när han sa det sista. DNA-spår ger alltid ett bättre bevisläge när man ska fälla en gärningsman. Nu gällde det bara att hitta mannen som lämnat sitt DNA på mordoffret.

Irene, Fredrik Stridh, Jonny Blom och kommissarie Andersson lyssnade på Tommys redogörelse. Jonnys nya kollega Jesper Tobiasson satt inne på deras gemensamma rum. Han jobbade oförtrutet vidare med spaningarna efter de rymlingar som förmodades vara identiska med smitarna efter dödsolyckan utanför tv-huset.

– Den lilla ryskan hade flera skador i underlivet och runt ändtarmen. Hon hade också en mycket kraftig underlivsinfektion som orsakades av terapiresistenta gonokocker. Jag frågade Yvonne Stridner vad det innebär. Det betyder tydligen att bakterierna är okänsliga för vanlig antibiotika. Infektionen hade gått så långt att flickan visade tecken på blodförgiftning. Eller allmän sepsis som det står i protokollet. Tydligen hade gono-kockerna kommit ut i blodbanorna via såren i hennes underliv. Det fanns bakterier i njurar och lungor. Hon måste ha varit mycket sjuk vid tiden för mordet. Inte för att det är nån tröst precis, men hade hon inte blivit mördad så hade hon sannolikt dött av infektionen.

– Det kan alltså ha varit Heinz Becker eller Andres Tamm som gjorde sej av med en olönsam flicka, konstaterade Irene torrt.

– Inte omöjligt. Vi får jämföra deras DNA med det som vi har fått fram från hudavskrapet och sperman, svarade Tommy.

– Jag har begärt deras DNA. Det kommer inom några dar, upplyste Irene.

– Bra. Då avvaktar vi till dess. För övrigt så konstaterar ob-ducenten det som vi redan visste, nämligen att flickan var kraf-tigt undernärd och testades positivt för morfin och amfetamin. Livsfarlig blandning med både uppåt- och neråttjack. Farligt för vem som helst men speciellt för den lilla ryskan som hade så pass allmänt nedsatt kondition. Enligt Stridner så led flick-an också av nån hormonbrist. Hon producerade för lite till-växt- och könshormoner. Tydligen en ärftlig defekt som går att åtgärda om den upptäcks i tid. Enligt rättsodontologen tyder hennes utveckling av tandanlagen på att hon är mellan tretton och ett halvt år och fjorton och ett halvt. Men kropps-ligt är hon underutvecklad och ser prepubertal ut. Dom flesta av oss gissade ju på tio eller max tolv år när vi hittade henne.

Reflexmässigt vred Irene på huvudet och såg på bilden som hängde på väggen. Det blonda håret som låg utslaget kring flickans smala ansikte … Elva år – hon såg inte ut att vara en dag äldre.

– Maginnehållet bestod av lite ljust bröd och nån tugga vit-kålssallad. Typ pizzasallad. Hennes sista måltid intogs minst sex timmar innan hon dog. Antagligen var hon väl för sjuk för att orka äta och dricka.

Tommy avslutade sin uppläsning av obduktionsrapporten och lade ner pappren framför sig på bordet.

– Men tydligen var hon inte för sjuk för att utnyttjas. In i det sista skulle hon stå till tjänst!

Irene kunde inte dölja det bittra tonfallet.

– Det var ju mördaren som …, började Tommy, men Irene avbröt honom direkt.

– Han tvingade en liten dödssjuk tjej att utföra en sexuell tjänst. Vi vet att sperman i hennes hår hamnade där i samband med mordet. Hon försökte antagligen värja sej vilket hudavskrapet under naglarna tyder på. Antagligen blev han rasande och sprutade sperman i hennes hår. Kanske ströp han henne under tiden!

Hon kom på sig själv med att blänga på männen runt bordet. En harmsen rodnad brände på hennes kinder.

– Coola ner dej. Det var ingen av oss som dödade tjejen, sa Jonny spydigt.

Irene kände hur pulsen steg igen men hon försökte behärska sin ilska. Han hade rätt. Samtidigt ekade Linda Holms ord inom henne: "Majoriteten är socialt väletablerade män med familj."

Det kunde vara vem som helst. Till och med någon av hennes kollegor. Med en kraftansträngning försökte hon lösgöra sig från sina dystra tankar. Det lyckades inte helt. Plötsligt sa hon:

– Det är precis det här som gör mej så … förbannad. Svenska män vet att flickorna är slavar. Dom vet att flickorna lever under vidriga förhållanden. Trots det så underhåller dom slaveriet genom att köpa sex. Jag förstår inte det här! Kan ni som är män förklara det för mej?

Det blev tyst kring bordet. Fyra par ögon såg oförstående på henne. Slutligen bröt kommissarien tystnaden.

– Du ansluter dej alltså till den där feministkärringen som gick ut och sa att alla män är djur, sa han syrligt.

– Inte alls. Jag kan bara inte fatta hur man kan klara av att ha sex med en människa som man vet är tvingad till slaveri, kontrade Irene snabbt.

Det blev Tommy som svarade först.

– Jag förstår vad du menar. Med tanke på hur skabbiga dom där kvartarna är där tjejerna håller till så har jag svårt att förstå hur man ens kan få stånd. Stanken och dom där sluskarna som finns i närheten … nej, det är obegripligt. Men det är viktigt att komma ihåg att dom flesta män faktiskt inte kan tänka sej att ha sex med en tjej under såna premisser.

– Men det finns fortfarande dom som kan tänka sej det, vidhöll Irene.

Fredrik såg ut som om han allvarligt övervägde Irenes fråga.

– Traffickingtjejerna är oftast billigare än vanliga prostituerade, sa han slutligen.

– Skälet skulle alltså vara ekonomiskt? Det tror inte …, började Irene invända men blev avbruten av Jonny.

– Äh vafan! Den vanligaste torsken är en kille som sitter ensam på sitt hotellrum och blir kåt. Eller sitter hemma och är gräsänkling. Vad gör han? Jo, han tar fram sin lilla laptop och kopplar upp sej på nätet. Kollar vad det finns för aktuella brudar i stan. Och så tar han kontakt. Går det bra så får han sitt skjut, tjejen får pengar och så är det inget mer med det! Ingen behöver ha ont av det!

– Men tänk om en av dom där torskarna hade kontakt med den lilla ryskan för några veckor sen? Och inte använde kondom. Då har han smittat sin fru eller sambo med terapiresistent gonorré vid det här laget. Eller kanske hiv. Eller flatlöss.

– Ja, inte fan är det gullhönor man får av såna damer! flinade Jonny.

– Kan vi ge fan i det här skitsnacket nu och fortsätta att jobba! exploderade Andersson.

Ingen av de andra hade noterat chefens stigande frustration, varför hans utbrott möttes av förvånad tystnad.

– Det här jävla tramset har ingen relevans för utredningen, tillade kommissarien bestämt.

Han försökte sänka sitt blodtryck till normal nivå med hjälp av några djupa inandningar. Det hade han lärt sig på en chefs-utbildning om krishantering för några år sedan. Det var i stort sett det enda som han mindes av den kursen.

Irene hade gärna velat säga emot honom men insåg att det inte var värt att driva diskussionen längre. Problemet kvarstod, hon kunde för sitt liv inte förstå hur män kunde vidmakthålla slaveriet i dagens upplysta samhälle.

Det knackade och kommissarie Linda Holm öppnade dörren innan någon hann säga "kom in". Hon stannade till innanför tröskeln när hon registrerade den spända stämningen, men fortsatte sedan vidare in i rummet, som om hon inte hade märkt något speciellt.

– Hej. Ursäkta att jag stör i mötet men den där kommendanten från Teneriffa är i telefonen igen. Tydligen har nån mer blivit skjuten. Han verkar milt sagt skärrad! sa hon och gjorde en menande grimas.

– Vad fan vill han att vi ska göra åt brott som begås på Pippi-holmarna? ville Jonny veta.

– Vet inte riktigt. Han pratar usel engelska. Jag har sagt att jag inte är mordutredare utan sysslar med trafficking. Och jag har talat om för honom att mordet på den lilla ryskan är ett tillfälligt samarbete mellan er och oss. Men det verkar inte som om han fattar. Nu vill han tala med chefen för mordutredarna. Det måste väl vara du, sa hon och nickade mot Andersson.

Kommissarien skruvade sig besvärat på stolen.

– Va? Jo … ja, det är det väl, sa han.

Var det något Andersson avskydde, så var det att tala med utlänningar i telefon. Det kvittade om det var danskar, tyskar eller spanjorer. Framför allt berodde det på att han själv talade dålig engelska, men ett nästan lika tungt vägande skäl var hans tilltagande hörselnedsättning. De senaste åren hade den besvärat honom allt mer. I större folksamlingar hade han mycket svårt att urskilja vad människor sa – allt flöt ihop till ett enda surrande.

– Är det nån på avdelningen som snackar spanska? frågade han.

Samtliga närvarande skakade på huvudet. Plötsligt sken Fredrik upp.

– Birgitta kan spanska! utbrast han.

– Hon ligger på sjukhuset och kommer inte tillbaka förrän tidigast om två veckor, påminde Tommy honom.

Det uppstod en kort tystnad. Slutligen spände Andersson blicken i Irene och sa:

– Du får prata med honom.

– Jag? Varför det? Jag kan ingen spanska och jag är inte kommissarie för avdelningen, protesterade hon.

– Men du kan snacka engelska i telefon, avgjorde Andersson.

Det var sant att hon hade talat en hel del engelska under utredningen av Schyttelius-morden några år tidigare. Framför allt hade hon talat med engelska kollegor, både i telefon och på ort och ställe i London. Inspektören på Scotland Yard, Glen Thomsen, hade hon fortfarande kontakt med. Familjerna Huss och Thomsen hade besökt varandras respektive länder och haft mycket trevligt tillsammans.

Ett upprört spanskt polisbefäl var något helt annat. Speciellt om han inte talade begriplig engelska.

– Okej. Men det är sent på eftermiddagen nu. Jag ringer i morgon, suckade Irene.

– Bra, sa Linda och räckte henne en gul post it-lapp.

Utan att titta på den fäste Irene den på insidan av pärmen till sitt kollegieblock. I samma stund som hon bläddrade fram till sina senaste anteckningar igen var den gula lappen bortglömd.

Knappt hade Linda Holm försvunnit ut genom dörren förrän den flög upp igen. Den här gången brydde sig besökaren inte ens om att knacka, än mindre att be om ursäkt för sitt intrång. Det var Jonnys tillfälliga medhjälpare Jesper Tobiasson som med alla tecken på upprördhet stormade in i rummet.

– Dom har tagit Daniel Lindgren! sa han exalterat.

Jonny spratt upp från sin plats.

– Var? frågade han.

– Hemma hos hans morsa i Tynnered.

– Finns han redan här på Huset?

– Vet inte. Men dom skulle komma direkt hit med honom.

– Okej. Vi hör honom så fort som möjligt om vad han har haft för sej sen han schappade. Blir det för sent så kan han få sitta och mogna i häktet till i morgon, avgjorde Jonny.

Kommissarien gnuggade händerna av belåtenhet.

– Bra! Då kan vi förhoppningsvis knyta honom till smitningen eller avfärda honom, sa han och reste sig till tecken på att mötet var avslutat.

Ett tungt snöblandat regn slog mot vindrutan när Irene körde hem. All snön höll på att förvandlas till trögflytande modd. Flera avloppsgaller var helt igensatta och snabbt hade det bildats stora bassänger av slask på gatorna. I vissa av dem nådde vattnet upp över bildäckens navkapslar. Trots att rusningstrafiken var förbi gick det inte ens att hålla tillåten hastighet på grund av de översvämmade vägbanorna.

Irene var trött när hon satte nyckeln i ytterdörren till deras radhus. Hon gladde sig åt en god middag. Krister hade varit ledig hela dagen. Då brukade han åka in till stan och handla i Fiskekyrkan eller Saluhallen. Hade han haft inspiration kunde resultatet bli en riktig festmåltid, trots att det var mitt i veckan.

En ljuvlig doft av stekt kyckling och vitlök slog emot henne när hon öppnade dörren. Det vattnades i munnen när hon tänkte på den förestående middagen. Snabbt krängde hon av sig jackan och hängde upp den på hatthyllan.

Jenny kom ut i hallen med en kopp rykande te i ena handen och en assiett med en tomat- och krassesmörgås i den andra. Hon stannade med ena foten på det nedersta trappsteget och log glatt.

– Hej! Jag har varit på Grodden i dag. Och dom vill jättegärna anställa mej! meddelade hon.

– Jaså. Så kul! Var ligger Grodden då?

– Vid Redbergsplatsen.

– Men varför ska du jobba så långt bort? Finns det inget dagis här i västra stadsdelarna som vill ha dej? Och varför får du inte vara kvar på Tomtebo?

Jenny himlade med ögonen och suckade åt sin trögfattade moder.

– Grodden är inget dagis utan en vegorestaurang. Jag ska laga mat! Får börja första mars. Och vet du vad det bästa är?

Hon gjorde en konstpaus. Hennes blick glittrade av förväntan. Irene skakade bara matt på huvudet.

– Jag får hyra en lägenhet i samma hus! En tvåa! I andra hand men kontraktet gäller ett år!

Det var flera omtumlande och glädjande nyheter på en och

samma gång. Irene gick fram till sin dotter och pussade henne på kinden. En kram vågade hon sig inte på, eftersom den heta tekoppen balanserade hotfullt på sitt fat i Jennys ena hand.

– Grattis hjärtat! Så jättekul!

Jenny gav henne ett strålande leende innan hon försvann uppför trappan.

I köket höll Krister på att hälla upp nykokt tagliatelle som han tänkte servera till en mustig italiensk kycklinggryta. Den var sagolikt god och en av Irenes absoluta favoriträtter.

Hon slog armarna kring hans hals och borrade in näsan i hans nackgrop. Han doftade vitlök och spisvärme.

– Tänk att vår lilla tulta ska flytta hemifrån, mumlade hon mot hans nacke.

Han vände sig om och slöt henne i sin famn. En lång stund stod de tätt ihop och kände värmen från varandras kroppar. Irene vände upp ansiktet och sökte hans mun. Det var länge sedan de hade kysst varandra så passionerat – mitt på köksgolvet, en vanlig vardagskväll och spik nyktra.

– Tänk att man inte kan vända ryggen till förrän ni passar på!

Irene och Krister hejdade sig mitt i kyssen och tog instinktivt ett litet steg isär. Katarina stod i dörröppningen och skrattade retsamt mot dem.

– Jag bara skojade. Ni är för söta. Vid er ålder och allt!

Hon hötte skämtsamt med fingret mot dem.

– Vad då vid er ålder? Rent statistiskt kommer jag att leva nästan trettio år till och din mor i minst fyrtiofem, sa Krister.

Demonstrativt drog han Irene mot sig igen och gav henne en glödande kyss till. Därefter vände han sig mot dottern och sa:

– Vad får dej att tro att man slutar älska nån bara för att man uppnår en viss ålder? Kärleken är tidlös och åldern spelar ingen roll.

– Äh, lägg av. Jag är skithungrig. Det luktar jättegott!

Katarina släntrade in i köket och satte sig vid köksbordet. Irene satte sig bredvid och lassade upp en stor portion pasta och kyckling på tallriken.

– Hur har Jenny lyckats få tag på den där lägenheten? frågade hon Katarina.

– Stoffe som hon ska vicka för äger lägenheten. Han ska jobba i London typ ett år. På en vanlig restaurang men dom ville ha en kock som kan laga riktigt vegokäk. Och Stoffes tjej serverar och hon har också fixat jobb. Så dom sticker över om två veckor. Och Jenny har frågat om jag vill dela lägenheten med henne tills jag har hittat nåt eget. Tror faktiskt att jag ska göra det. Typ ett halvår i alla fall.

Irene hejdade sig med gaffeln halvvägs mot munnen.

– Så du flyttar samtidigt som Jenny?

– Tror det.

Irene kunde se att det kom som en överraskning för Krister också. Han sa inget men nickade stumt för sig själv några gånger, som om något han länge hade anat nu hade besannats.

Katarina var lika lång som Irene, slank och vältränad. En vuxen vacker kvinna. Som snart skulle flytta hemifrån. Och Sammie var gammal och inom en inte alltför avlägsen framtid skulle också han vara borta. Det skulle bli tystare och mindre liv i radhuset. Plötsligt skulle det bara vara hon och Krister igen. De hade bara känt varandra ett och ett halvt år innan tvillingarna föddes. Under snart tjugo år hade flickorna varit en del av deras gemensamma liv.

En ny tid skulle snart ta sin början, med bättre ekonomi och därmed större möjligheter att resa och unna sig materiella ting. Det var ett lockande framtidsperspektiv. Samtidigt skulle det inte längre finnas någon buffert mellan dem. Det skulle bara vara de två under återstoden av deras liv.

HANNU VAR TYSTARE än vanligt. Han hade svarat enstavigt på Irenes frågor om Birgittas tillstånd. Det syntes tydligt att han inte mådde så värst bra. Svärmodern hade tillfälligt flyttat hem till dem för att hjälpa till med lille Timo. Irene hade träffat Birgittas mamma en gång och visste att det var en resolut kvinna med bestämda åsikter om det mesta. Hon hade ensam uppfostrat Birgitta, samtidigt som hon hade gjort en lysande bankkarriär. Vid sextiofem års ålder hade hon gått i pension efter många år som bankdirektör och ägnade numera mesta delen av sin nyvunna fritid åt Alingsås Golfklubb. Men nu var det mitt i vintern och hon kunde lägga all sin energi på dotterns familj. Naturligtvis var Hannu tacksam för att hon kunde ställa upp, men samtidigt visste Irene att hans relation till svärmodern inte var alldeles friktionsfri.

Taktfullt lät Irene bli fler frågor om hans familj och började i stället berätta om Stefan Sandbergs besök två dagar tidigare och om Torleifs stulna bil.

– Jag kollade fordonsregistret. Hann inte dit för att se om Opeln stod på parkeringen. Skulle ha gjort det i måndags, sa Hannu och gjorde en dyster grimas.

Irene hade den största förståelse för att han inte hade hunnit. Hon anade en glimt av intresse i hans ovanligt matta blick, när hon avslöjade att Torleif var Stefans adoptivfar.

– Vet du om han har obducerats än? frågade Hannu.

– Det var i alla fall inte klart i går när Tommy fick utlåtandet om den lilla ryskan.

– Kommer ni nånvart?

– Segt, medgav Irene.

– Som vanligt.

Han gav henne ett blekt leende som aldrig nådde ögonen.

På väg tillbaka till sitt rum hejdades Irene i korridoren av Fredriks röst.

– Dom har hittat bilen!

Irene tvärstannade och vände sig om. Hon förstod genast vilken bil han menade. Fredrik skyndade mot henne med ett papper flaxande i näven.

– Var? frågade hon.

– I en fallfärdig lada utanför Olofstorp. Taket brakade in i går när snön blev för tung. Bonden gick dit i morse för att kolla skadorna. Och då upptäckte han bilen. Han misstänkte genast att kärran var stulen så han ringde Angeredspolisen. Dom kollade registreringsnumret och såg att vi hade lyst bilen. Så dom ringde oss. Kärran ska transporteras hit.

– Har teknikerna undersökt den?

– Nej. Men dom är redan varskodda om att den är på ingående.

– Bra. Ska du åka ut och kika på den i dag?

Fredrik slängde en snabb blick på sitt armbandsur.

– Nej. Jag ska kolla en adress. Indianens.

– Du har inte fått upp nåt spår efter honom ännu?

– Nej. Men ett rykte säger att han var på en pub vid Järntorget i måndags kväll. Lyckades snabbt bli skitpackad och utslängd. Sen dess har ingen sett honom.

– Var bor han?

– Slottsskogsgatan. Fin nyrenoverad fyra i ett landshövdingehus. Han har gott om stålar den där jeppen. Fast det tog mej två dar att lokalisera honom. Det är inte den adressen som han är folkbokförd på. Undrar om hans grannar vet vad han sysslar med.

– Borde inte den lägenheten bevakas?

– Jo. Men vi har inte tillräckligt med folk just nu för att bevaka den dygnet runt. Andersson jobbar på det. Dom är färdiga med genomgången av alla tips angående Töpelsgatan. Inga nya har förresten kommit in. Så en del av det folket kan hjälpa till att bevaka Indianens lägenhet. Antagligen kommer vi inte igång förrän i morgon. Så just nu är det bara jag som några gånger om dan åker förbi och kollar läget.

– Har du ringt på och sett om han är hemma?

– Självklart. Det är möjligt att han är inne men han har inte brytt sej om att öppna. Jag har inte sett nåt ljus i fönstren när jag har varit där efter att det har blivit mörkt.

– Han kanske kurar skymning, föreslog Irene ironiskt.

– Mycket troligt. Om han har fått tag på lite schysst röka, typ.

Båda log men de insåg samtidigt att det kunde ligga en hel del sanning i skämtet. Det var uppenbart att Indianen hade egna allvarliga drogproblem.

– Snackar du med Hannu om bilen eller ska jag göra det? undrade Irene.

– Jag gör det. Vi ska ändå fylla i travkupongen, upplyste Fredrik.

– Lycka till, sa Irene och log.

Tommy, Fredrik, Jonny och Hannu hade plitat ihop sina V75-rader varje vecka i snart två år. Ingen av dem hade frågat om Birgitta eller Irene ville vara med. Därför brukade de två kvinnliga inspektörerna då och då köpa en lördagsgodispåse för hundra kronor. Datorn i tobaksaffären fyllde i deras rader och visste säkert mer om Lotto och fotboll än vad Birgitta och Irene gjorde. Året innan hade deras triumf varit total den sista veckan i oktober, när Måltipset inbringade drygt fyratusen kronor! De hade firat med en god lunch på restaurang Fond vid Götaplatsen. Och de hade ändå haft en hel del pengar över att dela på. Herrarna hade med tillkämpad glättighet gratulerat dem till vinsten. Deras väl genomarbetade travkuponger hade aldrig inbringat mer än trehundrasjuttio kronor. Som Birgitta uppmuntrande sa: det räckte till en hämtpizza och en lättöl var.

På Irenes skrivbord började högarna hopa sig. Med en suck sjönk hon ner på skrivbordsstolen. Hon avskydde administration men visste att den var ett måste. Det var lika bra att sätta igång med rapportskrivningen. Ju längre hon sköt på det, desto mer skulle det bli att skriva.

Hon kom på sig själv med att sitta och önska att hon skulle bli avbruten. För en gångs skull gick hennes önskan i uppfyllelse.

– Hej!

Linda Holms blonda lockar skymtade i dörröppningen. Hon klev på innan Irene kom sig för att säga något. I handen höll Linda en blå plastmapp, ur vilken hon plockade fram ett papper och lade på skrivbordet framför Irene.

– Det här kom för en minut sen, sa hon kort.

Det var en faxutskrift av en efterlysning. Texten under bilden var på spanska. Mannen på fotot var kortstubbad men Irene kunde skönja att han var mörkhårig. I båda öronen glimmade flera guldringar. Ögonen var ljusa och han stirrade ilsket rakt in i kameran. De fylliga läpparna inramades av ett välansat tunt skägg. Genom nässkiljeväggen hade han en kraftig nosring i guld. Han var klädd i ett urringat vitt linne. Nack- och halsmusklerna var övertränade liksom resten av skulder- och bröstpartiet som syntes på bilden. Kring halsen ringlade en guldlänk, tjock som en välmatad boaorm.

– Det är nåt bekant över honom, mumlade Irene för sig själv.

– Tänk honom fem år äldre. Något nerdeffad. Utan skägg och guldsmycken. Glasögon. Längre blonderat hår och ...

– Andres Tamm!

– Yes! Och kolla namnet på den efterlyste.

Irene skärskådade den obegripliga texten och såg genast de större och kraftigare bokstäverna: Sergej Petrov.

– Så Andres riktiga namn är Sergej, konstaterade Irene.

– Yes igen! Och min kära kollega el comandante har också fått fram en bild på flickan som är orsaken till att han är så skärrad. Surprise!

Med minen hos en magiker som trollar fram hela flockar av kaniner ur hatten, drog Linda fram ett nytt papper ur plastmappen.

Hon stod halvt bortvänd med ryggen mot kameran och sneglade in i objektivet över ena axeln. Håret hängde som en blond våg ner över ena ögat. Med handen närmast kameran hade hon dragit upp den korta kjolen för att visa att hon inte hade några trosor. Hennes skinkor var små och fasta. Barnskinkor. Hon var naken på överkroppen. Man kunde ana ett litet bröst i halvprofil. Det var knappt mer än en upphöjning på hennes tunna bröstkorg. Kotorna på den magra ryggen gick att räkna. De tunna benen var nedstuckna i svarta stövlar.

Bilden kunde ha varit sexig, om det inte hade varit för flickans ålder och hennes blick. Rädslan lyste ur det synliga ögat. Antagligen var fotot flera månader gammalt, för hon såg inte lika avmagrad ut som hon gjorde på fotot från rättsmedicin. Kanske bidrog det stora rostfria obduktionsbordet till att hon såg ännu mindre ut efter sin död.

Texten var på tyska men Irene kunde läsa namnet "Tanja" och några siffror som hon förstod: "10 bis 03 Uhr" och "€130". Den lilla ryskan hade äntligen fått ett namn, även om det med största sannolikhet inte var hennes dopnamn. Tanjas tjänster erbjöds mellan klockan tio på förmiddagen och tre på natten, till det facila priset av etthundratrettio euro.

Irene kände igen både kjolen och stövlarna. Stövlarna var desamma som hon hade haft på sig kvällen när hon mördades och kjolen var identisk med jeanskjolen som de hade hittat i lägenheten i Biskopsgården.

– Tanja. Hon har varit i Tyskland under hösten. Sa kommendanten nåt om hur han hade fått tag på bilden? frågade Irene.

– Nej. Och om han sa det så förstod jag honom inte. Men så mycket fattade jag att han kommer att propsa på att nån av oss åker ner till Teneriffa och hjälper dom att få ordning på mordutredningen. Eller om det handlar om flera mordutredningar. Jag har faktiskt inte fått klart för mej om det är två eller tre lik han har att hantera. Han sa att han tänker prata med "highest comandante for Policía Nacional in Gothenburg". Det låter som om han är helt desperat. "No gangwar!" skrek han flera gånger i luren. Och "Murder bad for tourists!"

De skrattade hjärtligt åt den spanska polischefens bekymmer. Mordfall i höjd med Afrikas nordvästkust kändes som polisarbete på behagligt avstånd från dem. De hade mer än nog med sina egna utredningar.

– Faktum är att han sa att dom skulle betala resa och uppehälle om vi kunde skicka ner nån, sa Linda när hon hade samlat ihop anletsdragen igen.

– Då får väl du åka ner.

– Omöjligt! För det första så har jag inget med själva mordutredningen att göra. Det är ditt ansvarsområde. För det andra så har vi ett nytt tillslag på gång igen. I morgon. Tro det eller ej men det gäller ett kafé i Trollhättan.

– Ett kafé?

– Ja. En hallick med några tjejer har kommit dit några gånger dom senaste månaderna. Dom hyr in sej nån vecka i ett lagerutrymme som ligger i anslutning till kafélokalen. Det var en granne tvärs över gatan som tipsade oss. Hon tyckte att det periodvis var en märklig tillströmning av manliga gäster till kaféet. Vi har spanat och nu ska vi slå till.

– Är tjejerna unga?

– Inte som Tanja och Leili.

Irene kände en irrationell känsla av lättnad. Visst var det hemskt när kvinnor oberoende av ålder tvingades till prostitution, men de riktigt unga flickorna var så förtvivlat utlämnade. Deras liv var slut innan det ens hade hunnit börja.

Efter lunchen återvände Irene till sitt rapportskrivande. Tommy kom in i rummet när hon nästan var färdig med den sista, som handlade om faxet från Teneriffa och identifieringen av Andres Tamm som Sergej Petrov. Det blev bara några kortfattade rader, eftersom hon hade begärt att få hela efterlysningen översatt. Rapporten om att den lilla ryskan hade haft artistnamnet Tanja och att hon hade varit i Tyskland under hösten fick ligga till sig medan hon väntade på att också den tyska texten skulle översättas. Irene kände sig ganska hoppfull att de skulle lyckas avslöja Tanjas riktiga identitet. Frågan var om de också skulle lyckas avslöja hennes mördares.

– Svaret från labb visar att DNA-profilen på hudavskrapet som vi fann under den lilla ryskans naglar stämmer överens med spermafläckarna som fanns på T-shirten och i hennes hår.

Irene nickade och sköt fram faxbilden av Tanja till hans sida av skrivbordet. Han höjde ögonbrynen när han fick se den.

– Det var som tusan ... Tanja. Den lilla ryskan har fått ett namn. Fast det är självklart inte hennes riktiga namn. Men det blir kanske lite lättare att spåra henne.

– Hoppas det.

– Var har du fått faxet ifrån?

– Linda Holm fick det från sin kommendant på Teneriffa. Han sitter tydligen jäkligt risigt till och är ganska desperat.

Irene berättade vad han hade sagt till Linda i telefon och de skrattade båda två. Delvis av lättnad över att slippa ha ett pågående gangsterkrig i sin närhet. Av erfarenhet visste de hur besvärligt det var rent utredningsmässigt och hur stora resurser gänguppgörelserna slukade. I allmänhet tog de inte slut förrän de inblandade parterna började lida brist på stridsdugliga medlemmar. Det brukade inte bli lugnt förrän de flesta av kombattanterna satt bakom lås och bom eller var döda.

Självsanering i leden, som Jonny brukade uttrycka det.

– Har du pratat med Hannu? frågade Irene.

– Bara som hastigast. Han skulle upp till rättsmedicin. Obduktionen av Torleif är klar.

– Du hörde att bilen har hittats?

– Ja. Märkligt sammanträffande att just hans bil skulle bli stulen. Fast jag tror på teorin att tjuven har hållit parkeringen under uppsikt och sett att den har stått oanvänd några dar.

– Antagligen är det så. Stefan vet ju inte när bilen stals. Han såg inte om den fanns på parkeringen när han kom på lördagskvällen eftersom det redan var mörkt.

– Vi får avvakta den tekniska undersökningen i morgon. Kanske hittar dom fingeravtryck som tillhör nån kändis i våra register.

– Det vore en alldeles för enkel lösning. Vartenda litet bus vet att man ska ha handskar. Eller torka av alla ytor. Eller sätta eld på bilen. Med tanke på kylan vågar jag slå vad om att biltjuven hade nåt på händerna.

– Låt oss hoppas att det inte var så. Kanske frös han om händerna och snodde en kärra för att inte förfrysa fingrarna.

När Tommy hade avslutat den sista meningen kom Irene på sig själv med att sitta och stirra på honom utan att säga någonting.

– Vad är det? sa Tommy och gav henne en undrande blick.

– Du sa nåt som fick det att spritta till i mitt undermedvetna. Men det försvann.

– Vad var det som fick det att spritta? Att han snodde en kärra för att inte förfrysa? försökte Tommy hjälpsamt.

Irene skakade dystert på huvudet.

– Det är borta.

Hon visste att det inte var lönt att försöka tvinga fram tanken. Tids nog skulle den komma upp till ytan igen. Men det var oerhört irriterande. Som att gå omkring med ett popcornskal mellan tänderna och inte kunna få bort det.

– Den lilla pissråttan har ett vattentätt alibi, kungjorde Jonny vid eftermiddagsfikat.

Hans tonfall lät ilsket och han var synbart irriterad och Jesper Tobiasson slokade moloket på stolen bredvid.

Rymlingen Daniel Lindgren hade fallit till föga när han konfronterades med anklagelsen att han misstänktes för delaktighet i smitningsolyckan där ett pensionerat polisbefäl hade dött. Sin ålder till trots var han ingen gröngöling i förbrytarsammanhang, utan han visste mycket väl hur poliskåren såg på brott mot poliser. Utan krumbukter erkände han att han och kumpanen Fredrik Svensson hade tagit sig med buss till Göteborgs centralstation efter rymningen. Där hade de klivit på Köpenhamnståget. Några timmar senare hade de anlänt till Köpenhamn och styrt kosan direkt mot Christiania. De kände folk i fristaden sedan tidigare. Enligt Daniel hade kompisarna tagit väl hand om dem och gett dem tak över huvudet. Utan föregående varning hade polisen plötsligt dykt upp och satt dem i häktet. Allt var enligt Daniel ett missförstånd och han och Fredrik hade släppts efter två dagar.

Köpenhamnspolisens version lät något annorlunda. En känd storlangare hade hittats mördad i Nyhavn. Han hade legat näst intill infrusen i issörjan alldeles nedanför kajkanten. Dödsorsaken var upprepade slag mot huvudet, vilka hade utdelats med våldsam kraft. Obducenten hade konstaterat att han hade varit död innan han kastades i vattnet, eftersom det inte fanns något vatten i lungorna. Kompisgänget från Christiania var de enda personer som langaren hade synts tillsammans med under sina sista timmar i livet. De hade suttit på en pub i Nyhavn och langaren hade varit med dem. Enligt ett vittne hade langaren argumenterat högljutt med några i gänget. Dock hade det inte lett till några handgripligheter. Allt hade verkat frid och fröjd när sällskapet hade lämnat puben vid midnatt. Morgonen därpå hade langaren hittats i vattnet av en morgontidig flanör som varit ute och rastat sin hund längsmed kajen.

Samtliga i gänget från Christiania hade förts till häktet, däribland Daniel Lindgren och Fredrik Svensson. Alla hade blånekat och hävdat att langaren hade varit vid god vigör när de skildes åt utanför puben. Det fanns inga vittnen och inte heller tillstymmelse till teknisk bevisning som kunde fälla någon av dem. Efter två dagar släpptes hela gänget.

Den kvällen när Torleif Sandberg hade blivit påkörd av två unga biltjuvar i Göteborg satt Daniel och Fredrik sin andra natt i häktet hos Köpenhamnspolisen.

Daniel hade fått kalla fötter och stuckit tillbaka hem till Göteborg, men Fredrik valde att stanna kvar hos polarna i Christiania. Eftersom Daniel inte hade någon egen lägenhet i

Göteborg hade han varit tvungen att bo hos sin mamma. Och det var där han åkte fast.

– Se det som att vi definitivt kan stryka dom där två från listan. Nu återstår bara Björn Kjellgren, alias Billy, och Niklas Ström, sa Irene i ett försök att lätta upp stämningen.

Blicken hon fick från Jonny hade ett tydligt budskap: gå och dö. Han var tydligt frustrerad över att tvingas börja om från början igen.

– Irene har rätt. Även om killarna inte verkade känna varandra så finns det faktiskt en sak som talar för att det trots allt kan vara dom två. Båda schappade från Gräskärr, påpekade Tommy.

– Billy Kjellgren är en enstöring och Niklas Ström är en galen våldtäktsbög. Enligt personalen höll sej båda för sej själva och ingen av dom övriga killarna umgicks med dom. Inte så konstigt när det gäller Niklas. Klart man vill ha arslet kvar när man har varit och duschat, sa Jonny och gnäggade åt sitt eget skämt.

Jesper stämde in men han slutade tvärt när han insåg att ingen annan skrattade.

– Det kan ju också vara så att bara en av dom är inblandad i smitningen. Eller ingen. Mardrömmen kvarstår att det kan röra sej om två för oss totalt okända killar. Men vi har inte fått några som helst indikationer på att det skulle vara så. Därför måste vi gå på dom två sista namnen vi har kvar. Niklas Ström och Billy Kjellgren, sa Tommy utan att låtsas om Jonnys sista kommentar.

– Exakt så. Du får förstärka gruppen så att vi kommer nånstans, avgjorde Andersson.

Tommy nickade att det var okej för hans del.

– Stör jag? hördes en kvinnlig stämma från dörren.

Samtliga i rummet kände igen rösten och vred på huvudet. I

dörröppningen stod biträdande länspolismästare Marianne Wärme. Hon var en rundnätt kvinna i övre medelåldern, med gråmelerat kortklippt hår och glasögon. Bakom de tjocka glasen plirade hennes pigga pepparkornsbruna ögon och hon log ofta vänligt mot den hon talade med. När hon inte hade på sig sin polisuniform var hon oftast klädd i dräkt och pumps med matchande handväska. Den som inte visste bättre kunde ta henne för en oförarglig tant. Men hon gjorde skäl för tillnamnet "Järnladyn". Under sitt klättrande på karriärstegen hade hon gjort sig känd som omutligt ärlig men med stenhårda nypor och en vilja av stål. Det hon hade föresatt sig genomdrev hon också. Ingen kunde ifrågasätta hennes kompetens eller ledarförmåga. I varje fall inte så hon hörde det. De flesta tyckte om henne eftersom hon gav raka och tydliga besked, samtidigt hade alla stor respekt för henne. Kvinnor med makt och pondus skrämmer människor i gemen betydligt mer än män med samma egenskaper. Speciellt om kvinnorna har gjort sig förtjänta av sin position. En sådan kvinna var biträdande länspolismästare Marianne Wärme.

Hon stegade in i rummet på stadiga klackar och tackade nej till erbjudandet om en kopp kaffe.

– Jag är på språng och ska fatta mej kort. Högsta chefen för Policía Nacional i Spanien har kontaktat mej. Han har fått en begäran från polischefen på Teneriffa om att en kollega från våldsroteln i Göteborg ska komma ner och bistå dom i utredningen kring en serie mord. Totalt rör det sej om fyra mordoffer. Tydligen har morden direkt koppling till den pågående utredningen av mordet på den ryska flickan som hittades ute vid Delsjön.

Hon gjorde en paus och lät den skarpa pepparkornsblicken svepa över sina åhörare. Alla såg mer eller mindre handfallna ut. Slutligen lyckades Andersson ta sig samman och protesterade lamt:

– Jag tror inte att vi kan hjälpa dom genom att åka dit. Vi har ett par inspektörer sjuka. Och det är en komplicerad utredning och …

– Ja, den verkar onekligen mycket komplicerad. Just därför tycker jag att det är en god idé att låta nån av er åka dit. På fem sex timmar så är man nere i värmen. Det tar inte längre tid än att åka bil till Stockholm. Och spanjorerna betalar som sagt. Det handlar om två dagar med en övernattning. På den tiden bör båda sidor ha hunnit utbyta information. Tänk på att det kan gynna vår egen utredning här i Göteborg ifall spanjorerna sitter inne med upplysningar som vi inte har.

Där hade hon onekligen en poäng. Det fanns fortfarande stora frågetecken i utredningen.

– Det ger också goodwill om vi ställer upp på sånt här informationsutbyte EU-länder emellan, sa biträdande länspolismästaren och log.

Det leendet lurade ingen. Sa Marianne Wärme att en av dem skulle åka till Teneriffa, så skulle snart en av dem befinna sig ombord på ett flygplan med destination Teneriffa.

– Jag har inte tid att åka, sa Irene bestämt.

Den främsta anledningen var att de var överhopade med utredningsarbete. Den andra var att familjen Huss hade planerat några skiddagar i stugan i Värmland. Irene hade tagit ut semester under fredagen och måndagen. Därför ville hon hinna jobba undan inför ledigheten. Krister skulle vara långledig fredag till måndag och tvillingarna skulle också åka med till Sunne. På vägen upp skulle de stanna till i Säffle och äta lunch hos Kristers syster. De hade inte träffats sedan Irenes svärmors begravning i augusti.

– Det är bara du som kan, avgjorde Andersson.

– Vad menar du? Är det bara jag som är umbärlig på avdelningen? Vi har jobb upp över öronen! Och då säger du att mitt jobb kan avvaras!

Det var sällan som Irene brusade upp men nu kände hon sig djupt förorättad.

– Du ska ner till Teneriffa för att jobba. Inte sola och turista. Och du har ju fått en viss vana att arbeta med kollegor i andra länder, sa kommissarien överslätande.

Det var inte utan att Irene kunde ana en lätt insmickrande ton. Fast det låg faktiskt något i vad han sa. Hon hade varit i Köpenhamn, London och Paris å tjänstens vägnar. I samtliga städer hade hon varit tvungen att samarbeta med den lokala polismyndigheten. Förvisso inte alltid med någon större framgång, men visst hade det gett henne erfarenheter som hennes kollegor på avdelningen saknade. För det mesta hade hon också tyckt att det hade varit både givande och intressant.

– Hannu kan jag ju inte skicka eftersom det är som det är med Birgitta. Och Tommy behövs i jakten på Torleifs dråpare. Då faller också Jonny bort och han den där nye killen … Jonathan.

– Jesper, rättade Irene.

– Den nye killen Jesper. Och Fredrik jagar Indianen. Så klantigt att släppa honom! Den jäveln måste vi få tag på!

Andersson hämtade andan innan han fortsatte:

– Då återstår bara du. Du håller nu ensam i utredningen av flickmordet eftersom Birgitta är borta. Jag tror att det vore klokt av dej att sticka till Teneriffa. Det är säkert många som kommer att gnälla avundsjukt när dom hör att du har fått åka till värmen.

– Äh. Det blir två resdagar efter varann. Totalt kommer jag att vara ett halvt dygn på ön. Och förresten ska jag ju jobba, invände Irene.

Samtidigt som hon sa det sista såg hon mot fönstret. Regnblandade snöflingor slog tungt mot rutan och ritade blöta snigelspår när de gled ner mot fönsterblecket. Temperaturen låg precis runt nollan och det blåste hårt. Någon dags värme kanske trots allt inte skulle skada. Fast hon tänkte inte visa vad hon tänkte. Och så var det ju det där med skidresan till Sunne.

– Okej då. Fast egentligen har jag inte tid, suckade hon demonstrativt.

Andersson sken upp.

– Bra! Då åker du i morgon eller senast i övermorgon! Du kan kontakta spanjackerna själv och tala om den glada nyheten, log han och räckte henne en skrynklig lapp.

Innan hon hade nått dörren sträckte han ut handen efter telefonluren. Han ville själv meddela biträdande polismästaren att en inspektör nu var på väg för att bistå Policía Nacional i deras komplicerade utredning.

Det var precis som Linda Holm hade sagt, polischef Miguel de Viera talade urusel engelska. Inte verkade han heller speciellt lycklig inför utsikten att få träffa en kvinnlig svensk kollega. Irene tyckte sig förstå det när han suckade: "Just women *policía*?"

Efter några minuter var förvirringen dem emellan total och Irene kände sig snart ganska uppgiven. Hon ryckte till när polischefen plötsligt skrek högt i luren. Det tog några förvirrade sekunder innan hon insåg att det inte var åt henne han skrek, utan åt någon som fanns i hans närhet. Med ett dunkande lade han ner luren mot bordsskivan och hon hörde hur han smattrade upprört med en annan person i rummet. Efter ett tag lyftes luren igen. En lugn mansröst sa:

– Detective Inspector Juan Rejón speaking.

Irene talade om vem hon var och att hon på polischefens

begäran tänkte komma till Teneriffa redan dagen därpå eller under fredagen.

– Bra. Då beställer vi biljetter och ordnar hotell.

Han talade bra engelska med tydlig spansk brytning. Eftersom Irenes egen engelska var ordinär men knappast mer, kände hon stor lättnad när han fortsatte:

– Jag kontaktar er igen, Inspector Huss, när jag har fått reda på flygtiderna. Och jag kommer och hämtar er vid flygplatsen.

– Tack så mycket, sa Irene från hjärtat.

Hon var glad att slippa de praktiska detaljerna med resan, eftersom hon behövde ordna en massa andra saker innan hon åkte.

– Det är vi som ska tacka. Vi är mycket tacksamma för att ni vill komma till oss. Vår situation är … desperat.

Det sista ordet uttalade han med viss tvekan. Samtidigt betvivlade Irene inte att det var så det var. Om de inte hade varit desperata skulle de knappast ha begärt att få ner en kollega från den avlägsna kalla Norden. Och därtill stod de för alla kostnader utan knot.

Inspektör Juan Rejón ringde alldeles innan Irene skulle gå hem för dagen. Han meddelade att det inte fanns några lediga platser kvar till Teneriffa under morgondagen. Det hade också varit fullt på alla plan som avgick till Göteborg under lördagen, varför han hoppades att Inspector Huss kunde tänka sig två övernattningar. Det var bokat en resa för henne med avgång fredag morgon klockan sju och femton och hemresa söndag klockan tretton. Eftersom hennes skidresa ändå var spolierad, kunde Irene mycket väl tänka sig ett dygn extra i solen. Rum var ordnat på Hotel Golden Sun Club. Lite kryptiskt hade Rejón sagt något om att det var ett strategiskt val av hotell, men Irene ville inte fråga vad han menade med det.

FAMILJENS REAKTION PÅ nyheten om Irenes weekendresa till Kanarieöarna kunde närmast beskrivas som ett resignerat accepterande. De var vana vid att hon ofta tvingades arbeta övertid och helger när hon egentligen skulle ha varit ledig. Krister hade haft svårt att dölja sin besvikelse. Var femte vecka fick han en fyradagarsledighet. Den kommande helgen var en sådan långledighet och han hade sett fram emot att de skulle till stugan i Värmland för att åka skidor och snowboard. Hans sinnesstämning ljusnade dock när Katarina beslutsamt sa att de skulle åka ändå. Felipe kunde följa med i stället för Irene. Innan Felipe träffade Katarina hade han aldrig stått i en skidbacke, men de hade åkt upp till Ski Sunne flera gånger under förra vintern. Tack vare sin dansutbildning hade han god balans och han hade snabbt lärt sig att behärska snowboarden. Numera var han en entusiastisk åkare.

Irene kunde inte hjälpa att det flög en tanke genom hennes huvud; också inom familjen kunde hon avvaras. Resolut sköt hon den fåniga tanken åt sidan. Att hon ersattes av Felipe berodde enbart på hennes arbete.

– Två dar! Jag unnar dej inte en timme!

Tommy log när han sa det, men den lilla sucken som undslapp honom på slutet avslöjade sanningen. Han hade mer än gärna suttit och sovit på ett flygplan ner till solen på fredag förmiddag. Samtalen med de spanska kollegorna kunde klaras av under eftermiddagen. Och lördagen skulle tillbringas vid poolen. Det var i de banorna som Irenes egna tankar gick och hon och Tommy brukade resonera ganska likartat.

Jonny bara glodde på henne innan han sa:

– Skicka dej! Har dom stackars spanjackerna inte nog med trubbel?

Han log inte när han sa det.

De satt alla i konferensrummet och väntade på Hannu. Han hade ringt på mobilen från en bilkö utanför Lerum. Motorvägen var översvämmad på ett ställe och trafiken hade fått dirigeras om till olika avfarter och småvägar. Han skulle bli minst en halvtimme försenad.

Irene hade avslutat sina rapporter och skannat in alla aktuella bilder i sin laptop. För säkerhets skull hade hon också gjort vanliga papperskopior av utredningsmaterialet, ifall tekniken skulle fallera. Det hade hon varit med om alldeles för många gånger.

När Hannu dök upp såg han vid första anblicken ut som vanligt. Han satte sig mitt emot Irene och hon fick tillfälle att granska honom närmare. Det ljusblonda håret var nyklippt och han var som alltid klädd i jeans och tröja. Men när Irene råkade möta hans blick blev hon orolig. De blå ögonen speglade inte hans vanliga lugn. Ögonvitorna var rödsprängda. Hade han gråtit? Han såg definitivt inte ut att ha sovit mycket. Irene hade aldrig lagt märke till några fåror i hans ansikte förut, men nu syntes de tydligt i skenet från lysrören. Det ljuset var förvisso inte smickrande för någon, men Hannu såg ovanligt trött och gråsjaskig ut.

Irene reste sig upp och sa:

– Jag hämtar en mugg kaffe till dej. Jag ska ändå själv ha påtår.

Hannu nickade tacksamt mot henne.

– Irenes universalmedicin: kaffe, sa Tommy och log i samförstånd mot Hannu.

Även Tommy hade uppfattat att något inte stämde. De hade arbetat tillsammans med Hannu i många år och de kände honom vid det här laget. I varje fall så väl som Hannu tillät någon av kollegorna att lära känna honom. Något stod inte rätt till. Gällde det Birgitta? Irene kände hur en svag oro började mola i maggropen när hon ilade iväg mot kaffeautomaten. Hur oroad hon egentligen var insåg hon när hon inte kunde erinra sig om Hannu ville ha mjölk eller inte. Alla på avdelningen visste hur var och en ville ha sitt kaffe. Hon chansade och tryckte på latte-knappen.

– Tack. Det går bra med mjölk också.

Hannu log blekt mot henne. Jäklar! Det var alltså Birgitta som brukade ha mjölk i. Irene erbjöd sig att byta mugg med honom men han avböjde.

– Jag tar svart till påtåren, sa han.

Han tog en djup klunk av kaffet och gjorde en omedveten grimas innan han satte ner muggen igen.

– Först vill jag berätta att Birgitta … vi … förlorade barnet i natt, sa han med ostadig röst.

Ingen visste vad som var lämpligt att säga efter en sådan kungörelse. Det blev mycket tyst i rummet. Kommissarie Andersson harklade sig och gjorde några krampaktiga rörelser med munnen som om han tog sats för att säga något, men det kom inga hörbara ljud över hans läppar. Det blev Hannu själv som fortsatte:

– Birgitta mår efter omständigheterna bra men hennes blodtryck är fortfarande för högt. Hon kommer att vara sjukskriven tills det har gått ner igen.

Fortfarande högt blodtryck? Irene kunde inte erinra sig att

Birgitta hade sagt något om högt blodtryck. Tvärt om så hade hon verkat väldigt glad och fylld av tillförsikt. Enda trösten i bedrövelsen var väl att graviditeten inte var så långt gången. Irene antog att det skulle göra det lättare för Birgitta att återhämta sig både fysiskt och psykiskt. Och hon och Hannu skulle säkert snart kunna få ett nytt syskon till lille Timo.

I ett enda drag hällde Hannu i sig resten av muggens innehåll.

– Jag var uppe på rättsmedicin i går och fick obduktionsrapporten på Torleif Sandberg, sa han.

Nu talade han åter med sin vanliga lugna röst och genast slappnade hans kollegor i rummet av. Den där halvkvävda stämman med nattsvart förtvivlan i undertonen hade gjort dem osäkra. Sorg är svårt att handskas med om den kommer för nära. Det är alltid enklare om man kan hålla en professionell distans.

– Skallen var krossad. Döden ögonblicklig. Övriga skador på kroppen mycket omfattande. Högra handen slets loss och återfanns två meter från kroppen. Kroppspulsådern var avsliten och han förblödde snabbt. Professor Stridner ser inget anmärkningsvärt med skadorna. Dom ser ut som man kan förvänta sej. Däremot gjorde hon andra fynd.

Han såg upp från pappret som han hade lagt framför sig på bordet. När ingen visade något tecken på att vilja yttra sig såg han ner igen och fortsatte att läsa:

– Hon påpekade att han var anmärkningsvärt tunnklädd. Det var minus femton grader när han gav sej ut för att springa. Barhuvad. Varken vantar eller handskar. Inga långkalsonger. Vanliga joggingskor och kortskaftade sportstrumpor. Kortärmad T-shirt och kalsonger under en vanlig joggingoverall. Förvisso var det polisens fodrade overall i bomullspoplin men den brukar folk ha när det är flera plusgrader. Den är inte speciellt varm.

Inga vantar. Det var den bilden från olycksplatsen som hade flimrat förbi i Irenes undermedvetna. Den avslitna handen som hade legat på trottoaren hade inte haft någon vante eller handske.

– Han var klädd för en joggingtur i typ fem plusgrader eller mer, konstaterade Fredrik.

– Precis. Stridner tycker det är värt att notera. Speciellt som han uppvisar början till förfrysningsskador på flera ställen på kroppen. Fingrarna, tårna, näsan, kinderna, öronen och hakan. Han måste ha varit ute i kylan i minst en timme, enligt Stridner, för att kunna få så pass omfattande skador.

– Förfrysningsskador? Vafan hade han inte tagit på sej ordentligt för? Torleif har ju sprungit i alla slags väder i minst fyrtio år!

Med synbar ansträngning fick Andersson lägga band på sin upprördhet.

– Han var ju en framstående orienterare och ingick i polisens lag i många år. Han hade massor av priser i sitt skåp, sa Irene.

– Hur vet du det? undrade Andersson misstänksamt.

Eftersom det inte var meningen att han skulle känna till hennes och Hannus högst informella husrannsakan, ljög hon snabbt och obesvärat:

– Stefan sa det. Adoptivsonen.

– Jag vet vem han är, klippte kommissarien av.

Han hade ännu inte kunnat smälta att Torleif hade ljugit honom rakt i ansiktet när han hade påstått att det var han som var far till barnet. Kanske hade Torleif tyckt att det var genant att berätta för kompisarna att han skulle gifta sig med en kvinna som bar på en annan mans barn. Fast man blev aldrig klok på människors bevekelsegrunder. Det var något som Irene hade insett under sina år som polis.

– Varför skulle en gammal van joggare och orienterare ge sig ut i den extrema kölden så tunt klädd? Och varför sprang han så långt? Det måste han ha gjort om han var ute minst en timme. Och varför gav han sej ut sent på kvällen? Det var ju kolsvart, sa Tommy och framkastade både frågor och svar i en rask ström.

– Kan han ha blivit gaggig? föreslog Jonny.

– Möjligt. Men det finns ingenting som tyder på det, sa Hannu.

Irene tänkte också på den välstädade lägenheten. Visst var inredningen tråkig och omodern men allt hade varit i oklanderlig ordning. Rent och snyggt. Det hade inte sett ut som om en senildement person hade huserat där. Förresten hade Torleif Sandberg bara varit sextiofyra år när han dog. Det är sällsynt med grav demens så pass tidigt, det visste hon. Även om hon ibland hade undrat för egen del. Så sent som i förra veckan hade hon ställt in mjölken i mikron. Där hade hon hittat den morgonen därpå. Utan att berätta något för de övriga i familjen hade hon hällt ut den. Men hon hade allt blivit lite fundersam …

– Kan det ha att göra med bilstölden? undrade Fredrik.

– Hur då? ville Andersson veta.

Fredrik tänkte en stund innan han lade fram sin teori.

– Om han råkade titta ut genom fönstret och såg att nån höll på att stjäla bilen så kanske han rusade ut i träningskläderna. Förutsatt att han hade på sej dom inomhus, alltså. Han hade väl inte en tanke på hur kallt det var utan rusade bara rätt ut utan att ta på sej några ytterkläder. Väl ute så hade tjuven redan fått igång bilen och körde iväg. Torleif rusade efter. Enligt er var han ju en snabb sprinter. Och sen … ja vad hände sen? Han kanske sprang vilse?

Fredrik såg sig omkring bland sina kollegor, ivrig att få medhåll för sin hypotes.

– Vilse? Knappast. Han hade bott i området i minst tjugofem år och löptränat i omgivningarna så gott som varje dag, sa Andersson.

– Han kan inte heller ha sett när bilen stals från parkeringen. Hans lägenhet har inga fönster åt gatan där parkeringsplatserna ligger, upplyste Hannu.

Det stämde med Irenes egna tankar. Portuppgången till Torleifs lägenhet var den längst bort i huslängan från gatan sett. Parkeringsplatsen där hans bil hade stått låg utefter gaveln mot gatan, i andra ändan av huset. Det fanns inte en chans att han skulle ha kunnat se sin bil från lägenheten.

– Han måste ha befunnit sej utomhus, sa hon högt.

– Varför så lättklädd när det var så kallt? upprepade Tommy.

Det var svårt att hitta något vettigt skäl till att Torleif hade varit ute minst en timme i kylan. Även om han hade sprungit det fortaste han orkat, skulle han ha frusit. Och ingen van löpare utsätter sig för faran att frysa. Speciellt för äldre personer ökar risken för muskel- och senskador vid nedkylning. Därför brukar de som löptränar hellre ta på sig för mycket än för lite. Det är lättare att plocka av sig ett plagg om man blir för varm, än att försöka springa fortare när man börjar stelna till.

– Är toxikologiproverna klara? frågade Irene.

Hannu nickade.

– Inga spår av några droger eller mediciner, bekräftade han.

– Det skulle väl bara vara det som fattades, mumlade Andersson för sig själv.

Han satt och trummade med fingertopparna mot bordsskivan och såg tankfull ut.

– Tommy. Gör en sammanfattning av läget i utredningen. Kanske kan vi komma på nåt när vi lyssnar, sa han slutligen.

– Okej. Till att börja med så har vi alltså Torleif som enligt vittnena på spårvagnshållplatsen kommer löpande i hög fart på entrésidan av Synvillan. Utan att märkbart minska ner hastigheten och se sej om så springer han rakt ut på Delsjövägen. Där kommer en BMW framförd av en biltjuv vars kumpan sitter bredvid i passagerarsätet. Den stulna bilen förföljs av en radiobil på cirka hundrafemtio meters avstånd. Poliserna i radiobilen ser hur en människa blir påkörd och slungas upp i luften. Dom stannar bilen och anropar ambulans. Vittnen ser hur BMW:n med krossad framruta svänger in på Töpelsgatan och försvinner uppför backen. När ...

Andersson viftade avvärjande med händerna framför sig och avbröt honom.

– Stopp! Vi vet exakt vad som hände efter att Torleif blev påkörd. Problemet är att vi inte har en aning om vad som hände innan! Vafan skulle han ut och springa i mörkret och kylan för? Ju mer jag tänker på det, desto konstigare blir det.

Det höll samtliga i rummet med honom om. Ingen hade någon bra teori, efter att Fredrik hade fått sin punkterad.

– Frågan är om vi behöver fördjupa oss i varför han var ute och sprang. Han kanske bara hade gjort en felbedömning av hur långt han skulle springa. Eller så kanske han bara gick ut med soporna och så fick han syn på nåt och stack iväg, sa Tommy.

– Han var på väg hem, påpekade Irene stillsamt.

– Va? Hur fan vet du det? frågade Andersson.

– Han sprang rakt över Delsjövägen i riktning mot Anders Zornsgatan där han bodde. Alltså är det troligt att han hade sprungit över gatan i motsatt riktning tidigare under kvällen. Var hade han varit under tiden mellan dom två tillfällena då han korsade vägen? Sprang han runt i löpspåren en timme? Eller var han inomhus nånstans? I så fall var?

– Kanske i en bil, föreslog Fredrik.

– Inte omöjligt. Det finns en stor parkeringsplats utanför Synvillan, sa Irene.

– Förfrysningsskadorna, påminde Hannu.

– Köldskadorna bevisar att han var utomhus. Inte i nån bil. Och även om han bara skulle gå till parkeringen vid tv-huset så skulle han väl åtminstone ha satt på sej en jacka. Det är ändå några hundra meter och det var verkligen svinkallt, invände Tommy.

– Han kanske sprang dit, försökte Fredrik igen.

– Eller också velade han runt och letade efter sin försvunna bil, föreslog Jonny.

– Det här ger inget. Och det viktiga är inte vafan Torleif gjorde innan han blev påkörd utan det viktiga är att få fast dom skitarna som dödade honom! sa Andersson.

Irene och Hannu utväxlade en snabb blick. De visste båda att kommissarien hade rätt. De skulle inte lägga sina knappa utredningsresurser på sådant som inte var relevant för utredningen. Men samtidigt var de rutinerade utredare och de hade fascinerats av alla oväntade underligheter som kommit i dagen ju mer de grävde kring Torleif Sandberg.

Alla i rummet hoppade till när det pep i snabben.

– Hallå! Är ni där? raspade Svante Malms röst ur högtalaren.

Tommy, som satt närmast apparaten, böjde sig fram och tryckte på samtalsknappen.

– Halloj! Vi är här, svarade han glatt.

– Bra. Jag har precis kört fingeravtrycken som vi hittade i Torleif Sandbergs bil. Dom fanns i registret. Tillhör två killar som heter Niklas Ström och Björn Kjellgren. Deras födelsenummer …

– Tack Svante, men vi har deras data, lyckades Tommy klämma ur sig.

– Jaså? Okej. Jag återkommer om jag hittar nåt mer.

När förbindelsen bröts blev det knäpptyst i rummet. De satt blickstilla och det var knappt att någon blinkade. I vissa av de närvarandes hjärnor surrade tankarna omkring som svärmande bin och i andras stod det helt stilla.

– Vad i helvete betyder det här? frågade Jonny till slut.

– Vet inte. Det stämmer inte! sa Tommy förvirrat.

– Jag och Jesper har slitit arslena av oss för att försöka hitta dom där jävla rymlingarna. Det fanns ett par stycken att välja på i början av utredningen. Metodiskt har vi kunnat avföra dom från utredningen en efter en. Nu återstår bara Billy och Niklas. Men vi har sökt dom som misstänkta biltjuvar av BMW:n som körde på och dödade Kruska-Toto. Och så visar det sej att dom två jävlarna snodde *hans* bil! Hur faaan är det möjligt? utbrast Jonny.

Hans frustration var tydlig och den delades av samtliga i rummet.

– Det verkar faktiskt ganska otroligt, höll Tommy med.

– Otroligt! Det är åt helvete! exploderade kommissarien.

Hans ansiktsfärg hade antagit en oroväckande högröd ton.

– Det finns väl knappast nån möjlighet att det är ett misstag, antog Irene.

– Snarare ett dåligt skämt, sa Tommy matt.

– Och den där Billy har slagit sej ihop med våldtäktsbögen! Vi får väl anta att dom är lagda åt samma håll. Och lille Billy kanske vill ha det lite hårt, flinade Jonny.

Han började uppenbarligen hämta sig efter den första chocken och bli sitt vanliga jag.

– Det är lite förvånande men kanske ändå inte. Dom satt båda två på Gräskärr. Enligt personalen hade dom ingen närmare kontakt men det måste dom trots allt ha haft. Dom rymde med ett dygns mellanrum. Niklas först och Billy dagen efter. Det gjorde att man tolkade det som att Billy hade inspirerats av Niklas flykt men inte att dom hade planerat den tillsammans, sa Irene.

Det var hon som hade plockat fram uppgifterna om rymlingarna i ett tidigt skede av utredningen. Det kändes som om det var mycket länge sedan.

– Sitt för fan inte och spekulera! Ut och ta fast dom små svinen! fräste Andersson.

Han reste sig upp för att markera att mötet var avslutat. Irene noterade att han inte hade tagit något Mariekex ur det öppnade paketet som stod på bordet. Det var inte utan att hon började bli riktigt orolig för honom.

Hannu kom fram till Irene och ställde sig tyst bredvid henne. Han väntade tills de var ensamma kvar i rummet.

– Skulle du vilja hjälpa mej med en sak? frågade han lågt.

Han hade åter sitt ansiktsuttryck helt under kontroll. Det måste ha kostat på oerhört att inför kollegorna behöva blotta sin sorg över det som hade drabbat hans familj. Irene visste att han inte skulle berätta något mer om hon inte frågade. Om ens då.

– Visst. Vad vill du att jag ska göra?

– Du fick bra kontakt med Stefan Sandberg. Jag fick ett intryck av att han kände förtroende för dej. Han berättade ju betydligt mer än han hade behövt.

Irene nickade.

– Skulle du vilja ringa honom och säga att bilen är hittad?

– Vet han inte om det än? utbrast Irene.

– Nej. Det glömdes bort i går.

Irene öppnade munnen för att säga något men stängde den igen. Hon om någon visste hur överhopade de var med arbete. En stulen bil hade ingen hög prioritet. Inte förrän det börjar dyka upp oförklarliga samband. Rymlingarna som de misstänkte för att ha kört på och dödat Torleif visade sig i stället vara de som hade stulit hans bil. Förvisso bara några hundra meter från platsen där Torleif dog. Ändå fanns det varken rim eller reson i det hela. Varför befann de sig ens i området? Hur skulle de ha kunnat komma över Torleifs bilnycklar? Visste de att det var hans bil redan när de stal den?

– Berätta för Stefan Sandberg om fingeravtrycken. Fråga om han kan komma på om det kan finnas nåt samband mellan Torleif och killarna, fortsatte Hannu.

– Vad tänker du på? undrade Irene.

Hon förstod att han måste ha en tanke med frågorna.

– Niklas Ström är bög. Billy Kjellgrens läggning vet vi ingenting om. Men han har stuckit tillsammans med Niklas. Min tanke är att Torleif Sandberg kanske var bög. Niklas och Billy kan ha lurat med sej Torleif ut i hans bil. Kanske med löften om sex. Torleif kanske blev hotad och lyckades rymma från bilen. Självklart försökte han ta sej raka vägen hem. Det kan ha varit en bra bit hemifrån. Det var så han fick köldskadorna. Och det förklarar varför vi inte har hittat hans bilnycklar utan bara reservnycklarna som han hade i lägenheten. Niklas och Billy behöll bilnycklarna och bilen.

Irene kom på sig själv med att stå och stirra på Hannu. Troligen var det den längsta sammanhängande harang hon någonsin hade hört från honom. Och teorin var absolut trolig. Den skulle förklara sambandet mellan rymlingarna, Torleif och hans bil.

– Det är en fantastiskt bra teori! Och du vill alltså att jag ska försöka luska ut om Stefan känner till ifall Torleif var bög, sa hon.

– Ja.

– Jag gör det på direkten.

Hon gick raka vägen till sitt rum. Det var faktiskt en mycket bra teori som Hannu hade formulerat. Fast den stora frågan kvarstod: vilka hade kört på Torleif?

Irene fick tag på Stefan Sandberg på hans mobilnummer. Han berättade att han skulle resa hem till Umeå på eftermiddagen. Det mesta var ordnat nu och han skulle inte komma ner igen förrän till begravningen. Han visade inget större intresse när Irene berättade att den stulna bilen hade hittats.

– Utanför Olofstorp? Betyder det att tjuvarna finns där? frågade han.

– Inte nödvändigtvis. Bensinen var slut. Dom kan ha haft en annan bil i närheten och fortsatt i den. I vart fall så har dom inte stulit nån ny bil i området. Inte som vi har fått rapport om i alla fall, sa Irene.

Hon tänkte febrilt på hur hon skulle föra in samtalet på Torleifs sexuella läggning. Det var inte det mest självklara samtalsämnet, men hon beslöt att det bästa var att vara mycket rakt på sak. Stefan var ju ändå läkare.

– Det finns en sak som förbryllar oss. Teknikerna har nämligen hittat fingeravtryck från dom två biltjuvarna. Dom finns i våra register. Vi vet vilka dom är.

– Men det är väl bra! Vad är problemet?

– Problemet är sambandet mellan Torleif och dom här två killarna. Vi blir inte kloka på hur det hela hänger ihop. Därför måste jag ställa en ganska känslig fråga till dej.

Hon tystnade för att tänka efter hur hon skulle formulera sig.

– Vad då känslig?

Det hördes att Stefan blev på sin vakt.

– Åtminstone en av killarna är homosexuell. Vet du om Torleif också var det? frågade hon frankt.

Stefan blev tyst så länge att Irene började frukta att han inte tänkte svara. Till hennes lättnad återkom hans röst i luren.

– Jag försöker tänka efter … mamma har aldrig sagt nåt som skulle kunna tyda på det. Om han var homosexuell så har han nog dolt det för henne. Eller också började han inte leva ut den sidan förrän efter skilsmässan.

Irene kunde inte hjälpa att hon kände ett sting av besvikelse.

– Problemet är väl att jag inte kände Torleif. Jag har nästan inga minnen från mina första fyra levnadsår tillsammans med mamma och honom här i Göteborg. Och det är väl inte säkert att Torleif hade nån anknytning till killarna som tog bilen?

– Dom hade bilnycklarna, upplyste Irene.

– Då måste dom förstås ha kommit över nycklarna på nåt sätt. Fast det är ju lite konstigt. Men det finns ett annat mysterium som jag har stött på, sa Stefan.

– Mysterium? Låter intressant, sa Irene.

– Jodå, det är visst intressant. Jag träffade Torleifs personliga bankman i går eftermiddag. Det är mycket som måste ordnas med banken efter ett dödsfall. Då upptäckte jag att Torleif bara hade åttiotretusen kronor på ett konto. Det var allt.

– Det var väl inte så illa.

Irene tänkte på sitt eget konto. Hon skulle ha jublat om Torleifs pengar som genom ett mirakel hade förts över till det.

– Nej, det är inte småpotatis. Men Torleif har ju alltid levt så … försiktigt. Jag tyckte att det borde finnas mer pengar. Och bankkillen talade om för mej var Torleif har gjort av dom. Han visade mej alla papper. Torleif hade precis köpt sej ett hus i Thailand!

– Thailand? upprepade Irene häpet.

– Ja. Ett stort hus för åttahundratusen kronor. Det är tydligen en riktig lyxkåk och den skulle kosta det mångdubbla i Sverige. Den har pool och allt möjligt.

– Har du hört nåt om att han planerade att flytta till Thailand?

– Nej. Men jag vet att han har varit där. Det berättade han för mej när vi träffades den där sista gången för snart tre år sen. Då sa han nåt om att han unnade sej en bra bil och en utlandsresa om året. Och året innan hade han varit i Thailand.

– Det var som sjutton!

Kanske inte den mest begåvade kommentaren, tänkte Irene, men den uttryckte precis det som hon spontant kände.

– Ja, det kan man verkligen säga. Nu sitter jag här med en kåk i Thailand på halsen. Det är ett oväntat problem. Och apropå problem: hittade ni Torleifs mobil efter att han blivit påkörd?

– Nej. Han hade inte nån mobil med sej. Bara nyckelknippan till lägenheten. Och bredvid honom låg en ficklampa, sa Irene.

– Konstigt. Det har nämligen kommit en räkning på ett alldeles nytt Telenorabonnemang och en ny Nokia. Jag har letat igenom hela lägenheten. Mobilen finns ingenstans.

Betydde det här egentligen någonting för utredningen kring Torleifs död? Irene trodde inte det.

– Jag ska höra med teknikerna om dom har hittat nån Nokia i bilen, sa Irene.

– Bra. Jag måste ta kontakt med Telenor och avsluta abonnemanget. Och dom kanske vill ha tillbaka mobilen. Jag vet inte riktigt vad som är praxis vid ett oväntat dödsfall.

– Ingen aning, svarade Irene uppriktigt.

– Du har ju mitt mobilnummer ifall du behöver få kontakt med mej när jag har kommit hem, sa Stefan.

En tanke slog henne plötsligt.

– Jag har ditt nummer. Men finns Torleifs mobilnummer på pappren från Telenor?

– Jajamän. Både nummer och pinkod. Samt mobilens identifikationsnummer. Står här på ett av pappren.

Han gav Irene siffrorna och hon antecknade dem.

När hon hade avslutat samtalet med Stefan slog hon direkt-numret till Svante Malm. Han var inte anträffbar eftersom han var ute på ett tjänsteärende. Irene skrev ett mejl till honom, där hon frågade om de hade funnit någon Nokia i Torleif Sand-bergs bil. Hon skrev också dit alla olika nummer som hon hade fått till mobilen.

Därefter tog hon med sig sin laptop, väskan med alla utred-ningspapper och sa hej då till sina arbetskamrater. Följd av kollegornas mer eller mindre hjärtliga avskedsskämt gick hon ut genom ytterdörren och tryckte på hissknappen. Nu skulle hon åka raka vägen hem och packa.

IRENE VAR INTE speciellt berest. Förr om åren hade det varken funnits tid eller pengar till några längre resor. Radhuset som hon och Krister hade köpt när tvillingarna varit i fyraårsåldern hade alltid inneburit en tung ekonomisk belastning. De hade tyckt att det varit värt den uppoffringen för att flickorna skulle få växa upp nära havet och naturen. Under de senaste åren hade de unnat sig två chartersemestrar på tu man hand till Grekland. De planerade en ny Greklandsresa i slutet av sommaren. Det var ganska exakt ett halvår dit. Det gällde att hålla ut till dess.

Fast förra påsken hade de faktiskt rest utomlands. Då hade de åkt över till London för att hälsa på Irenes kollega Glen Thomsen och hans livliga familj. Det var då hon hade fått veta att kommissarie Anderssons och Donnas lilla romans var över. Donna var Glens brasilianska mamma som i längden blev alldeles för hetlevrad för Andersson. Hon hade skaffat sig en ny man på närmare håll. Men hon och Andersson höll fortfarande kontakten via post och telefon. Informationen hade Irene fått av Glen. Själv hade Andersson gått omkring och inbillat sig att ingen kände till hans lilla betuttning i London. Irene hade inte märkt några tecken hos honom som verkade tyda på någon större saknad.

Glen och Irene hade blivit goda vänner några år tidigare, under hennes andra utlandsresa i tjänsten. Den första hade gått till Köpenhamn. Irene rös fortfarande när hon tänkte på utredningen av styckmorden. Hela det utredningsarbetet tillhörde de saker som hon försökte förtränga ur sitt minne. Men de fruktansvärda bilderna som dök upp vissa nätter kunde hon inte förhindra. De hemsökte fortfarande hennes drömmar.

Weekendtrippen till Teneriffa fick i första hand ses som en tjänsteresa och i andra hand som ett andningshål i vinterkylan. Kung Bore hade ännu inte släppt sitt grepp om Norden. Det skulle han knappast göra än på någon månad. Under natten hade temperaturen börjat dala nedåt igen. Nu låg den några grader under nollan. Allt smältvatten som hade översvämmat Västsverige under de föregående dygnens töväder hade frusit till is.

När taxin kom och hämtade Irene strax efter fem var hela Göteborg infruset i ett ispansar. Det var inte bara tröttheten som var orsaken till att hon vacklade de få stegen mellan ytterdörren och radhusets parkeringsplats. Asfalten var glashal och så tidigt på morgonen hade sandbilen ännu inte hunnit komma. Hon var tvungen att ta sig fram med försiktiga tomtesteg för att inte halka. Hon suckade högt av lättnad när hon utan missöden lyckades ta sig in i taxin och kunde sjunka ner i baksätet. Taxiresan ut till Landvetter skulle gå på några modiga hundralappar men spanjorerna fick väl stå för den med. Det var hennes sista medvetna tanke innan hon somnade.

Det finns en sak med flygresor som hon nästan tyckte var ett skäl att inte flyga: avgångarna går alltid väldigt tidigt på morgonen. Allt bagage som hon hade med sig var den lilla datorväskan som såg ut som en större handväska och en liten ryggsäck. Ingen av dem behövde fraktas i planets lastutrymme. Ändå var hon tvungen att checka in en timme före avgång. Vilket var anledningen till att hon sömndrucket vacklade omkring på terminalen för utrikes avgångar klockan tjugo över sex på morgonen. Mer instinktivt än medvetet följde hon kaffedoften och hamnade på en morgonöppen servering. Efter tre koppar kaffe och en färsk minibaguette med ägg och ansjovis började hon se ljusare på tillvaron.

I mörkret utanför de gigantiska rutorna i terminalbyggnaden syntes de upplysta landningsbanorna och de blinkande varningssignalerna från nyttotrafiken ute på flygfältet. Där fanns bussarna som fraktade passagerare mellan terminalerna och planen. Mellan dem pilade de små täckta lastbilarna som levererade flygplansmaten, vilken var ett kapitel för sig. Irene bestämde sig för att köpa en inplastad minibaguette och ha med i ryggsäcken.

Hon gick in i en taxfreebutik och letade reda på det som tvillingarna hade skrivit upp på en lapp. Till sig själv hittade hon en ny mascara och en liten flaska solkräm med skyddsfaktor femton. Hon ville inte komma hem och se ut som en nykokt hummer. Då skulle hon få höra kollegornas skadeglada kommentarer i veckor.

När hon skulle betala i kassan gick hon förbi ett ställ med "Månadens extraerbjudanden". Taxfree plus extrapris måste bli väldigt billigt, tänkte Irene och stannade till för att titta närmare på utbudet. Ovanför alla tuber och krämer satt en spegel. Hon slängde en blick i den och konstaterade att det ansiktet behövde all hjälp det kunde få. Möjligen en massa klädnypor i nacken. Allt som kunde hänga hängde: mungiporna, ögonlocken och kinderna. Runt ögonen och mellan ögonbrynen syntes smårynkor. Och sedan när hade hon fått påsar under ögonen? En hel del gick att skylla på den tidiga morgontimmen och på att hon var helt osminkad. Men faktum att hon hade passerat fyrtioårsstrecket kvarstod. Förstulet smusslade hon fram sina läsglasögon ur ryggsäckens ficka. Numera klarade hon inte att läsa finstilt utan dem. Hon började läsa på de tjusigt designade förpackningarna. Samtliga utlovade slätare hud, mindre rynkor och blekning av fula pigmentfläckar. Och minsann om hon inte fick fatt på räddaren i nöden: en tub med ögonkräm som var speciellt avsedd för påsar och mörka ringar under ögonen. Perfekt! Ovanför hyllan fanns en skylt som förkunnade "Tag 2 betala för 1". Hur bra fick det bli? Beslutsamt tog hon två tuber ögonkräm, en dagkräm som hade alla egenskaper som behövdes för att föryngra huden tjugo år, samt tillhörande nattkräm. Nöjd med sina inköp gick hon till kassan för att betala.

Kassörskan bad att få se hennes boardingkort och slog sedan in hennes inköp.

– Tvåtusenniohundrafyrtio kronor, sa hon.

Irenes omedelbara tanke var att hon måste ha hört fel. Kosmetika för nästan tretusen kronor! I samma ögonblick hörde hon hur hennes flyg ropades ut.

– Sista utrop till Teneriffa med Spanair trehundratjugoett med avgång nollsju femton. Var vänliga gå till gate tolv, uppmanade den morgonpigga högtalarrösten.

Spakt lämnade Irene över sitt kreditkort till kassörskan som gäspade ogenerat samtidigt som hon bad Irene att slå in sin kod på betalterminalen. Irene insåg att det inte fanns tid till att be att få lämna tillbaka något. Förresten behövde hon allthiop. Ansiktet i spegeln hade varit i behov av en akut extreme makeover.

Irene packade in sin tunna poplinkappa och stickade bomullskofta i bagagehyllan. Under dem placerade hon laptoppen. I datorväskans ytterfickor låg alla papper angående utredningen. Det var kanske som att ha både livrem och hängslen, som Fredrik hade uttryckt det, men hon ville gardera sig mot alla eventualiteter. Hon kontrollerade noga att väskan och alla ytterfacken var ordentligt stängda. När det var gjort satte hon sig på sitt säte. Hon var klädd i stretchjeans som skulle tåla en långresa utan att bli skrynkliga och en tunn yllepolo. Under polon hade hon en kortärmad tröja. Hon hade klätt sig enligt lökprincipen. På fötterna bar hon vanliga seglarskor men strumporna var knästrumpor i tunnaste ull. När de landade skulle hon ta av sig dem och gå barfota i skorna. Innan dess skulle hon antagligen redan ha tagit av sig polotröjan. I ryggsäcken hade hon packat ner necessären, sina nyförvärvade föryngringskrämer, rena underkläder, bikini, två T-shirtar, ett par lätta sandaler och ett par snygga cityshorts. I ryggsäckens ytterfack låg passet, e-ticketen och plånboken. Hon skulle behöva ta ut pengar på flygplatsen när hon kom fram. Trots den korta planeringstiden tyckte hon att hon hade bra koll på saker och ting.

Bredvid henne hamnade ett äldre par i sjuttioårsåldern som hälsade på henne utan att presentera sig. Så fort de hade satt sig till rätta i sätena plockade de fram var sin sovmask i mörkblått siden. De blundade utan att ta på sig sina masker. De väntade uppenbarligen på att planet skulle komma upp i skyn så de kunde luta stolsryggarna bakåt och fortsätta att sova. Det passade Irene utmärkt. Hon var inte upplagd för något artigt småprat tidigt på morgonen, utan tänkte följa sina grannars exempel, om än utan sovmask.

I raden framför dem hamnade en barnfamilj. Redan före starten visste de närmaste bänkgrannarna att pojkarna hette Lukas, Simon och Natan. Lukas hade uppenbarligen börjat skolan, eftersom han retade sina småbröder med att det var *hans* sportlov. De två yngre blev allt surare på sin storebror, som triumferande förkunnade att egentligen skulle småglin inte få följa med på vintersportlovet. Eftersom de som sagt var inte hade något lov. Logiken lät övertygande för de mindre och de kontrade med att illtjutande gemensamt börja puckla på sin storebror. Mamman var småmullig och hårt blonderad, men hon hade ett sött ansikte. Hennes ålder kunde ligga var som helst mellan trettio och fyrtio. Trots att hon inte hade några ytterkläder på sig när de äntrade planet svettades hon redan ymnigt. Sina generösa former hade hon klämt in i en ärmlös vadlång jeansklänning och under den bar hon en urringad rosa T-shirt. Hon försökte få tyst på sina telningar, ömsom med vädjanden och ömsom med hot om uteblivna privilegier. Det skulle varken bli bad i poolen, glass eller nya simdjur ifall de inte uppförde sig. Hennes söner brydde sig inte om hotelserna. Till slut var ljudnivån närmast olidlig. Fadern satt på andra sidan mittgången och läste Göteborgs-Posten.

När ljusskylten för säkerhetsbältet slocknade lägrade sig till slut lugnet över hela bänkraden. Från Irenes bänkgrannar hördes en lättnadens suck.

Irene upptäckte genast kriminalinspektör Juan Rejón. Det var hon knappast ensam om. De flesta kvinnorna i ankomsthallen – och en hel del män – såg på polisen som höll en liten skylt i handen. På den hade någon skrivit "Ms Huss" med röd tuschpenna. Han verkade inte lägga märke till blickarna eller också var han van och brydde sig inte. Lätt bredbent stod han och iakttog lugnt folkströmmen som kom ut från tullpassagen. Utan att strama satt den mörkblå skjortan perfekt på hans vältränade överkropp. Axelklaffarnas guldränder drog blickarna till sig. På huvudet hade han en mörkblå kepsliknande mössa med ett guldglimrande märke. När Irene kom närmare kunde hon urskilja bokstäverna PN; Policía Nacional. Hela hans kroppsspråk visade att det inte var någon vanlig patrullerande snut som stod där. Hon lade också märke till hans ansikte med höga kindben och välformad mun. Över kinder och haka anades skuggan av en kraftig skäggväxt. Ögonen var mycket mörka, med långa ögonfransar och markerade ögonbryn som välvde sig över dem. Det tjocka bruna håret som stack fram under kepsen lockade sig i nacken. Milde tid, hon hade fått en manlig fotomodell som skulle eskortera henne på ön! Med tanke på hans tjänstegrad borde han vara runt trettio men han såg yngre ut. Han var en mycket stilig man, inspektör Juan Rejón.

Irene gick fram mot honom med ett leende på läpparna. Han sken upp och sträckte fram handen. De presenterade sig för varandra och båda märkte att hon var några centimeter längre än han. Irene blev full i skratt när hon såg de avundsjuka blickarna hon fick från kvinnorna som befann sig runt omkring.

– Jag kör er först till Hotel Golden Sun Club. Där kan ni äta lunch och vila lite. Jag kommer och hämtar er klockan fyra, sa han samtidigt som han erbjöd sig att bära någon av hennes väskor.

Hon avböjde vänligt eftersom både datorväskan som hon hade över ena axeln och ryggsäcken hon bar på ryggen var så lätta. Han gick före henne ut genom de automatiska glasdörrarna. Enligt termometern som hängde inne i terminalen skulle utomhustemperaturen vara tjugofem grader. Hon upplevde det som om hettan slog emot henne när hon klev ut genom dörrarna. Det var nästan så hon kippade efter andan. Naturligtvis var det temperaturskillnaden på trettio grader som drabbade henne med full kraft. Det tog en liten stund innan hon märkte att det faktiskt drog en lätt vind genom håret. Det var mycket behagligt. På andra sidan den breda gatan växte höga palmer. Brisen satte palmbladen i rörelse och fick dem att rassla. Känslan av att hon var turist tog med ens överhanden.

– Vad var temperaturen i Sverige när ni åkte? frågade inspektör Rejón med aningen av ett leende i ena mungipan.

Han hade lagt märke till hur hans långa kollega från Sverige hade stannat upp utanför terminaldörrarna och dragit några djupa andetag. Därefter slöt hon ögonen och vände instinktivt ansiktet mot solljuset.

– Minus fem grader. Och en massa smältvatten som frusit till is under natten, sa hon fortfarande blundande och vänd mot solen.

Hon började treva i jackfickan, hittade sina solglasögon och satte på sig dem. Om inte annat så dolde de väl de värsta ringarna och påsarna. På hotellrummet skulle hon duscha och smörja in sig med de nya undergörande krämerna.

Inspektör Rejón skakade på huvudet.

– Hur kan man bo i ett sådant klimat? Hemskt! Fast det är tur för oss. Alla frusna skandinaver som kommer hit under vintern för att sola och värma sig. Och resten av Nordeuropa också för den delen, sa han och blixtrade med vita tänder i ett brett leende.

– Jag har förstått att det är en del av orsaken till att jag är här. Er chef, de Viera, sa till min chef att han är orolig för att morden ska skada turismen, sa Irene i lätt ton.

Inspektör Rejón svarade inte utan fortsatte att gå fram mot polisbilen som stod parkerad på en reserverad plats, märkt "Policía". Irene sneglade på honom från sidan och såg att hans ansiktsdrag hade stelnat i en ogenomskådlig mask. Hade hon sagt något galet? I så fall vad?

Han höll upp dörren på passagerarsidan och lät henne stiga in innan han smällde igen den. Onödigt hårt, tyckte Irene. Hans reaktion kunde knappast bero på hennes kommentar. Det låg något mer bakom hans beteende än att hon plötsligt skulle ha trampat i klaveret. Hon hade ju bara upprepat exakt det skäl som de Viera hade anfört. Irene var fast besluten att ta reda på vad som förorsakat Rejóns hastiga humörsvängning.

De satt några minuter under tystnad medan de lämnade det tämligen kala flygplatsområdet. Efter en stund började det dyka upp fler palmer och höga kaktusar utefter vägen.

– Jag skulle uppskatta om ni ville berätta för mig om morden. Det enda jag känner till är att tre personer är döda. Mördade i någon sorts gangsterbråk, sa hon vänligt som om hon inte hade noterat kollegans snabbt förändrade attityd.

Inspektör Rejón hade precis svängt ut på motorvägen som enligt skylten ledde till Los Cristianos och Playa de las Américas. Han satt tyst en lång stund innan han svarade:

– Det har naturligtvis stått en hel del i tidningarna här. Vad vi har fått fram så var upprinnelsen till det hela att nattklubbsägaren och gangstern Jesus Gomez fick ekonomiska problem. Han hade bland annat satsat i ett stort kasino som blev en flopp och ett hotellbygge som aldrig blev färdigt. Vi vet att han var desperat och lånade en massa pengar av olika människor. Bland annat av en restaurang- och nattklubbsägare som heter Lembit Saar. Gomez har betalat tillbaka till Saar med en del ... tjänster. Gomez hjälper flickor att komma hit och arbeta. Illegala flickor om ni förstår.

Han sände Irene en snabb blick ur ögonvrån.

– Trafficking. Handel med sexslavar, sa hon och nickade.

– Slavar?

Han begrundade ordvalet några sekunder innan han fortsatte:

– I varje fall skulle Jesus Gomez ordna två nya flickor åt Lembit Saar. En affärsuppgörelse i stället för pengar som Gomez inte hade. Däremot har Gomez haft stripteasedansöser och massor av barflickor på sin klubb i många år och han känner folk i branschen. Det finns också misstankar om att han har varit inblandad i narkotikaaffärer och en hel del annat. Men Saar ville ha unga blonda flickor som skulle locka kunder till hans nyöppnade kasino och nattklubb. Ett mycket exklusivt och snyggt ställe. Det har ett ypperligt läge alldeles i närheten av ert hotell. Jag ska visa er när vi kommer fram. Och Jesus Gomez använde sig av en gammal kontakt som han hade. Den här kontaktmannen lovade att ordna två unga blondiner åt Gomez. Men han måste själv ordna så att de fördes från Sverige och hit. Jesus Gomez närmaste man, Sergej Petrov, skulle åka för att hämta flickorna. Petrov är välkänd och han har suttit i fängelse flera gånger. Han reste torsdagen den nittonde januari och skulle ha åkt hem tillsammans med flickorna dagen därpå. Men det gjorde han inte. De dök aldrig upp.

Nej, för att en av flickorna blev svårt sjuk och sedermera mördad, tänkte Irene. Och den andra svävar mellan liv och död på ett svenskt sjukhus. Men hon sa inget, utan i stället frågade hon:

– Varifrån kommer Lembit Saar?

– Estland. Vilket är ytterligare ett skäl till att Gomez inte gillade honom.

Han gjorde en menande grimas innan han fortsatte:

– Förra fredagen kontaktade en av Jesus Gomez närmaste män Lembit Saar. De bestämde att träffas på en bar som ligger utanför turiststråken. Byn ligger några mil uppåt bergen. Lembit Saar hade inte tid att åka utan i stället skickade han två av sina mest betrodda män. På vägen dit prejades bilen som Saars män åkte i av vägen. En av dem klarade sig med lindriga skador men den andre dog. Det fanns inga vittnen till olyckan förutom mannen som överlevde och han hann aldrig se något.

Inspektör Juan Rejón gjorde en kort paus för att hämta andan. Därefter fortsatte han:

– Samma dag vid midnatt dök Lembit Saar oväntat upp på

Jesus Gomez nattklubb Casablanca. Enligt vittnen gick Saar och två av hans män in på kontoret. Efter en stund hördes ett högljutt gräl. Och sedan flera skott. Någon ringde polisen och när de kom till platsen kunde de konstatera att Jesus Gomez och Saars båda livvakter var döda. Ihjälskjutna, naturligtvis. Saar själv blev svårt skadad men inte livshotande. Han kommer snart att skrivas ut från sjukhuset. Det är självklart så att det här slogs upp stort även i utländska tidningar. Fyra döda inom ett dygn! Normalt har Teneriffa inte någon grövre brottslighet att tala om. Men när det händer en sådan här sak …

Inspektör Rejón ryckte på axlarna som för att säga att det inte hade funnits något sätt att undvika publicitet.

Polisbilen susade fram på vägen som stadigt lutade nedåt. Naturen var vacker med branta hårt söndervittrade berg på vägens högersida. De var klädda med krypande vegetation som klängde uppåt bergssidorna. Överallt prunkade färgrika blommor av olika slag, men Irene hade ingen aning om deras namn. På andra sidan vägen låg nybyggda hus med vidunderlig utsikt ut mot havet. Irene satt i sin ljusblå T-shirt, hon var barfota i seglarskorna och hon kände sig som en turist, trots att hon och inspektör Rejón talade om fyra mord.

De började närma sig tätare bebyggelse och även trafiken tätnade. De körde förbi skylten som pekade mot Los Cristianos och fortsatte mot Playa de las Américas.

– Ballistiska testerna har visat att Saar och hans båda livvakter sköts med Jesus Gomez .357 Magnum Smith & Wesson 340PD, som hittades bredvid Gomez i rummet. Gomez var en duktig skytt och revolvern är träffsäker. Speciellt på så nära håll. Saar klarade sig tack vare att Gomez troligen redan var träffad och inte hann sikta ordentligt. Skottet tog i sidan av buken men skadade inga vitala organ. Gomez sköts med två skott från var och en av livvakternas P226 Sig Sauer, sa inspektör Rejón.

Gangstergängen på Teneriffa körde inte precis med några ärtrör, konstaterade Irene. Efter en stund fortsatte Rejón sakligt:

– Situationen är den att vi står mitt uppe i en blodig vendetta. Samtidigt undrar ju alla varför Sergej Petrov försvann med flickorna. Och så kom det en förfrågan från en poliskommissarie i Göteborg som undrade om Policía Nacional hade några uppgifter om en Sergej med anknytning till Teneriffa och sexhandeln. Polischef de Viera flög bokstavligen i luften! Jag såg det själv för jag var där när han fick faxet.

Han log åt minnet utan att ta blicken från vägbanan och den omgivande trafiken. Irene bara nickade utan att ställa några frågor. Det kändes som om Rejón hade mer på hjärtat.

– Det är en sak som ni nog bör känna till … polischefen har en släktrelation till Jesus Gomez. Han har alltid skyddat Gomez. Och tvärt om.

Det tog några sekunder innan innebörden av inspektörens ord hade sjunkit in ordentligt hos Irene. Det var alltså därför som polischef Miguel de Viera hade varit så påstridig och inte gett sig innan han hade fått hit en utredare från Göteborgspolisen. Det handlade inte bara om en vanlig mordutredning, utan i första hand gällde det att rädda polischefens eget skinn. Och trots den begränsade kunskap som Irene hade om sydländska vendettor, insåg hon att det ytterst även handlade om hans eget liv. Om han hade beskyddat Jesus Gomez som nu var död kunde han mycket väl vara näste man på tur.

– Det handlar alltså inte alls om turismen som han sa till min chef. Han vill sätta stopp för en ytterligare upptrappning av våldet mellan Gomez och Saars gäng. Hans sista chans är att få veta sanningen om vad som hände i Sverige, konstaterade Irene.

– Ja.

– Han måste vara ganska desperat.

Inspektör Rejón nickade. Över det vackra ansiktet flög ett uttryck som fick Irene att inse att hon hade levererat dagens underdrift.

Inspektör Rejón parkerade utanför Hotel Golden Sun Clubs pampiga entré. När de steg ur bilen pekade han snett över den breda avenyn.

– Där på andra sidan ligger Lembit Saars nyöppnade kasino och nattklubb Casino Royal de Tenerife. Teneriffas största och mest exklusiva, sa han.

Mellan palmerna som kantade avenyn på båda sidor såg Irene kasinots fasad ut mot gatan. Den såg ut som en palatsfasad, vilket säkert var avsikten. Kopior av klassiska grekiska statyer kantade den breda trappan upp mot entrén. Själva byggnaden var av gyllengul sandsten som skimrade i det skarpa solskenet. Utmed ena väggen porlade ett litet vattenfall mellan bronsstatyer föreställande havsgudar och mytiska sjöodjur. Plasket när vattnet föll fritt den sista biten ner i en damm hördes ända bort till hotellentrén där Irene stod.

"Så påkôstet" som hennes salig svärfar från Säffle skulle ha sagt.

Det kunde knappast vara svårt att få tag i kvinnor som ville arbeta frivilligt på det flotta etablissemanget. Varför hade Saar begärt att få två traffickingflickor av Gomez? Irene anade svaret; han hade inte varit ute efter någon ordinarie personal. Det han ville ha var det han hade krävt att få, nämligen två unga blonda sexslavar.

Inspektör Rejón följde med henne in i den eleganta hotelllobbyn. Framme vid disken talade han med den unga kvinnliga portiern på smattrande spanska. Tydligen förvissade han sig om att Irene blev ordentligt incheckad. Den unga kvinnan bakom disken räckte det lilla kuvertet med rumslåsets plastkort till Irene. Utanpå hade hon skrivit rumsnumret med grönt bläck.

– Rum trehundratolv. Hoppas ni ska få en trevlig vistelse, rabblade hon entonigt utan att kunna slita blicken från Juan Rejón.

Han verkade omedveten om portierns smäktande ögonkast och vände ryggen mot henne för att tala med Irene.

– Jag kommer och hämtar er här prick klockan fyra, sa han och brände av ett leende som skulle ha golvat portiern bakom hans rygg, ifall hon hade kunnat se det.

Irene nickade och gick mot hissen. Hennes mjuka gummisulor gnisslade svagt mot det blankbonade ljusgrå marmorgolvet. Det luktade gott från stora vita liljor som stod utplacerade i höga golvvaser av rött glas. Vid hissen satt en skylt som visade vägen till poolbaren och restaurangen. Dit skulle hon gå så fort hon hade satt in väskorna på rummet. Lunchen på flyget hade varit rena skämtet. Den inplastade baguetten från fiket på Landvetter hade blivit hennes räddning. Nu var hon vrålhungrig.

Rummet var stort och luftigt med gråblått och vitt som dominerande färger. Golvets ljusgrå klinkers kändes behagligt svala under hennes bara fötter. Hela kortväggen bestod av skjutdörrar i glas, vilka ledde ut till en stor balkong. Hon hade utsikt över poolområdet och den lummiga trädgården. Där fanns två stora pooler och en liten barnpool. Bassängerna låg som en treklöver. I området i mitten av treklövern fanns poolbaren. Irene såg att folk satt vid de små borden och åt. De flesta var klädda i badkläder. Framför flera av matgästerna stod stora ölglas. Irene kände plötsligt hur ökentorr hon var i munnen. En iskall öl var precis vad hon behövde.

Hon fattade ett raskt beslut. Sedan klädde hon av sig och tog en snabbdusch. Därefter smorde hon in sig med solkrämen och satte på sig sin bikini. Över den drog hon den ljusblå T-shirten och shortsen. I badrummet fanns en badhandduk i vit frotté som hon packade ner i ryggsäcken. På fötterna satte hon på sig de lätta sandalerna. En hastig titt på klockan visade att hon hade exakt två timmar på sig för lunch och bad, innan Rejón skulle komma och hämta henne igen.

TOMATSALLADEN OCH GRILLSPETTET med kycklingfilé
hade smakat utmärkt. De friterade potatisklyftorna och den
stora ölen hade dragit upp måltidens GI-index ordentligt.
Strunt samma, det var inte varje dag som hon åt lunch vid en
poolkant, endast iklädd bikini. Och det var absolut unikt i bör-
jan av februari.

I den tomma stolen bredvid Irene stod ryggsäcken. Kläder-
na låg prydligt hopvikta ovanpå. Badet fick vänta. Det var för
många människor i bassängerna. Hon beställde en dubbel
espresso och en skål med tre glasskulor i olika smaker till efter-
rätt. När glass-skålen var tom och kaffet urdrucket lutade hon
sig bakåt i plaststolen och iakttog det myllrande folklivet kring
poolerna.

Det märktes att vinterloven hade börjat i Sverige. Flera av
ungarna som hoppade upp och ner i vattnet skrek åt varandra
på svenska. Med viss förvåning upptäckte Irene att Lukas och
Simon kom utspringande med var sin badring runt magen.
För säkerhets skull hade Simon även uppblåsbara simkuddar
kring överarmarna. I deras kölvatten kom föräldrarna med
Natan i en sulky. Han sov gott. Mamman hade svarta bikini-
byxor och ett urringat linne som generöst exponerade den
djupa klyftan mellan hennes tunga bröst. Pappan var endast
iklädd badshorts i ett hallucinogent tropikmönster i aprikos
och ärtgrönt. Irene kunde inte låta bli att le för sig själv när

hon föreställde sig Kristers ansiktsuttryck om hon hade gett honom sådana badbyxor.

Irene såg på klockan att det var dags för henne att dra sig tillbaka till rummet och göra sig i ordning för mötet med polischef de Viera. Hon var fortfarande inte riktigt säker på hans korrekta titel. Var han polischef för hela Teneriffa eller bara här i Playa de las Américas? Eller var han motsvarande kriminalkommissarie?

– Vilken är egentligen de Vieras rang? frågade Irene inspektör Rejón.

– Han är chef för Policía Nacional i Playa de las Américas och Los Cristianos. Det är inget stort område till ytan men det är här som de flesta turisterna finns. Därför har han ett mycket viktigt ansvarsområde.

De småpratade glatt den korta vägen till polishuset. Det var ett stort tvåvåningshus i kalksten som låg en bit från avfarten till motorvägen. Det syntes att det var gammalt men väl underhållet. Ovanför entrén hängde Policía Nacionals blå emblem. Kring hela byggnaden och den stora stenlagda gården på dess framsida löpte ett högt taggtrådskrönt stängsel. De körde in genom de öppna grindarna av kraftigt smidesjärn och parkerade i skuggan under en stor palm.

Inspektör Rejón knappade in några siffror på ett kodlås vid sidan av den bastanta ekporten. En knäppning förkunnade att den var upplåst. Han öppnade den tunga dörren och höll artigt upp den för Irene som gjorde en skämtsam honnör när hon passerade. Inne i hallen var det svalt och fullkomligt öde. Deras steg ekade mellan de kala ljusgrå väggarna. Trots att Irene hade tagit på sig sina lätta sandaler lät det som om hon steppade fram över golvet.

De gick uppför en sliten kalkstenstrappa och vidare genom

en mörk korridor med flera stängda dörrar. Det luktade starkt av bonvax och skurmedel. Feta grönskimrande spyflugor surrade lojt i fönstren. Juan Rejón stannade till framför den enda dubbeldörren i korridoren och knackade på. Några snabba ord på spanska hördes inifrån rummet. Inspektör Rejón öppnade dörren och höll upp den för Irene.

Polischef Miguel de Viera reste sig mödosamt från stolen vid det blankpolerade konferensbordet och stod stilla medan de gick fram till honom. Han var uniformsklädd och såg exakt ut som Irene hade föreställt sig honom – som hennes egen kommissarie Andersson, fast kortare. Troligen var de Viera några år yngre än kollegan uppe i norr, men annars var de mycket lika: överviktiga, tunnhåriga och med hög ansiktsfärg. Det senare kunde bero på värmen i rummet. En klimatanläggning stack ut från väggen och väsnades som ett slåtteraggregat.

Hela miljön i det övermöblerade rummet ingav Irene en känsla av representation. Något arbetsrum kunde det knappast vara, inte ens för en spansk polischef som åtminstone borde ha en dator på sitt tjänsterum. Det enda moderna som fanns i det här rummet var en vanlig svart knapptelefon som stod mitt på konferensbordet.

Inspektör Rejón presenterade Irene för de Viera, som log älskvärt med tobaksfläckade tänder och sa några fraser på spanska. Eftersom Irene inte förstod ett ord mumlade hon bara instämmande. Med en yvig gest visade de Viera att hon skulle slå sig ner på en av de snidade stolarna vid väggen. Det knastrade hotfullt i det gamla lädret när hon åtlydde hans uppmaning. Därefter tecknade polischefen åt inspektör Rejón att följa med honom ut i korridoren. I vänsterhanden höll de Viera en hoprullad dagstidning som han hade haft i ett fast grepp redan när Irene och Rejón steg in i rummet.

Irene kände sig lite fånig där hon satt försiktigt på kanten av stolen med datorväskan i knät. Det var nästan som att sitta i ett öde väntrum och vänta på en förestående obehaglig behandling. Och inga gamla skvallertidningar fanns det heller att läsa.

Det som sedan skedde fick henne att glömma alla sådana funderingar.

Genom dörren trängde ljudet av en allt hetsigare ordväxling. Efter en kort stund hade den gått över i ett regelrätt gräl. Mest var det de Vieras hesa gläfsande som hördes. Han var verkligen ursinnig på den stackars Rejón. Som svarade emot så gott han förmådde när de Viera någon gång måste hämta andan. Det varade inte många sekunder och snart hade polischefen arbetat upp sin ilska igen. Man behövde inte kunna ett ord spanska för att inse att Rejón var helrökt.

Plötsligt blev det tyst utanför dörren. Nu håller de på och stryper varandra, tänkte Irene. Hon gled längre fram på sitsen för att kunna rusa upp och undsätta kollegan. Oklart vilken, fick hon medge för sig själv.

Innan hon behövde fatta något beslut slogs dörren upp och de Viera forsade in i rummet så fort som hans kroppshydda tillät. Ansiktsfärgen var om möjligt ännu mera purpurfärgad. I hans kölvatten guppade en liten anemisk medelålders kvinna. Hon såg sig storögt omkring i rummet och Irene förstod att det var första gången som hon var där inne. Till slut stannade hennes uppspärrade blick på Irene. De bruna ögonen var det enda som hade någon färg i hela hennes uppenbarelse. Hon såg ut som ett urblekt gammalt sepiafärgat fotografi.

Polischefen daskade tidningen i skrivbordets blankpolerade skiva. Bistert morrade han:

– She *habla inglés.*

Med tummen pekade han över axeln mot den bleka kvinnan. Hon nickade stumt mot Irene. Tydligen hade hon inget namn. Åtminstone inget som var värt att nämnas.

– Ska vi vänta på inspektör Rejón? dristade sig Irene att fråga.

Hon försökte se ut som om hon inte hade uppfattat grälet i korridoren. de Viera gav henne en mörk blick innan han svarade något korthugget på spanska. Irene såg frågande på tolken. Med rösten skälvande av nervositet översatte hon vad polischefen hade sagt:

– Inspektör Rejón är frånkopplad från fallet. Han är ... komprometterad.

Hennes stämma hördes knappt i det stora rummet men engelskan var perfekt. Först då insåg Irene att kvinnan var engelska och inte spanjorska.

– Varför är han komprometterad? undrade Irene.

Hon såg rakt på de Viera när hon ställde frågan och han förstod den utan att tolken behövde översätta. Han fixerade Irene samtidigt som han höjde tidningen som han fortfarande höll hårt hoprullad i ena handen. Långsamt började han rulla upp den och höll sedan fram den mot Irene. Med sitt tjocka pekfinger pekade han på en bild på förstasidans nedre halva. Uppfordrande trummade han med nageln mot bilden för att Irene skulle se närmare på den. Den gamla stolsdynan gav ifrån sig ett sugande ljud när hon reste sig för att gå fram till honom. Överst på sidan stod dagens datum. Hon böjde sig framåt och kikade på bilden.

Det fanns två personer på fotot. Den ena var en vacker blondin i tjugoårsåldern. Den andra var inspektör Juan Rejón. Båda log mot kameran och hade precis stigit ur en limousin. De var ett mycket vackert par. Hon var klädd i en åtsittande silverfärgad aftonklänning och han var strålande stilig i mörk kostym. Ännu en gång tänkte Irene att han skulle kunna göra sig en förmögenhet som modell. Uppenbarligen tänkte han skaffa sig en förmögenhet på annat sätt. Rubriken löd "Nuevo boyfriend" och det kunde till och med Irene gissa vad det betydde. Under bilden stod namnen Juan Rejón och Julia Saar.

– Är Julia Saar släkt med Lembit Saar? frågade hon trots att hon redan anade svaret.

– *Sí*, svarade de Viera bistert.

– Hans dotter, pep tolken djärvt.

de Viera låtsades som om han inte hörde henne. I stället slängde han några sista hatiska blickar på bilden innan han knycklade ihop tidningen och kastade den i papperskorgen. Därefter utstötte han några korta kommentarer som tolken raskt översatte.

– Eftersom Rejón är bortkopplad så får ni avlägga rapport till polischefen, sa hon.

– Bara till honom? undrade Irene förvånat.

– *Sí*, sa de Viera innan tolken hann fråga honom.

Irene packade upp laptoppen ur väskan. När hon frågade om det fanns en projektor så att hon kunde göra en power-point-presentation, såg både de Viera och tolken tomt på henne. Inom sig kvävde Irene en suck, samtidigt som hon välsignade sitt förutseende att skriva ut hela utredningsmaterialet på papper. Det var en försvarlig bunt. Hon gav det översta bladet till polischefen och började:

– Vi spanade egentligen efter några män som hade kört på och dödat ett pensionerat polisbefäl. Vi visste åt vilket håll bilen hade försvunnit efter olyckan. När patrullerna letade i området hittade de liket efter en mycket ung flicka ...

Det blev en lång eftermiddag som gick över i kväll innan de var färdiga. Irene var ökentorr i halsen efter allt pratande, men de Viera hade knappt rört sig på stolen under hennes rapportering. Än mindre hade han ordnat fram något drickbart. Först när hon var klar lyfte de Viera på luren, knappade in ett snabbvalsnummer och gav några korta order. När han hade lagt på igen såg han rakt på Irene och avlossade en lång harang. Tolken såg ut som om hon allvarligt övervägde att svimma i stället för att översätta vad han just hade sagt. Med en kraftansträngning tog hon sig samman och lyckades pressa fram:

– Det kommer förfriskningar. Sedan ska vi gå igenom alltihop en gång till inför de andra poliserna.

Irene trodde inte sina öron. Det tog en stund innan hon insåg att han inte skämtade. Samtidigt anade hon också varför han hade låtit henne avlägga sin rapport till honom innan han lät henne berätta allt inför ett större auditorium. Han ville förvissa sig om att det inte fanns något för honom – det vill säga Gomezgänget – graverande i utredningen. Alltihop handlade om att rädda de Vieras skinn, påminde hon sig. Hon kände hur ilskan sköt upp inom henne. Hade hon någon möjlighet att vägra? Efter en snabb analys kom hon fram till att det knappast var möjligt. Det var de Viera som stod för resan och alla omkostnader. I alla fall på pappret. Kanske var det inte alls Policía Nacional som betalade – hon började få sina dubier. Kanske var det något av gangstersyndikaten som hade sett till att hon kom till Teneriffa. Det var paranoida tankar men inte alldeles osannolika. Å andra sidan hade ju högsta chefen för Policía Nacional kontaktat biträdande länspolismästare Marianne Wärme. Det kunde gangstergängen ändå inte ha utverkat. Eller kunde de det? Irene visste en del om maffian runt om i Europa och kände till att den hade tentakler högt upp i maktens hierarkier. Men hon bestämde sig för att högsta chefen knappast kunde vara direkt inblandad. Det verkade vara en intern uppgörelse på Teneriffa. Kanske hade de Viera lurat sin överordnade chef att medverka. Hur det än förhöll sig så kvarstod faktum – hon var tvungen att hålla god min i elakt spel.

Dörren öppnades och en ung kvinna i blå uniform kom in med en liten bricka med tre flaskor och lika många glas. Mitt på brickan stod ett fat med melonskivor. de Viera greppade den immiga – och enda – ölflaskan och lämnade rummet utan vidare kommentarer.

Under tystnad åt Irene och tolken melonbitar och drack var sin liten flaska Perrier. Båda hade resignerat. Det var bara att svälja förtreten och köra alltihop en gång till. Beslutsamt torkade Irene sina fingrar med en tunn pappersservett och sträckte sedan fram handen mot tolken och presenterade sig. Nästan tvekande lade den bleka kvinnan en iskall hand i Irenes och sa:

– Josephine Baxter.

Irene blinkade till av förvåning. Josephine? Sepiadamen såg definitivt mera ut som en Edith eller Vera.

Utanför fönstren var det redan mörkt när fem manliga poliser anslöt för andra genomgången som startade strax efter sju. Samtliga log mot Irene, tog henne i hand och presenterade sig. Det var fullkomligt bortkastad artighet, eftersom det var totalt omöjligt för henne att försöka memorera de spanska namnen. De försvann ut ur hennes minne lika fort som hon försökte mata in dem. När de Viera kom in genom dörren åtföljdes han av den unga kvinnliga polisen som nu bar på en projektor i stället för brickan med förfriskningar. Utan ett ord lade de Viera en tunn frigolitskiva på det blankpolerade konferensbordet och kvinnan satte ner apparaten. Irene såg hur en av hennes manliga kollegor som av en händelse råkade lägga sin hand på hennes ena skinka. Den unga kvinnan visade inte med en min att hon hade känt beröringen mot sin bakdel. Lika snabbt som hon hade slunkit in, lika fort försvann hon ut igen.

Som den självklaraste sak i världen stoppade de Viera pappersutskriften av rapporten, som Irene precis hade gått igenom med honom, under armen. I blicken som han hastigt gav henne syntes en glimt av triumf. Han skulle inte ha någon glädje av den svenska texten, men hon förstod att han var ute efter DNA-profilerna som bevisade att Sergej Petrov inte hade mördat den lilla ryskan. Det var av yttersta vikt att Gomezgänget – och då inte minst de Viera – kunde bevisa att den misslyckade affären med de två flickorna berodde på olyckliga omständigheter. Det fick inte finnas minsta misstanke kvar om att Gomezfalangen – genom Petrov – hade försökt lura Saargänget. Naturligtvis skulle den ekonomiska tvisten kvarstå men den kunde de väl alltid lösa. Eller kanske var det trots allt pengar som det hela handlade om – Saar ville ha pengar för de uteblivna flickorna och Gomez hade inte kunnat eller velat betala. Irene undrade vad det kunde röra sig om för belopp. Troligen var det stora summor, eftersom fyra män redan hade fått sätta livet till.

Irene kopplade ihop sin laptop med projektorn. Under tiden försvann de Viera ut ur rummet med pappersutskrifterna fortfarande i ett stadigt grepp under armen. När han återkom efter några minuter var han tomhänt. Troligen hade han låst in dem i säkert förvar.

Redogörelsen gick fortare den andra gången. Dels berodde det på att det var lättare att se bilderna när de var uppförstorade på väggen, dels hade ju Irene och tolken redan kört igenom hela materialet en gång. Det gick över förväntan bra. Artigt tackade de Viera för att Irene hade varit så vänlig och kommit hela den långa vägen från Sverige för att bistå sina kollegor på Teneriffa med den svåra utredningen de höll på med. Hennes medverkan hade underlättat avsevärt för dem. De närvarande utredarna nickade instämmande. Som på givet tecken reste de sig upp och försvann ut ur rummet. Genom Josephine Baxter frågade de Viera om Irene ville äta middag med honom. Hon tackade vänligt nej och ursäktade sig med att hon hade fått huvudvärk och skulle gå direkt till hotellet och lägga sig. Han lyckades inte dölja sin lättnad. Antagligen tyckte också han att det skulle ha varit fasansfullt att behöva sitta och hacka på dålig engelska och teckenspråk med en middagspartner som man helst ville slippa.

Josephine Baxter körde Irene tillbaka till hotellet i sin lilla Fiat. De sa inte många ord till varandra eftersom båda var trötta efter flera timmars pratande. Irene fick i alla fall veta att hon hade bott på Teneriffa i tio år.

Josephine Baxter släppte av henne utanför hotellet. När Irene vinkade farväl till Fiatens baklyktor som försvann nedför avenyn märkte hon hur hungrig och törstig hon var. Det kändes som om hungern vred runt hela magsäcken. Tungan raspade mot hennes torra gom. Hon beslöt att gå direkt upp på rummet för en snabb uppfräschning och sedan ut igen för att leta reda på en hyfsad restaurang.

Med snabba steg korsade hon hotellobbyn och tog hissen upp till sitt rum. Lättad klev hon över tröskeln och gick direkt in i badrummet. Blåsan var sprängfylld och det var absolut nödvändigt att få tömma den. Efteråt tog hon en snabbdusch. En dutt parfym lite här och där på kroppen fick henne att känna sig fräsch igen. Poolbaren var fortfarande öppen och hon kände sig uppiggad inför utsikten att snart få mat.

MANNEN HADE LAGT det ena benet över det andra och satt och vippade långsamt med en elegant sko i luften. Irene lade märke till att han hade anmärkningsvärt små fötter. Till hennes förvåning log han mot henne och reste sig upp ur fåtöljen när hon klev ur hissen. Han gick fram mot henne över hotell-lobbyns marmorgolv med små trippande steg.

– Mitt namn är Günter Schmidt, sa han och sträckte fram handen för att hälsa.

Handslaget var snabbt och fuktigt. Han var ganska kort och klädd i vit skjorta och skräddarsydd mörk kostym. Slipsen var av ljusblått siden och hölls på plats av en slipsklämma i guld. Håret var tjockt och nästan kritvitt men ansiktet var ungdomligt. Han såg ut att vara några år över femtio. Hans engelska var oklanderlig men avslöjade att han troligen kom från Tyskland. Som om han hade läst hennes tankar sa han:

– Jag är österrikare men har bott i olika delar av världen under de senaste trettio åren och är nu verkställande direktör för Casino Royal de Tenerife. Lembit Saar är min högt värderade chef. Alla hans anställda har varit djupt oroade efter mordförsöket på honom och morden på två av våra mest uppskattade medarbetare.

Han anlade ett passande uttryck av sorg.

"Mordförsöket mot Lembit Saar och morden på två av …", trodde han verkligen att hon var totalt oinformerad? Det var ändå Lembit Saar och hans livvakter som hade dykt upp på Jesus Gomez nattklubb Casablanca och skjutit Gomez till döds.

Günter Schmidt gjorde en gest mot en mager man i mörk uniform som stod några meter längre bort.

– Det där är min chaufför. Han kommer att köra oss till kasinot. Jag önskar få glädjen att bjuda er på middag och småprata om gemensamma intressen.

Plötsligt härsknade Irene till ordentligt.

– Jag är svensk polis och är här på inbjudan av Policía Nacionals chef Miguel de Viera. Jag har inga som helst befogenheter att informera civila personer om materialet i en pågående polisutredning, sa hon formellt.

För att ytterligare öka sin pondus sträckte hon upp sig i sina fulla etthundraåttio centimeter och tittade ner på mannen framför sig.

Som om han inte hade hört vad hon just sagt, grep Günter Schmidt henne om armbågen och började föra henne mot utgången. På hennes andra sida slöt den magre chauffören upp.

– Jag brukar alltid komma överens med folk, sa Günter Schmidt.

Greppet runt hennes armbåge hårdnade utan att han ändrade sitt vänliga tonfall.

– Det ska bli trevligt att få äran att ha er som gäst i kväll på Casa Royal, sa han.

Irene tänkte febrilt. Vad hade hon att sätta emot? Hon förstod att anledningen till de båda herrarnas besök var att inspektör Juan Rejón inte hade fått närvara vid genomgången på polishuset. Om han hade varit med hade Saargänget fått en direktrapport från sin "man på polishuset" och hon hade sluppit den oönskade middagsinvitationen.

Samtidigt insåg hon att gangstergängen inte var ute efter henne personligen. Det var informationen som hon satt inne med som de ville ha. Tja, om det ena banditgänget hade fått full information, så kunde hon väl lika gärna ge det andra gänget det också.

– I så fall behöver jag min laptop, sa Irene uppgivet.

– Var snäll och ge nyckelkortet till min chaufför så går han upp till ert rum och hämtar er dator, sa Günter Schmidt artigt.

Irene tvärstannade och öppnade munnen för att protestera men hejdade sig när hon såg uttrycket i hans ögon. Det var inte frågan om ett omtänksamt erbjudande för att bespara henne besväret, utan en direkt order att lämna ifrån sig rumsnyckeln.

Med en demonstrativt yvig gest tog hon upp nyckelkortet ur fickan och gav det till den uniformerade mannen. Utan att röra en min tog han emot det och försvann mot hissarna. En liten stund senare räckte han över laptoppen och nyckelkortet till Irene.

Irene borde inte ha blivit förvånad, men blev det i alla fall, när det stod en svart limousin utanför hotellets entré och väntade på dem. Även fönstren var svarta, förutom framrutan och sidorutorna vid förarplatsen som var mörktonade. Det var helt omöjligt att se vem eller vilka som befann sig inne i bilen. Det var med stort obehag som hon klev in i dess innandöme. I kupén svävade kvardröjande dunster av tobaksrök och parfym som tidigare passagerare hade lämnat efter sig. Tillsammans med lukten från de vita skinnsätena blandades de till en tung odör. Lukterna i kombination med hungern fick Irene att börja må illa. Hon var tacksam att de bara skulle åka tvärs över avenyn, annars skulle hon säkert ha blivit ordentligt bilsjuk.

Casino Royal de Tenerife tindrade som ett praktfullt palats och överglänste alla andra byggnader inom synhåll. I den konstfullt arrangerade belysningen såg fasaden ut som ett barockmonument och inte som det gigantiska stilbrott det egentligen var. Statyerna verkade vara gjorda i marmor och brons. De kunde ju förstås vara gjutna i plast men det var svårt att avgöra i det artificiella ljuset. Det porlande vattenfallet som rann utefter väggen och plaskade ner i dammen lockade många förbipasserande att stanna till och beskåda den påkostade fasaden.

Uppför den breda trappan skred en jämn ström av uppklädda gäster. De passerade de två smokingklädda dörrvakterna med stenansikten som stod på var sin sida om entrén. Det här var inte stället som man klev in på i shorts och T-shirt. Vilket var exakt var Irene hade på sig.

Günter Schmidt hade noterat hennes klädsel och sa:

– Jag föreslår att vi går in genom den mer diskreta bakre entrén.

De gick mot husets ena kortsida. Irene hade inte tidigare sett den stora neonskylten som blinkade i rött och gult över hela väggen, eftersom den delen av Casino Royal de Tenerife låg utom synhåll från hennes hotell. Neonskylten förkunnade i rött att här fanns en klubb som hette Red Light District de Tenerife och under stod det "striptease" och "sexshow" i gult. Irene förstod att det var här som den lilla ryskan skulle ha fått arbeta. Enligt några mindre blå neonbokstäver var etablissemanget öppet från sex på kvällen till sex på morgonen. Även om gästerna möttes av en glittrande och påkostad scenshow när de kom in i de främre rummen, fanns det med största sannolikhet några mindre utrymmen i klubbens innersta skrymslen där unga kvinnor utförde sexuella tjänster tolv timmar per dygn.

Hon lät sig motvilligt ledsagas uppför en anspråkslös trappa. Günter Schmidt knappade in några siffror på kodlåset. Dörren öppnades och de släpptes in av en storvuxen vakt. I ena örat hade han en hörsnäcka med spiraltråd som försvann ner i kavajslaget. Saargänget låg utan tvivel i högsta beredskap.

De fortsatte en trappa upp och gick fram till en slät ekdörr. Irene kände igen en säkerhetsdörr när hon såg en. Också här fanns det ett kodlås på dörren. Günter Schmidt tryckte åter in en kod och det knäppte i låset. Han öppnade dörren och tecknade åt Irene att kliva in. Innanför dörren stod ännu en vakt. Det var mycket varmt och instängt i rummet. Irene lade märke till att det var fönsterlöst.

Inredningen var nordiskt blond, med moderna möbler i björkträ och vitt skinn. På golvet låg en tjock ljusblå heltäckningsmatta. Väggarna var vitrappade på spanskt manér. På ena väggen hängde ett stort porträtt av en blond kvinna. Vid första ögonkastet tyckte Irene att det såg ut som skådespelerskan Grace Kelly, sedermera furstinna av Monaco, men hon insåg att kvinnan på tavlan bara var mycket lik den vackra amerikanskan. På ramen satt en liten mässingsskylt. Irene uppfattade texten: "Elisabeth Saar, b. Tanner, 1953–2002".

I en av de nätta fåtöljerna hade en man vecklat ihop sin gängliga lekamen och bredvid honom stod en kvinna. Irene kände igen henne. Det var den unga kvinnan som inspektör Juan Rejón enligt tidningsrubriken skulle vara ny pojkvän till.

Mannen i fåtöljen var i trettioårsåldern. Hans vita linnebyxor signalerade en dyr skräddare. Han tillhörde den nordiska typen av män som tidigt blir tunnhåriga. Det glesa håret hade börjat dra sig tillbaka i djupa vikar vid tinningarna. Ansiktet var finskuret med en dominerande aristokratisk höknäsa. Ögonen hade samma färg som heltäckningsmattan och blicken var skarp. Han reste sig ur fåtöljen när Irene kom in genom dörren med sin eskort. Ett knappt skönjbart leende krusade hans tunna läppar när han sträckte fram handen för att hälsa.

– Jag ber om ursäkt för att vi måste ta ytterligare av er tid i anspråk. Tyvärr såg vi ingen annan möjlighet än att be er komma hit för att berätta för oss om de uppgifter som den svenska polisen har fått fram, sa han med vänlig röst.

Han gjorde en antydan till bugning och sa:

– Mitt namn är Nicholas Saar och det här är min syster Julia.

Han gjorde en gest mot den unga kvinnan som inte ens brydde sig om att titta på Irene. Demonstrativt tog hon upp en lång tunn cigarett ur sin spektakulära vita handväska och tände den med en liten guldtändare.

– Julia! Var snäll och rök inte här inne, sa hennes bror skarpt.

Hon gav honom ett surt ögonkast ur de safirblå ögonen men släckte ändå sin nytända cigarett i askkoppen som stod på soffbordet.

– Vi har fått fel på ventilationen. Gudskelov är det bara kontorsdelen som är drabbad. Kasinot och klubbarna fungerar som de ska, sa Nicholas Saar ursäktande.

Irene stod stelt med datorväskan hängande över ena axeln. Hon märkte att hon tryckte den hårt mot sidan av kroppen, som om hon försökte hämta kraft ur den.

– Som ni ser så har vi redan förberett för ert anförande och satt fram projektorn. Men jag har förstått att ni är hungrig efter ert långa besök hos polischef de Viera. Han är inte precis känd för vare sig generositet eller gästfrihet. Representationsanslagen stoppar han i egen ficka, fortsatte Saar i lätt ton som om han verkligen konverserade en inbjuden gäst.

Det föreföll inte alls otroligt att det låg en del sanning i hans påstående. I varje fall om Irene skulle döma efter det bemötande som hon hade fått hos polischefen. Inte med bästa vilja i världen kunde det kallas gästfritt.

Fortfarande stod Irene stel och tyst och lät Nicholas Saar

sköta samtalet, vilket verkade passa honom utmärkt. Hans engelska uttal var felfritt och kunde ha tillhört en person ur överklassen i någon tv-serie från BBC. Engelsk internatskola, tänkte Irene.

– Vad vill ni ha att äta? frågade Nicholas.

Plötsligt kände Irene att aptiten var som bortblåst. Samtidigt var hon medveten om huvudvärken som började mola bakom pannbenet. Hon måste ha något i sig.

– En kall flaska Carlsberg, ett stort glas isvatten och en ostsmörgås blir bra.

Medvetet lade hon inte till något tack. Det var hon knappast skyldig att göra, eftersom hon i praktiken var bortförd mot sin vilja. Om allt hade varit normalt skulle hon vid det här laget redan ha suttit och avnjutit en varm god middag vid poolen på sitt hotell. Men hon hade ingen lust att sitta och äta mat inför publiken som fanns i rummet. Tugga smörgås och dricka öl skulle hon kunna göra samtidigt som hon redogjorde för utredningen.

Nicholas Saar höjde bara ironiskt på ena ögonbrynet efter hennes beställning, men nickade sedan utan vidare kommentarer. Han sa något på spanska till vakten vid dörren som genast gick fram till snabbtelefonen bredvid dörrkarmen. Några rappa ord in i apparaten och alla såg nöjda ut. Beställningen var effektuerad.

Irene monterade ihop sin laptop med projektorn och ställde in skärpan mot den tomma vita väggen. Den första bilden visade utsidan av jordkällaren där den lilla ryskan hade hittats. Det kändes som om det hade skett i ett annat liv eller för flera år sedan. Förvånat insåg hon att det bara hade gått tre och en halv vecka.

Från dörren hördes diskreta knackningar. Irene uppfattade fyra snabba och två med någon sekunds uppehåll emellan.

Vakten rörde sig inte ur fläcken. Först när signalen upprepades öppnade han dörren. Gängmedlemmarna var verkligen nervösa, på gränsen till paranoida. Vakter stod utplacerade både innan- och utanför byggnaden. Det fanns kodlås vid alla dörrar. Vem skulle kunna ta sig in i det här fortet?

En servitör.

Först sköt han vakten vid dörren mitt emellan ögonen. Trots chocken när dånet från revolvern fyllde rummet hann Irene uppfatta hur Nicholas Saars gängliga kropp slungades bakåt. I samma ögonblick kände hon en kraftig smäll mot axeln. Då kastade hon sig ner på golvet och rullade in under bordet. Hon tackade sin lyckliga stjärna för att det inte var ett glasbord. Förnuftet sa henne att det inte var henne, utan Saars gäng som mördaren var ute efter. Men förnuftets stämma ljöd allt svagare där hon låg försvarslös under bordet. Skräcken pumpade runt adrenalin i kroppen när ljudet av skottlossningen hamrade mot hennes trumhinnor.

Hon kunde se Nicholas Saars orörliga kropp från sin position under bordet. På det bländvita skjortbröstet spred sig snabbt en mörk blodfläck. Hans syster ryckte till och snurrade runt ett halvt varv innan hon föll ner bredvid honom. Skott ekade i rummet och allt blev ett enda virrvarr av krutrök och damm.

Väggarna lutade sig in mot rummet som började snurra allt fortare. Synfältet drogs ihop till en tunnel. Det var som att titta i en bakvänd kikare. I tunnelns ända kunde hon se syskonen Saars orörliga kroppar.

Allt blev svart.

NÅGON PRATADE. Eller viskade.

– *Señora Huss? Señora Huss?*

Därefter följde en lång harang som hon inte begrep ett ord av. Hon kände en stark önskan att inte vakna. Det skulle bara bli tråkigheter. Hon bestämde sig för att inte slå upp ögonen igen. Det var tryggast att stanna kvar i mörkret.

Hon uppfattade hastiga steg som avlägsnade sig. Försiktigt gläntade hon på ögonlocken. Ett snöfält. Förvånat blinkade hon några gånger. Snöfältet fanns kvar men någonstans längst inne i sin dimmiga hjärna började hon inse att hon tittade upp i ett vitt tak. Och att hon låg i en säng.

Det gjorde ont i vänsterhanden. Långsamt höjde hon den upp i luften. Det tog en stund innan hon kunde ställa in synskärpan. En stor nål. Den satt fasttejpad på hennes handrygg. Det var det som gjorde ont. Handen kändes kall och svullen. Vid sidan av sängen stod en droppställning. I den hängde en halvfull plastpåse som innehöll en klar vätska. Mellan plastpåsen och nålen i hennes hand gick en slang. Hon fick dropp.

Alltså måste hon befinna sig på ett sjukhus.

– *Señora Huss. Cómo está usted?*

Hon måste fortfarande sova och drömma. En mardröm. För hon kände igen rösten, den tillhörde polischef Miguel de Viera.

Plötsligt drogs ridåerna i hennes medvetande brutalt isär och bilderna vällde fram: timmarna på polishuset, männen på hennes hotell, vakterna, kodlåsen, det fönsterlösa rummet. Skotten. Hon mindes skotten och krutröken.

I hennes synfält dök plötsligt de Vieras rödmosiga anlete upp. Ett kvinnoansikte fanns vid hans sida och hon sa något till honom. Tydligen försökte han protestera men hon föste bort honom milt men bestämt. Bra tjej det där. Kör ut honom ur rummet, tänkte Irene innan hon domnade bort igen.

– Polischef de Viera undrar om ni orkar svara på några frågor?

Josephine Baxter hade kallats in igen för att bistå polischefen under utfrågningen av Irene. Tolken hade klätt sig i en svagt senapsgul dräkt som var fullkomligt förödande för hennes redan färglösa uppenbarelse. Under dräktjackan bar hon en ljust grågrön tröja som fullbordade katastrofen. Människan såg ut som sjösjukan personifierad.

– Ja. Inga problem, svarade Irene.

Hon satt uppallad i sängen, med kuddar bakom ryggen och höjd huvudända. Morgonsolen sken in mellan de vinklade persiennerna. Bredvid henne på nattduksbordet stod en frukostbricka. Två smörgåsar och två koppar kaffe hade hon fått i sig. Droppet var borttaget och hon började så såkteliga känna sig som en människa igen. Fast det ömmade en del i hennes hand där droppnålen hade stuckit sönder blodkärlet. Klockan var strax före åtta på lördagsmorgonen och hennes andra dag på Teneriffa hade grytt.

I rummet fanns, förutom tolken och polischefen, ytterligare två kollegor från Policía Nacional. Hon kände igen dem från den andra redogörelsen som hon hade gjort på polishuset under gårdagskvällen, men hon kunde inte erinra sig deras namn.

De tre polismännen turades om att ställa frågor och Irene svarade så gott hon kunde. Hon lade märke till att de Viera flera gånger frågade efter mördarens signalement. Irene svarade som sanningen var, att hon aldrig såg honom ordentligt. Hon hade stått och monterat ihop sin laptop med projektorn. Bordet hade funnits i rummets bortre ända, från dörren sett. Hennes placering i rummet gjorde att den som stod i dörröppningen inte kunde se henne. Det enda hon mindes var att handen som hade hållit den stora revolvern hade varit helt stadig och att armen varit klädd i vit servitörsjacka.

När utfrågningen började lida mot sitt slut passade Irene på att fråga kollegorna hur de hade lyckats ta sig in i det hermetiskt tillslutna rummet. Och vad som hade hänt de övriga som hade befunnit sig där inne.

de Viera berättade och ms Baxter simultantolkade. Samtliga som hade nycklar till den låsta säkerhetsdörren hade befunnit sig innanför den. Det var ett problem ända tills en hovmästare hade kommit på att Lembit Saar fortfarande låg kvar på sjukhuset. Befälet för den tillkallade polisstyrkan hade kontaktat sjukhuset. Och självklart hade Lembit Saar en nyckel och han gav dem också koden till låset. De var tvungna att ha båda delarna för att kunna öppna.

En knapp halvtimme efter skottlossningen hade man lyckats ta sig in i rummet. Det var tur att dörren öppnades utåt, för alldeles innanför låg vakten som aldrig hann fatta vad som hände innan han avrättades. För att göra en lång historia kort, så var Irene och Arvo Piirsalou de enda i rummet som hade undkommit med livet i behåll. Det tog några förvirrade sekunder innan Irene insåg att chauffören faktiskt hade ett riktigt namn. Tydligen var han också estländare.

Det hade varit en milt sagt omskakande vistelse i semesterparadiset. Nu längtade hon bara hem.

Innan kollegorna försvann ut genom dörren lämnade de tillbaka hennes laptop. Dom behövde den ju inte eftersom de Viera hade kopior på hela utredningsmaterialet, tänkte Irene. Taktfullt påpekade hon inte detta faktum, utan tackade dem för att de hade återbördat hennes dator.

En timme senare lämnade hon sjukhuset i taxi. Läkaren hade förmanat henne att ta det lugnt fram till morgondagens hemresa. Och dricka mycket vatten. Skottskadan på axeln var ytlig och skulle läka inom en vecka. Hennes medvetslöshet hade berott på en kombination av stark chock och vätskebrist. De hade gett henne en lugnande spruta när hon kom in på akutintaget efter skottdramat. Det var förklaringen till hennes sömnighet och förvirring under morgontimmarna.

Två liter dropp och en natts ordentlig sömn hade gjort underverk. Hon kände sig förvånansvärt pigg när hon kom tillbaka till sitt hotellrum. För ganska exakt tretton timmar sedan hade hon stigit in genom samma dörr och gått direkt in på toaletten.

En lång stund stod hon i duschen och lät vattnet strömma ner över kroppen. Upprepade gånger tvålade hon in sig med hotellets duschkräm och spolade sedan bort det doftande skummet igen. Det kändes som om hon inte blev ren hur mycket hon än skrubbade.

Hon märkte att tankarna och minnesbilderna hela tiden återvände till det låsta rummet på kasinot. Med en viljeansträngning bestämde hon sig för att det fick vara den sista intvålningen. Nu var det dags att gå vidare.

Därefter smorde hon in hela kroppen med solkräm och tog på sig bikinin och sollinnet. Shortsen som hon hade haft kvällen innan var fläckade av blod och smuts. Äcklad slängde hon dem i hotellets papperskorg. Där hamnade också den fina tröjan som hon hade haft på sig. Nu hade hon bara en ren T-shirt kvar i packningen. Den skulle hon spara till hemfärden. Det fick duga med bara linnet över bikinin, eftersom hon tänkte hålla sig på hotellet. Hon stoppade ner pengar, mobilen och solglasögonen i ryggsäcken och gick ner till hotellpoolen.

Vid poolområdet fanns en liten bod där man kunde kvittera ut badhanddukar mot att man uppgav numret på hotellrummet. Irene tog det tjocka frottébadlakanet och lade ut det på en av de sista lediga solstolarna. Ovanpå lade hon pocketboken som hon hade tagit med sig. Jenny hade köpt den på ett antikvariat och gett henne den i julklapp. Det var en Ed McBaindeckare med titeln "Give the Boys a Great Big Hand". Irene hade önskat sig engelska böcker, eftersom hon ville träna upp sin engelska. Följaktligen hade hon samvetsgrant tagit med en tjock svensk-engelsk/engelsk-svensk fickordbok.

Flera gäster satt redan runt poolkanten och åt lunch. Hungern började suga i magen och hon tog det som ett positivt tecken. Det var dags att få i sig lite riktig mat. Nästan ett dygn hade förflutit sedan hennes senaste varma måltid.

Under tiden hon smälte maten låg hon i solstolen och försökte läsa sin pocketbok. Men hon hade svårt att koncentrera sig och låg mest och tänkte på allt som hade hänt. Plötsligt började Irene känna sig rastlös. Det kändes omöjligt att återvända till boken igen. Hon beslöt att gå en tur på strandpromenaden. På kartan såg den ut att vara omkring femton kilometer lång. Den gick utefter kusten, från färjehamnen i Los Cristianos vidare förbi Fañabéstranden och upp till den lilla byn La Caleta. Eftersom Irenes hotell låg ganska exakt mitt på sträckan beslöt hon att gå norrut mot La Caleta. Raskt samlade hon ihop sina tillhörigheter och stoppade ner dem i ryggsäcken. Handduken lät hon ligga kvar som markering på solstolen.

Något hade hon väl lärt sig under sina två charterresor till Kreta. Det kunde vara skönt att ha kvar stolen ifall hon ville ta sig ett dopp i poolen och vila efter promenaden.

Ute på den breda strandpromenaden rådde ett brokigt myller av människor. Folk av olika nationaliteter kryssade omkring mellan affärsstånden och försökte undvika restaurangernas inkastare. Uteserveringarna var fullsatta. Irene var mätt men bestämde sig för att ta en kall öl lite senare. Doktorn hade ju sagt åt henne att dricka ordentligt. Fast han hade sagt vatten.

Vågorna reste sig höga när de närmade sig land. Ute i vattnet låg surfare i våtdräkter och guppade med sina brädor. De inväntade Den Rätta Vågen.

Det blåste en frisk vind som kändes ljummen mot huden. Den rasslade mjukt i palmernas blad. För första gången sedan hon hade landat på ön upplevde Irene en frihetskänsla. Här var hon en bland de andra tusentals turisterna. Ingen visste om att hon hade varit närvarande vid det som tidningarnas löpsedlar skrek ut som "Masacre!". Nu skulle hon bara njuta av den fina vandringen utmed kusten och försöka glömma de otäcka minnesbilderna som ville tränga sig på.

Hon vandrade i stadig takt förbi steniga stränder, skräniga barer, vackert anlagda sandstränder och påkostade hotell-anläggningar. Vid Fañabéstrandens slut vände hon och strosade i maklig takt tillbaka till hotellet.

Hon såg honom genast när hon klev in genom hotellentrén. Han satt i samma fåtölj som Günter Schmidt hade suttit i kvällen innan. Inspektör Juan Rejón sken upp och reste sig när han fick syn på henne. Samma kvinnliga portier som hade checkat in Irene dagen innan noterade också hans leende och gav Irene en sur blick.

Efter några inledande fraser där han förhörde sig om hur

hon hade hämtat sig efter skottdramat bad Rejón att få bjuda henne på en öl i poolbaren. Det hade hon ingenting emot. Samtidigt fick hon en stark känsla av att han hade något på hjärtat.

När de hade fått in sina stora immiga ölglas skålade han med henne.

– För den lyckliga utgången av gårdagens hemska händelser.

De tog var sin djup klunk. När de satte ner glasen sa Irene:

– Det slutade inte lyckligt för de andra i rummet.

En mörk skugga drog hastigt över Rejóns ansikte.

– Nej. Ni befinner er i fara. Ni är den enda överlevande. Ni är polis. Med andra ord ett trovärdigt vittne utan någon anknytning till de stridande parterna, sa han allvarligt.

En tanke om att hon troligtvis var den enda polisen i Las Américas som inte hade någon anknytning till något av gangstergängen dök upp, men hon beslöt att inte uttala den.

– Men estländaren … chauffören överlevde också, protesterade hon lamt.

– Arvo Piirsalou. Han kommer aldrig att säga något. Inte till polisen i alla fall.

Han sken plötsligt upp i ett brett leende och sa:

– Ni skulle faktiskt behöva en bodyguard.

– En bodyguard! utbrast Irene högt.

Ett äldre par vid ett närbeläget bord såg förvånat på henne. Deras förvåning var ingenting mot hennes egen. Men den känslan ersattes snart av ilska.

– Jag behöver absolut ingen bodyguard! fräste hon.

Han skrattade okynnigt och viftade avvärjande med händerna framför sig.

– Nej. Troligen inte. Men ni måste vara försiktig. Ni är ett vittne.

Irene blidkades något av hans avväpnande leende men sa ändå kyligt:

– Jag har talat om för dina kollegor att jag aldrig såg mördaren. Bara hans arm genom dörröppningen. Och revolvern.

– De som har hyrt in lönnmördaren kan inte veta säkert att ni talar sanning. Eller om ni kanske hämtar er från chocken och plötsligt kommer ihåg hur han såg ut. De kan göra bedömningen att ni måste tystas för säkerhets skull.

All tillstymmelse till okynnighet var med ens borta ur hans ansikte. Han var så sammanbitet allvarlig att Irene insåg att han verkligen talade av övertygelse. Ett kallt obehag spred sig inom henne. Tanken att hennes eget liv fortfarande skulle kunna vara i fara hade aldrig fallit henne in. Insikten gjorde henne skakad.

– Min skottskada orsakades av en rikoschett. Jag stod i en död vinkel. Jag såg honom aldrig. Och han såg inte mig heller. Troligen är det därför som jag fortfarande lever, sa hon.

– Ja. Antagligen är det så. Men då måste ni också inse att om mördaren hade sett er i rummet så hade han försökt att skjuta er också. Den här mannen tänkte inte lämna några vittnen efter sig.

Irene tog en djup klunk av den iskalla ölen och försökte smälta vad han sagt. Hon kände hur hjärtat slog hastigare och obehaget ökade. Bilder från det stängda rummet började pocka på för att bryta fram i ljuset. Nej, det kunde hon inte tillåta. Inte just nu. Hon tvingade sig att låta lugnare än hon kände sig.

– Finns det några misstankar om vem mördaren är? frågade hon.

– Utan tvekan en inhyrd lönnmördare. Vi har ingen sådan här på Teneriffa.

– Jag får naturligtvis beklaga din fästmös tragiska död, sa Irene allvarligt.

Med avsikt använde hon ordet fästmö, trots att tidningsrubriken bara hade talat om Juan Rejón som Julia Saars nye pojkvän.

Hastigt såg han upp från sitt ölglas och mötte hennes blick.

– Fästmö? Nej. Julia var inte min fästmö. Och jag var inte hennes pojkvän. Ni tänker på den där rubriken i tidningen.

Han tystnade. Rösten var helt under kontroll när han fortsatte:

– Jag känner ... kände henne inte. Men jag kände hennes bror väl. Jag är surfinstruktör åt honom och hans kompisgäng. Han bad mig att eskortera Julia till den där festen. Först ville jag inte men han övertalade mig. Hon ville göra en annan kille svartsjuk. Hon ... Julia var van att få som hon ville. Och den där killen hade dumpat henne. Hon var väldigt arg! Under hela bilfärden satt hon och svor över honom.

Han log svagt åt minnet.

– Vet du vem han var?

– Ingen aning. Julia bytte pojkvänner lika ofta som jag byter skjorta. Hon är en celebritet här på ön eftersom hon är en känd fotomodell och hon har också haft en filmroll. Ganska liten. Men ändå. Hon var alltså inte bara Lembit Saars dotter.

– Men de Viera sa att ni var komprometterad, invände Irene skarpt.

Juan Rejón himlade med ögonen.

– Självklart! Paparazzobilden gav honom en utmärkt förevändning för att få bort mig från utredningen, sa han.

– Varför ville han ha bort er från den?

– Han vill inte ha någon i utredningsteamet som skulle kunna ha minsta kontakt med Saarklanen. Han är ju själv knuten till Jesus Gomez genom släktband. De är kusiner.

Irene funderade på alla uppgifter hon hade fått av Rejón. Han verkade trovärdig. Men var han verkligen helt sanningsenlig? Hon beslöt att vara mycket rättfram och känna honom lite mer på pulsen.

– Vad tror ni är orsaken till morden i går?

Han sänkte blicken och började rita figurer i kondensen på utsidan av ölglaset. Irene bröt inte tystnaden utan fortsatte att titta uppfordrande på honom. Hon ville försöka få ur honom ett ärligt svar. Det verkade inte som om han var beredd att ge henne det.

– Det ligger många orsaker bakom morden, sa han dröjande.

– Det handlar alltså inte bara om den misslyckade leveransen av de två flickorna från Sverige till Teneriffa? Och inte heller om Sergej Petrov, konstaterade hon.

Han skakade lätt på huvudet.

– Nej. Det handlar om betydligt mycket mer.

– Betydligt mer vad då? pressade hon obevekligt på.

Han mötte hennes blick och sa långsamt med betoning på varje stavelse:

– Det är absolut inte hälsosamt att känna till allting.

Hans röst fick en vass skärpa och Irene insåg att han var dödligt allvarlig. Återigen kände hon hur den gastkramande kylan spred sig inombords. Och hon insåg att han hade rätt. Det var inte alltid hälsosamt att känna till allting. Strängt taget hade det inte ett dugg att göra med hennes egen utredning av mordet på Tanja. Gängmorden var en betydligt större utredning som låg på Policía Nacionals bord. Eller kanske snarare i knät på dem. Hennes bedömning var att de knappast skulle kunna klara av att lösa den. Kanske skulle de behöva förstärkning från fastlandet. Men det var inte hennes sak att bedöma. Hennes uppgift var att försöka ta sig hem med livhanken i behåll.

– Ni har rätt. Vad tycker ni att jag ska göra?

– För att vara i säkerhet?

– Ja.

– Stanna här på hotellet. Gå inte utanför byggnaden. Ät tidig middag och gå upp på ert rum. Öppna inte dörren om det knackar. Tala inte med några andra personer. Även om de utger sig för att vara hotellgäster eller personal så kan de vara något helt annat.

Irene öppnade munnen för att protestera men stängde den igen.

– Okej, sa hon bara.

För andra gången under samtalet log han sitt vackra leende.

– Jag har ett papper med mig som jag hade tänkt lämna till er.

Han sökte med fingrarna i fickan på de åtsmitande jeansen. Med en triumferande gest överlämnade han ett hopvikt papper till Irene.

– Sergej Petrovs, alias Andres Tamms, bokningar på flyget mellan Teneriffa och Skandinavien. Han åkte ensam tidigt på torsdagsmorgonen härifrån och direkt till Landvetter flygplats i Gota… Gothe…

– Göteborg, fyllde Irene i.

– Tack. Han lyckades tydligen få en restplats på ett charterflyg. På fredagskvällen hade han bokat återresa till Teneriffa med det sista planet från Kastrup. Men då var han inbokad tillsammans med Anne och Leili Tamm. Enkel resa för alla tre.

Irene kände hur pulsen steg. Det var alltså därför som Heinz Becker och Andres Tamm trots ovädret hade stuckit iväg från Göteborg och kört söderut utefter västkusten. De hade tydligen tänkt att försöka ta sig över till Köpenhamn och Kastrup. Även om flyget varit inställt på grund av snöovädret, skulle de ha befunnit sig på plats för att snabbt kunna skeppas iväg när planen började gå igen.

Leili visste de vem hon var. Hennes pass hade de hittat. Anne måste ha varit Tanja. Det passet var fortfarande borta.

Att Heinz Becker stack från Göteborg berodde förmodligen på att marken började brännas under hans fötter efter razzian mot bordellen i Biskopsgården. Och när Leili hade lämnats över till Andres och Tanja var död, hade han heller ingen inkomstkälla kvar. Då var det dags för honom att åka tillbaka till Baltikum och ordna nya flickor. Det hade alltså även passat Beckers planer att ta sig till Köpenhamn, för att därifrån kunna resa vidare till Tyskland. Kombinationen av droger i kroppen och det kraftiga ovädret hade slutgiltigt satt stopp för deras framtida planer. Flickan som kallades Leili kanske inte heller skulle överleva.

– Tack. Det här var verkligen mycket vänligt ..., började Irene, men Rejón avbröt henne.

– Ingen orsak. Jag visste att det skulle bli svårt för er att få fram de här uppgifterna. Det skulle inte förvåna mig om de mystiskt hade försvunnit ur datorn. Datorfel, den mänskliga faktorn, det finns många sätt att trolla bort uppgifter som man inte vill lämna ut.

Han log igen och höjde menande på ögonbrynen. Irene nickade. Hon förstod mer än väl att orsaken till att Rejón hade gett henne uppgifterna inte bara berodde på hans allmänna hygglighet. Det var också ett sätt att ge Gomezgänget – och indirekt polischef de Viera – en riktig knäpp på näsan.

Irene läste pappret flera gånger innan hon stoppade ner det i sin shortsficka. Det visade hur människosmugglarna hade planerat att transportera flickorna över hela Europa.

Irene följde Juan Rejóns anvisningar till punkt och pricka. Men först slank hon in i en liten matbutik som låg precis utanför hotellet och handlade en flaska rött vin som såg hyggligt ut och en stor påse blandade salta nötter. Det som var kvar av eftermiddagen tillbringade hon på balkongen med sin pocketbok. Även om hon kanske skulle bli lite för solbränd var det bäst att passa på. Det kunde dröja länge innan hon fick så här mycket sol på kroppen igen.

Hon försökte flera gånger att ringa till Krister och flickorna, utan att lyckas nå dem. Ilsket svor hon inom sig över deras nya mobiloperatörs dåliga täckning utanför tätorter. Fast abonnemanget hade varit billigt och inkluderat en ny mobiltelefon som Jenny genast hade lagt beslag på.

Middagen åt hon i hotellets restaurang. Resten av kvällen tillbringade hon inlåst på rummet, i sällskap med vinflaskan och kollegorna i 87th Precinct.

DET UPPSTOD STORA problem när planet skulle landa på Landvetter. Stewarden meddelade i högtalaren att det hade varit snökaos i Göteborg under hela söndagen. Även om snöfallet hade lättat så blåste det fortfarande hårt. Passagerarna fick sitta fastspända i sätena under den sista timmen på grund av luftgropar.

På marken var det flera minusgrader och vindkasten hotade att blåsa omkull Irene. Även om hon höll på att halka några gånger var hon glad över att ha fast mark under fötterna. Isen från fredagens köldknäpp låg fortfarande kvar och lurade förrädiskt under snötäcket.

Irene hade tur och fick genast tag på en taxi. Hennes enda önskan när hon sjönk ner i taxins baksäte var att få komma hem.

Radhuset var mörkt. Resten av familjen skulle inte komma hem förrän om ett dygn. Stegen ekade ödsligt när hon gick uppför trappan i det tysta huset. Snabbt packade hon upp de få sakerna hon hade i ryggsäcken. Kläderna hon hade använt under resan slängde hon i smutskorgen. Hon tappade upp ett bad och hällde i en rejäl skopa med rosdoftande badsalt. Med en suck av välbehag sjönk hon ner i skummet och slappnade av i det heta vattnet. Hon påminde sig själv om att inte blöta ner förbandet på vänsteraxeln. Läkaren på Hospital del Sur hade mycket bestämt sagt åt henne att inte röra det på fem dagar.

Hon måste ha slumrat till, för hon blev plötsligt medveten om en avlägsen signal. Just som hon skulle kasta sig upp för att svara hörde hon hur telefonsvararen gick igång. Besviket hörde hon också att ingen lämnade något meddelande.

Eftersom badvattnet hade svalnat gick hon upp ur badet och frotterade sig ordentligt för att stimulera cirkulationen. Hon smorde snabbt in ansiktet med en av de dyra krämerna som hon hade inhandlat på taxfreen. Sedan svepte hon in sig i den mjuka morgonrocken som hon hade fått i julklapp av Krister några år tidigare och körde in de nakna fötterna i fårullstofflorna.

Något piggare till kropp och själ gick hon ner till köket för att försöka fixa till något ätbart. Klockan var snart tio och hon var vrålhungrig. Middagen på flyget hade serverats i en liten bytta av modell medelstor tändsticksask, tillsammans med pyttesmå plastbestick. Redan då hade planet börjat kränga så smått i luftgroparna. Irene hade inte förmått att äta mer än den lilla torra frallan och skölja ner den med mineralvatten.

Kylskåpet var deprimerande tomt. Inte ens några kvarglömda rester fanns det som hon kunde mikra upp. Hon skulle bli tvungen att laga till något själv. Efter en snabb inventering av det lilla som fanns bestämde hon sig för att laga en svampomelett. Till den gjorde hon en knäckemacka med Kalles kaviar. Några kvarglömda klementiner i grönsakslådan fick duga som kombinerad efterrätt och vitaminkälla.

Irene försökte än en gång att ringa till Krister och flickorna. Enda stället där det fanns någon täckning i stugan var vid östra gavelfönstret på övervåningen. Med en suck konstaterade hon att ingen av dem befann sig där. Det var bara att vänta tills någon av dem försökte ringa till henne.

Med ett sting av saknad tänkte Irene på sin familj. De brukade alltid äta gott när de var uppe i stugan. Vilket var orsaken till att kylskåpet i Göteborg i princip var länsat. De hade tagit med sig allt som var användbart till stugan. Det som de inte hade med sig från Göteborg fick de åka de dryga två milen in till Sunne för att handla.

Under tiden hon åt passade hon på att skumma igenom posten och helgens dagstidningar. I söndagstidningen fanns en kort notis som fångade hennes uppmärksamhet: polisen hade hittat två efterlysta ungdomsbrottslingar, båda arton år gamla, hos den enes mormor utanför Gråbo. Båda hade avvikit från Gräskärrs ungdomsfängelse i januari. Det stod inte så mycket mer, men Irene misstänkte genast att det rörde sig om Niklas Ström och Björn "Billy" Kjellgren. De båda hade en hel del att förklara. Till exempel hur de hade burit sig åt för att lyckas stjäla just Torleif Sandbergs bil.

Tröttheten började tynga i ögonlocken. Innan hon gick upp till sin hägrande säng gjorde hon ett nytt misslyckat försök att ringa Kristers mobil. Hon förbannade deras sparsamhet att inte skaffa fast telefon i stugan. Därefter påminde hon sig om att lyssna av telefonsvararen, de kunde ju ha ringt och lämnat ett välkommen hem-meddelande. Först tryckte hon på nummerpresentatören. Siffran som kom upp gjorde henne klarvaken. Tjugotvå samtal sedan i fredags! Fylld av onda aningar tryckte hon på telefonsvararen. De första fyra samtalen var till tvillingarna. De följande var så gott som samtliga från Sahlgrenska sjukhuset.

Med fumliga fingrar tryckte Irene in det uppgivna numret. En pigg kvinnoröst svarade med ett avdelningsnummer och sitt namn, syster Anna. Irene presenterade sig och förklarade att hon hade varit bortrest hela helgen.

– Jag anade det. Vi har försökt att nå dej sen i går eftermiddag, meddelade sköterskan i vänlig ton.

– Vad gäller det? frågade Irene bävande.

– Din mamma halkade på trottoaren utanför sin port i går. Det var ju jättehalt! Tyvärr så slog Gerd i huvudet och var lite desorienterad när hon kom in hit. Det tog ett tag innan vi fick fram namn och nummer till närmaste anhörig. Och hon kom inte ihåg ditt mobilnummer förrän i dag. Och när vi försökte ringa dej så var din mobil avstängd.

Det måste ha varit under flygturen hem från Teneriffa. Då hade Irene naturligtvis haft mobilen avstängd.

– Så hon har en skallskada. Är den allvarlig?

– Nejdå. Det var bara en lindrig hjärnskakning. Det är värre med höften.

– Höften? ekade Irene förskräckt.

– Ja. Hon bröt lårbenshalsen och skadade också själva höftleden. Den måste akutopereras. Själva operationen är planerad till tisdag den här veckan.

– Klara… klarar hon det?

– Läkarna bedömer att det inte ska bli nåt problem. Hennes blodvärden är bra. Blodtryck och hjärta likaså. Psykiskt är hon stabil och klar igen.

– Hur blir det efter operationen? Kommer hon att kunna gå som vanligt igen?

– Det kommer hon säkert. Om inte bättre! Hon har ju haft problem med höften ganska länge. Hon har minsann berättat hur länge hon har stått i operationskön. Men det är en lång rehabiliteringsfas efter en sån här operation.

– Kan hon gå i trappor då?

– Nej. Inte i början i varje fall.

Irene blev tyst en stund innan hon sa:

– Hon bor två trappor upp utan hiss.

– Ajdå.

Ja, det kunde man verkligen säga. Ajdå.

Irene beslöt att ta ett problem i sänder. Tids nog fick de försöka ordna med de praktiska detaljerna angående Gerds boende.

– Kan jag komma upp och hälsa på henne i kväll? frågade hon.

– Nej. Det är för sent. Hon sover redan. Vi måste ju ge henne ganska mycket smärtstillande. Hon är relativt smärtfri nu men blir naturligtvis väldigt trött.

– När kan jag besöka henne?

– Du kan komma i morgon efter ronden. Efter tio.

När Irene hade tackat den vänliga sköterskan för upplysningarna och lagt på luren, överfölls hon av en total kraftlöshet. Inte det här också! Jag orkar inte! Godegud, inte det här också! tänkte hon. Det hjälpte föga.

Då ringde telefonen igen. Hon slet snabbt åt sig luren och svarade.

– Hej, vännen! Hoppas du har längtat lika mycket efter mej som jag har längtat efter dej, hördes Kristers mjuka röst och han lät verkligen som om han menade det.

– Jo … ja, var det enda Irene lyckades få fram.

Till sin egen förskräckelse började hon gråta. Efter en stund grät hon hejdlöst. Allt som hade hänt under helgen kom ifatt henne och hon kunde inte sluta. Krister försökte trösta henne men hon blev tvungen att lägga ifrån sig luren. Storgråtande tog hon sig ut i köket och ryckte åt sig en stor bit hushållspapper. Hon torkade sig i ansiktet och snöt sig.

Något lugnare gick hon tillbaka till telefonen igen. Det blev det längsta telefonsamtalet någonsin under deras tjugotvå år tillsammans. Irene talade hela tiden och fick ur sig allt som hade hänt under de senaste två dygnen. När hon till slut måste hämta andan hade Krister stillsamt undrat om alltihop verkligen var sant och inte någon amerikansk gangsterfilm som de hade visat på planet. Han hade menat det som ett skämt, men det hade varit på vippen att hon börjat gråta igen.

Efteråt kände hon sig helt urlakad. Samtidigt var hon betydligt lugnare. Fullkomligt förbi av trötthet föll hon ihop i sin säng strax före midnatt.

Hon vaknade inte förrän väckarklockan ringde. Då upptäckte hon att hon hade sovit hela natten i morgonrocken. Antagligen hade hon behövt känna sig omsluten av något som påminde om en trygg famn.

– TJÄNA! DU SER REJÄLT vidbränd ut, hälsade Jonny med
ett flin.

Irene orkade inte ens svara utan blängde bara trött på
honom.

– Hopplahoppla! Här bjuder vi skattebetalare dej på sol-
semester och så kommer du hem och är sur!

Irene tvärstannade framför honom i korridoren. Utan att
släppa hans blick började hon klä av sig på överkroppen. Först
tog hon av sig jackan och därefter den tunna bomullspolon.
Slutligen stod hon där i bara linne och behå. Uppfordrande
pekade hon på det vita förbandet som kontrasterade skarpt
mot hennes rödbrända axel.

– Det här är en skottskada från en Smith & Wesson 357
Magnum. Jag hade tur som överlevde. Det gjorde en person
till men han är svårt skottskadad. Dom andra fyra som var till-
sammans med oss i rummet är döda! Och spanjorerna betalar
hela resan. Inte en spänn kommer från svenska polisen eller på
annat sätt från skattebetalarna.

Sanningen var att hon inte mindes exakt märke och kaliber
på revolvern som mördaren hade använt. Men det lät bra med
en Magnum. Och hon tänkte inte upplysa Jonny om att hon
hade blivit träffad av en rikoschett. Till sin förargelse märkte
hon att rösten darrade när hon levererade de dramatiska repli-
kerna. Jonny märkte det knappast, eftersom han med motvillig

fascination såg på förbandet. När Irene såg hur hans intresse började flyttas över till hennes dekolletage, drog hon på sig polon igen. Hennes oväntade utspel hade i alla fall fått tyst på honom en stund.

När hon vände sig om för att gå bort till kaffeautomaten hamnade hon ansikte mot ansikte med sin chef.

– Vad sysslar ni med? sa kommissarien uppriktigt förvånat.

– Irene visade bara sin tjusiga solbränna som hon har skaffat sej på Teneriffa. Hon har solat topless, svarade Jonny innan Irene hann svara.

Han hade hämtat sig anmärkningsvärt snabbt efter hennes förevisning.

– Jag visade honom min skottskada, sa Irene med spelad nonchalans och rundade kommissarien innan han hann blockera hennes reträtt.

Bakom ryggen hörde hon Anderssons förvirrade gläfsande:

– Topless? Skottskada? Vafan är det som pågår!

– Gå in till konferensrummet så kommer jag snart och berättar, svarade Irene utan att vända sig om.

Irene hade varit förutseende nog att ta med sig ett exemplar av tidningen med "Masacre!" i kolsvarta krigsrubriker på första sidan. Den fick bli utgångspunkten när hon började redogöra för händelserna under helgens dramatiska dygn. Utan att bli avbruten en enda gång talade hon i mer än en timme.

Hon avslutade med orden:

– Så mycket förstod jag att det där gängkriget nere på ön handlar om betydligt mer än den misslyckade transporten av flickorna från Sverige till Teneriffa. Två traffickingtjejer kan alltid ersättas. Men det är mycket pengar i omlopp i all människohandel. Och en poliskälla berättade att det också fanns narkotika inblandat. Självklart, höll jag på att säga. Det är ju fundamentet i all organiserad brottslighet i dag.

Andersson såg begrundande på Irene. Slutligen sa han:

– Jaha. Vi skickade alltså ner dej på spanjackernas begäran. När du lämnade Teneriffa hade mortaliteten stigit med hundra procent i utredningen. I stället för fyra så har dom nu åtta döda. Det var väl inte riktigt vad dom hade tänkt sej.

Han lade pannan i bekymrade veck.

– Min fråga är vad dom egentligen ville ha ut av oss? Och fick vi ut nåt av vikt för vår utredning av mordet på den lilla ryskan? fortsatte han.

Irene kände sig sårad av att hennes chef fick det att låta som om det var hennes skuld att ytterligare fyra personer hade skjutits till döds. Hon beslöt att inte bry sig om hans sarkastiska sammanfattning av hennes besök hos de spanska kollegorna. Till synes oberörd besvarade hon hans fråga:

– Dom fick bevis för att Sergej Petrov inte hade försvunnit med Tanja. Det var också viktigt för Jesus Gomez gäng att kunna bevisa att Petrov inte hade dödat henne. Inte minst för en av våra kära kollegor inom Policía Nacional var det oerhört viktigt att kunna bevisa att Gomezgänget inte kunde lastas för Tanjas död. Det handlar inte om omtanke om flickans väl och ve, utan om att hon var värd en massa pengar. Hon var en avbetalning på Gomez skuld till Saar. Lembit Saar har inga skrupler när det gäller att använda sej av traffickingflickor. Han var bara sur för att Tanja försvann. Alla pengar som hon skulle ha knullat ihop i sexklubbens bakre rum skulle ha gått raka vägen ner i Lembit Saars ficka. Pengar som han nu blev snuvad på.

– Och vad fick vi ut? propsade kommissarien uppfordrande.

– Vi vet att Tanja och Leili skulle transporteras till Teneriffa. Vi vet var nånstans på ön dom skulle låsas in. Vi vet också att ingen av dom hade nåt eget pass. Båda skulle smugglas ut från Sverige av Sergej Petrov. Den lilla ryskan hittades död sent på tisdagskvällen. Dom svenska medierna fick inte nyheten om den döda flickan förrän på onsdagen. Det intressanta är att Petrov flög ut från Teneriffa tidigt på torsdagen som Andres Tamm. Det verkar alltså som om människosmugglarna där inte kände till att Tanja inte längre fanns i sällskap med Becker. Frågan är om Heinz Becker och Sergej Petrov ens visste om på fredagen att Tanja var död. Ingen av dom kunde läsa svenska tidningar eller förstå svenska nyhetssändningar. Och utländska medier hade knappast nyheten om att en ung okänd flicka hade hittats mördad i Göteborg.

– Hur hade Petrov tänkt sej att få med sej flickorna tillbaka till Teneriffa? frågade Andersson.

– Han var inbokad på ett sent flyg till Teneriffa från Kastrup dagen därpå, alltså fredagen, tillsammans med Anne och Leili Tamm. Vi kan utgå ifrån att han hade med sej sitt eget och flickornas förfalskade pass från Teneriffa. Andres och Leili Tamms pass har vi hittat men inte Annes. Med största sannolikhet är Anne identisk med vår lilla ryska Tanja, sa Irene.

– Och det är inte heller hennes riktiga namn, suckade Andersson.

– Nej. Och Leili heter knappast heller Leili. Har hon förresten återfått medvetandet?

Irene riktade frågan till Tommy som skakade på huvudet.

– Jag ringde som avtalat innan vi gick in hit. Hon är sämre, upplyste han.

– Konstigt. Irene har ju inte ens träffat henne, sa Jonny.

Han var verkligen i högform denna grå måndagsmorgon, tänkte Irene.

– Då kanske jag får lov att uppdatera mej om vad som har hänt på hemmafronten, sa hon i stället.

– Visst. Shoot! sa Fredrik glatt.

– Har du fått tag på Indianen? började Irene med att fråga honom.

– Yes! Han sitter i säkert förvar.

– Har han sagt nåt?

– Inte ett skit. Jag fick tag i honom i fredags kväll. Han låg dyngrak inne på en pub vid Linnégatan. Det var bara att sopa ihop honom. Jag har försökt snacka med honom två gånger under helgen men han vägrar att prata. Tänker ta en ny omgång med honom i eftermiddag.

Fredrik lät optimistisk men Irene visste att Indianen var hårdhudad. Kanske behövdes det lite kvinnlig list för att slå hål på hans skal?

– Jag är gärna med på det förhöret om jag får, sa hon.

– Visst, nickade han.

– Och jag såg notisen om att Billy och Niklas har åkt fast. Har du hört dom ännu? frågade hon Jonny.

– Nej. Jag tycker dom små glinen kan få sitta och svettas lite till i häktet, sa han.

Sanningen var väl att du inte orkade masa dig in och förhöra dem under helgen, tänkte Irene.

– Fast jag och Tommy ska prata med dom direkt när vi är färdiga här, tillade Jonny med en snegling mot Andersson.

Kommissariens ansiktsuttryck ljusnade och han nickade gillande. Han såg över kanten på sina läsglasögon och plirade mot Irene.

– Du har väl fullt upp under förmiddagen med att skriva rapporten om alla dina bravader på Pippiholmarna. Och i eftermiddag är du med på förhöret med Indianen. Jag har sagt det förut och jag säger det igen; den jäveln ska ni grilla ordentligt! Han är insyltad upp över öronen i hela den här förbannade historien!

Det sista sa han bistert. Irene höll med honom i allt, utom det första.

– Nej, jag kan inte skriva rapporten i dag. Jag måste upp till Sahlgrenska.

Andersson öppnade munnen och såg ut som om han tänkte protestera. När han mötte Irenes blick stängde han den genast igen.

– Gå inte dit! Dom bara amputerar armen på dej. Med en sån jättestor skottskada. Den värker väl som fan, hördes Jonnys spefulla röst.

– Bara när jag skrattar åt dina skämt, svarade Irene vasst.

Hon skyndade ut ur rummet för att slippa höra fler kommentarer.

Rummet var avsett för två patienter men det fanns bara en säng där inne. Platsen närmast fönstret var tom. Gerd verkade så liten i den stramt bäddade sjukhussängen. Hon låg med slutna ögon och såg ut som om hon sov. Hennes bleka ansikte gick nästan i ett med det vita örngottet. För första gången någonsin upplevde Irene sin mor som gammal. Mamman hade verkligen åldrats snabbt de senaste dygnen. För att inte väcka henne närmade sig Irene sängen försiktigt. Som om hon hade känt sin dotters närvaro slog Gerd upp ögonlocken och såg rakt på henne.

– Hej mamma. Hur är det?

Gerd slickade sig flera gånger kring de fnasiga läpparna innan hon svarade.

– Jodå. Det går väl. Kan du ge mej lite vatten?

Med darrande hand pekade hon på det tomma glaset som stod på sängbordet. Irene lutade sig ner mot sängen och gav sin mamma en försiktig kram och en puss på kinden. Kanske var hon överdrivet försiktig när hon tog i henne, men hon verkade faktiskt ha blivit mer bräcklig efter olyckan. Eller så var det bara Irene som inbillade sig det. Hon tog glaset och gick fram till handfatet som fanns på rummet. Det tog en evighet innan vattenstrålen ens började kännas sval mot hennes fingrar.

– Tänk att man ska behöva slänga sej på trottoaren och bryta höften för att få sin operation gjord nångång! sa Gerd bakom hennes rygg.

När Irene vände sig om plirade hennes mamma mot henne och log pillemariskt.

– Var det inte lite väl drastiskt? sa Irene.

– Kanske det. Men nu blir jag ju opererad. På tisdag.

Gerd lät riktigt nöjd och verkade vara vid gott mod. Irene märkte hur lättad hon själv kände sig. Hon hade varit orolig för att modern skulle ha blivit deppig eller rörig i huvudet av hjärnskakningen och de smärtlindrande tabletterna. Lugnad kunde hon konstatera att Gerd helt och fullt verkade vara sitt vanliga jag. Irene gick tillbaka till sängen och gav henne vattenglaset. När hon hade druckit några klunkar och satt ner det nästan tomma glaset på sängbordet igen, sa Gerd:

– Du måste ta kontakt med Sture. Det var dit jag var på väg när … det här hände. Han ringde mej, förstår du. Han mådde inte bra.

– Var det hjärtat?

– Ja. Jag har hans nycklar i min handväska. Du kan väl ta dom och gå och titta till honom. Han har ju ingen annan än mej. Du kan förresten ta nycklarna till min lägenhet också och vattna blommorna. Ta in posten och så …

– Mamma lilla, vi har redan dina reservnycklar. Jag lovar att vi ska se till din lägenhet. Och jag lovar att jag ska prata med Sture och höra hur han mår.

Gerds ena hand vilade mot täcket. Irene tog den och kramade den försiktigt. Så smal den har blivit. Varför har jag inte märkt att mamma har magrat den senaste tiden? tänkte hon.

Eller har jag inte velat se det? Skyllt på tidsbrist. Som vanligt.

– Hur känns det i skallen då? Syster Anna sa att du fick en lindrig hjärnskakning, sa Irene för att skjuta ifrån sig de självförebrående tankarna.

– Jag var yr det första dygnet men nu märker jag inte av det så mycket. Det är värre med benet och höften. Och jag ligger i nåt sorts sträck och kan inte vända mej. Men jag får starka tabletter. Det känns bra. Fast jag tappar tidsuppfattningen. Vad är klockan?

– Snart halv elva.

– Är det måndag eller tisdag?

– Måndag, sa Irene.

Hennes oro fick ny näring. Gerd var inte så klar i huvudet, som hon ville ge sken av. Det kunde förhoppningsvis skyllas på de starka medicinerna.

– Bra. Att det bara är måndag. Annars skulle dom ha missat min operation. Jag ska nämligen opereras först av alla på tisdag morgon, sa hon.

– Det är skönt att höra att du verkar övertygad om att du ska bli helt bra igen, sa Irene.

– Självklart! Så ont som jag har haft i den fördömda höften det sista året … det kan du inte föreställa dej. Det ska bli skönt att äntligen få den opererad. Även om jag inte kommer att kunna gå så slipper jag i alla fall värken!

– Men mamma, det är klart att du kommer att kunna gå igen! protesterade Irene.

– Ja ja. Det får vi väl se när det kommer så långt, mumlade Gerd.

Sömnigt började hon klippa med ögonlocken. När Irene trodde att hon hade somnat reste hon sig försiktigt från stolen. Då slog Gerd upp ögonen på vid gavel igen och såg skarpt på sin dotter.

– Och ett larm hade inte hjälpt ett dugg! Det fungerar bara inne i lägenheten!

Varpå hon åter slöt ögonen innan Irene hann svara.

Okuvlig och enveten; tack för att jag har fått ärva de egenskaperna efter dig, lilla mamma.

Irene vände sig om i dörren och såg på sin mamma. Filten höjde sig upp och ner vid moderns lugna andetag. Du kommer att klara av det här också, tänkte hon ömt.

Huset var byggt på femtiotalet, liksom det där Gerd hade bott i samma trerummare i snart fyrtio år. Enda skillnaden var att Sture hade en tvårummare. Han köpte den efter det att hans hustru hade dött för femton år sedan. Då sålde han deras hus och flyttade in till Göteborg. Gerd och han hade lärt känna varandra på Coop på Doktor Fries Torg, där de båda var kunder. Där hade de ofta stött på varandra i affären och börjat prata. Efter något år uppstod riktigt tycke och de hade varit tillsammans i snart tio år. Ingen av dem hade varit intresserad av att flytta ihop. Jag har ingen lust att göra mej av med alla mina vanor och ovanor eftersom det har tagit mej hela livet att skaffa dom, som Gerd hade uttryckt det.

Tillsammans hade Sture och Gerd haft det väldigt trevligt genom åren och Irene hade många gånger välsignat den dag de träffades. Hon och hennes familj hade alltid tyckt mycket om den vänligt tystlåtne Sture.

Irene ringde honom från mobilen men fick inget svar. En svag oro började spira inom henne och omedvetet försökte hon trycka på gasen, vilket inte lät sig göras i lunchrusningen.

Det fanns en ledig parkeringsplats alldeles bredvid ingången till Stures trappuppgång. Hon låste upp porten och kilade upp till första våningen. Dörrsignalen ekade uppfordrande men det hördes inga ljud innanför dörren. Hon låste upp med nyckeln som hade legat i Gerds handväska.

– Sture! Det är jag, Irene!

Hennes rop letade sig inåt rummen men hon fick inget svar. I luften svävade en svag lukt av äldre herre. Inte alls oangenäm, men klart distinkt.

Vardagsrummet var möblerat med lätta möbler som säkerligen var från tiden då Sture och hans hustru varit nygifta. Det enda som påminde om nutid var en stor plattskärms-tv som hängde på väggen och skivspelarna. Bokhyllorna upptogs huvudsakligen av skivor. De få böcker som fanns där var mest reseskildringar och biografier. Sture var en stor musikälskare och hade hundratals vinyl- och cd-skivor. I hyllan stod en imponerande anläggning som man kunde spela alla typer av skivor på.

Det lilla köket såg som vanligt rent och prydligt ut. Det hade renoverats någon gång på sjuttiotalet och det började bli dags att göra om det igen. Inte minst spisen och den brummande gamla kylen borde bytas. Utanför fönstret slogs några blåmesar om en talgboll som Sture hade hängt upp. De stackarna behövde all hjälp de kunde få den här skoningslösa vintern.

I sovrummet var sängen ordentligt bäddad. På en stol låg några hopvikta plagg och på dörrknopparna till garderoberna hängde nystrukna skjortor. Mitt på golvet stod en uppfälld strykbräda. Irene kontrollerade att kontakten till strykjärnet var urdragen, vilket den var. Julkaktusen i fönstret slokade och hon bestämde sig för att vattna den innan hon lämnade lägenheten.

Han låg på klinkergolvet i badrummet. Det såg ut som om han hade varit på väg mot handfatet eller det lilla badrumsskåpet som hängde ovanför, för han hade fallit framstupa och låg med huvudet under handfatet. Hon hade sett tillräckligt många döda människor under de senaste tjugo åren, för att säkert kunna konstatera att han hade varit död ett tag. Kroppen var kall. Dödskyla. Inget känns så kallt som en död människa.

Om Gerds uppgifter stämde kunde han ha legat på golvet i närmare två dygn. Varför hade han ringt till henne och inte efter en ambulans?

Irene satte sig i en liten högryggad fåtölj ute i vardagsrummet medan hon inväntade ambulansen och polisen. Strupen snörptes åt och kändes torr av gråt som inte riktigt orkade bryta loss. Eller om hon inte ville släppa fram den, hon visste inte riktigt själv. Det kändes som om det var alldeles för mycket på en gång. För många döda. Hon orkade inte med mer. Men hon måste för Gerds skull.

Ambulansen anlände nedanför balkongen. Hon hörde hur de drog fram båren och smällde igen bakdörrarna. I den stunden fattade hon ett beslut.

Döden kommer aldrig lägligt. Den är inte förhandlingsbar. Den är obevekligt definitiv.

Men man kan skjuta upp omvärldens vetskap om att den har inträffat.

– FÖRHÖR MED Anders "Indianen" Pettersson ...

Irene kom in i förhörsrummet precis när Fredrik hade påbörjat förhöret. Hon bad andtrutet om ursäkt för sin sena ankomst och sjönk ner på en stol vid ändan av förhörsbordet.

– ... och in i rummet kommer också kriminalinspektör Irene Huss, tillade Fredrik in i bandspelarens mikrofon.

Indianen satt lojt tillbakalutad på stolen och såg ut som om han var helt ointresserad av vad som hände i rummet. Vad det än handlade om, så rörde det inte honom i ryggen.

– Ja du Anders ... jag har bett inspektör Huss att prata med dej. Hon har fått massor av ny information, inledde Fredrik.

Indianen gav Irene en förströdd blick. Under hans skenbara ointresse anade hon en spänd vaksamhet. Ingen visste bättre än Indianen själv hur mycket skumma förehavanden han hade samlat på sig. Det var inte alls bra för honom att sitta i ett polisförhör.

Irene inledde med lite lugnande småprat. Plötsligt sa hon:

– Nu vet vi mer om den mördade ryskan Tanja och Sergej Petrov.

Indianen kunde inte dölja sin överraskning när hela Sergejs namn nämndes och han ryckte synbart till på stolen. Nu glimmade vaksamheten tydligt i hans ögon. Han visste att de hade klivit rakt in på minerat område. För att dölja sin oro smålog han hånfullt och skakade bara på huvudet.

– Vi vet att Sergej kom till Göteborg under falsk identitet. Som Andres Tamm. Träffade du honom när han hade tagit kontakt med Heinz Becker? fortsatte Irene.

– Har inte en aning vad du snackar för skit.

Irene lade fram den spanska efterlysningen av Sergej Petrov och den förstorade passbilden på Andres Tamm.

– Du har alltså aldrig träffat den här mannen? Varken under namnet Sergej Petrov eller som Andres Tamm?

Efter en likgiltig blick på de båda bilderna skakade Indianen på sitt kalrakade huvud. Irene kunde inte notera något tecken på igenkännande, trots att de visste att det måste ha varit Indianen som hämtade Sergej Petrov, tillsammans med Heinz Becker och den återstående flickan, när de hade flytt efter razzian mot bordellen i Biskopsgården.

Fortsättningen av förhöret segade sig fram på samma sätt. Indianen förnekade allt han tidigare hade sagt. När Fredrik konfronterade honom med att det var han som hade gett dem namnen på Tanja och Sergej, hävdade han total minnesförlust. Han påstod sig aldrig ha hört namnen tidigare. Möjligen kunde det vara något fyllesnack som han hade snappat upp någonstans och rabblat upp igen i fyllan och villan. Och han ville ha sin advokat med under alla framtida förhör. Hans advokat Joar Svanér var välkänd – eller snarare ökänd – på polishuset. Han brukade kallas för Bandidos egen advokat. På något vis lyckades han ofta balansera på kanten av lagens råmärken och han var odiskutabelt skicklig. Med tiden hade han blivit mycket rik och ansågs som en av Göteborgs mest kända advokater. Kändisfester, kvinnor och snabba sportbilar var hans signum. Och han hade bara en uppmaning till sina klienter: knip käft!

Det var tydligt att Anders "Indianen" Pettersson hade lyssnat på sitt juridiska ombud och inte tänkte säga ett dyft.

Efter en timme med total rundgång i frågorna gjorde Irene ett förstulet tecken åt Fredrik. Han uppfattade det och avbröt förhöret.

När Indianen med ett sista hånfullt flin hade lämnat rummet, sa Fredrik modstulet:

– Han kommer aldrig att snacka.

– Jodå. Vi måste bara komma på nåt som skrämmer honom till att börja prata. Vad är han mest rädd för?

– Att Bandidos ska spöa upp honom ifall han tjallar. Kanske knäppa honom.

– Ja. Det är han med all rätt orolig för. Men jag tycker att jag har märkt att så fort vi börjar närma oss hans egna förehavanden så blir han nervös. Jag tror han är skraj för att vi ska hitta nåt som kan skicka in honom i kurran igen. Nåt säger mej att han inte alls trivs i fängelset.

– Det gillar väl inget bus.

– Nej. Men Indianen kanske har det tufft på kåken. Pedofiler brukar få det. Och han har nåt som han är orolig att vi ska upptäcka. Det gäller att komma på vad. Och kunna bevisa det.

Fredrik nickade och såg ut att ta sig en grundlig funderare. Plötsligt sa han:

– Snickarna på taket har jag snackat med och topsat. Ingen av dom matchade sperman som fanns på Tanja. Varken det som fanns i håret eller på jackan. Vi kanske ska kolla Indianens DNA?

– Varför inte? Vi har hans DNA-profil sen tidigare utredningar om sexuellt utnyttjande av minderåriga.

– Fast jag har en känsla av att han inte har dödat Tanja, sa Fredrik.

– Nej, kanske inte. Men han vet nåt om mordet. Han kände dom inblandade mycket bättre än han vill erkänna.

Björn "Billy" Kjellgren skulle enligt personnumret precis ha fyllt arton. Han såg yngre ut. De säckiga byxorna och huvtröjan hängde på hans spensliga kropp. Hans knotiga axlar avtecknade sig vasst under tröjan. Sanningen att säga var han närmast mager. Rödblonda hårklumpar stack fram under kanten på den stickade mörkblå mössan. Ansiktet hade fina drag men huden var vanställd av kraftig akne. Han satt hopsjunken på stolen och fixerade tåhättorna på sina slitna kängor.

Irene stod bakom spegeln i förhörsrummet och följde osedd Jonnys hårda kamp för att få Billy att börja tala. Det var lönlöst.

Billy klarade sig bra, ur sin synvinkel sett. Han yttrade nämligen inte ett ljud under hela förhöret. Varje fråga från den alltmer frustrerade Jonny besvarades med total tystnad. Inte ens när Jonny talade om att de sammantagna straffsatserna för brotten som Billy anklagades för antagligen skulle ge honom flera år bakom lås och bom, rörde han en min.

Till slut gav Jonny upp. Det var sällan det inträffade, men nu hade han träffat sin överman: en liten spenslig artonåring som stod anklagad för rymning, bilstöld, smitning och vållande till annans död.

– Den lille skiten verkar fanimej lobotomerad, suckade Jonny när han och Irene tog en fika tillsammans efter förhöret.

Han behövde ladda om inför mötet med Niklas Ström.

– Går det bra om jag sitter med? frågade Irene.

Jonny ryckte lätt på axlarna.

– Visst. Men har du inget att göra med din egen utredning?

– Jo, men jag ska inte träffa Linda Holm förrän klockan fyra. Till dess kan jag vara med på det här förhöret.

Jonny gav henne ett forskande ögonkast.

– Varför? frågade han.

Irene var beredd på frågan.

– Jag vill höra om han eller Billy såg nåt den där kvällen när Tanja mördades och Torleif Sandberg blev påkörd. Dom måste ha funnits i närheten även om det inte var dom som körde på Torleif.

– Vilka skulle det annars ha varit?

– Nej. Precis. Mycket talar för att det var dom här killarna. Men jag kan inte för mitt liv begripa hur dom lyckades få tag på nycklarna och stjäla Torleifs bil som stod parkerad utanför hans hus flera hundra meter därifrån!

– Jävligt konstigt, höll Jonny med.

Niklas Ström var något längre och kraftigare än Billy. För övrig var de till förvillelse lika och skulle mycket väl ha kunnat gälla för bröder. Den stora skillnaden var deras kroppsspråk. Billy var totalt slapp och uttryckslös, Niklas kunde inte sitta stilla en sekund. Det ryckte hela tiden okontrollerat i hans kropp. Han var uttrycket "att ha myror i byxorna" personifierad.

Även om Niklas inte ville svara satt han ändå inte helt tyst. Hela tiden gav han ifrån sig små harklande ljud och fnysningar.

Efter de inledande fraserna sa Jonny:

– Jag har förstått att du och Billy gjorde upp tillsammans om att sticka från Gräskärr. Egentligen struntar jag i hur ni planerade och genomförde rymningen. Det som intresserar mej är vad ni gjorde när ni kom hit till Göteborg.

Niklas fnös några gånger och trummade snabbt med fingrarna mot bordet.

– Berätta om dom första dygnen efter att ni hade stuckit.

Niklas skakade på huvudet och stönade högt flera gånger i snabb följd. Inget svar kom över hans hårt sammanbitna läppar.

– Det var jävligt kallt när ni stack. Ni behövde nånstans att kvarta. Och ni behövde en bil, försökte Jonny igen.

Enda reaktionen från Niklas blev några kraftiga pipljud genom näsborrarna. Irene började känna sig alltmer övertygad om att något inte stod rätt till med honom. Hade det att göra med hans narkotikamissbruk? Var det abstinenssymtom?

När det inte verkade som om Niklas tänkte besvara Jonnys frågor, passade Irene på att inflika en egen:

– Har du och Billy använt narkotika under tiden som ni har varit ute?

Niklas såg på henne och skakade bestämt på huvudet.

– Jag har slutat med allt sånt, svarade han till hennes förvåning.

– Så ingen av er har använt nåt knark, förtydligade hon sin fråga.

Han harklade sig ljudligt några gånger.

– Billy har aldrig knarkat och jag har lagt av.

– Så bra att du har slutat. Varför det?

Efter en ny serie fräsningar och harklingar sa han:

– Jag tål det inte. Det var därför som jag typ gjorde det som … fast jag inte minns … Det typ snurrade, sen blev det svart …

– Du menar våldtäkten på den där killen, inflikade Jonny brutalt.

Niklas levererade en snabb kaskad av hostningar innan han lyckades få fram ett kort:

– Ja.

– Så du menar att du innerst inne är en hygglig liten bög? Våldtäkten var bara en olyckshändelse eftersom du råkade få i dej för mycket knark. Egentligen var det inte ditt fel att offret fick svåra skador och hamnade på sjukhus i flera veckor.

Irene såg hur Niklas ögon mörknade och hon insåg att förhöret hade tagit en katastrofalt felaktig vändning. Det Jonny talade så sarkastiskt om var Niklas redan dömd för. Snabbt försökte hon styra tillbaka frågorna till de ödesdigra dagarna i januari.

– Var bodde du och Billy dom första nätterna efter att ni hade stuckit från Gräskärr?

Niklas harklade sig några gånger men svarade inte. Även de följande frågorna vägrade han att besvara. Jonnys provokation om våldtäkten hade fått honom att sluta sig helt. Irene förbannade sin kollegas dumhet, men insåg att det inte var mycket att göra åt den. Skadan var redan skedd. Det var lönlöst att fortsätta. De fick försöka igen under morgondagen. Ännu hade frågorna inte ens varit i närheten av hur killarna hade kommit över Torleifs bilnycklar och hans bil.

När Irene kom hem var hela familjen redan samlad. Hon kände hur all spänning, som hon inte ens visste om att hon hade kvar i kroppen, löstes upp när hon fick krama om dem. Felipe hade de redan lämnat av vid hans lägenhet. Han hade varit nöjd med sina skiddagar, frånsett en stukad tumme. Krister och flickorna hade frisk färg i ansiktet efter att ha varit utomhus flera timmar varje dag. Irene själv hade också fräschat upp sin vinterglåmighet under lördagen på hotellbalkongen. På ytan såg hela familjen pigg ut men de hade mycket att avhandla. Krister hade köpt middagsmat på ICA i Mellerud. Han gjorde snabbt pannbiff med mycket lök, vilket var en av Irenes favoriträtter. Jenny var nöjd med grönsaksbiffar från frysen.

Sammie hade fått mat och snarkade tungt under köksbordet. Familjen Huss åt middag och talade om allt som hade hänt under helgen. Mest var det Irene som pratade. Återigen fick hon dra hela historien om skottlossningen på kasinot. Krister hade återgett den för döttrarna men de ville höra henne berätta själv. På något vis kändes det också terapeutiskt att hon fick göra det. Det lättade att få älta händelserna ännu en gång. Inte minst var det skönt att få gråta en skvätt och bli tröstad av dem hon älskade mest i världen.

De satt länge och diskuterade hur de på bästa sätt skulle kunna hjälpa Gerd när hon kom hem igen. Alla fyra var övertygade om att hon skulle klara morgondagens operation, men efterförloppet var ett bekymmer.

– Hon kan inte klara sej i sin lägenhet. Två trappor upp utan hiss, sa Irene modstulet.

– Kan hon inte bo här? föreslog Katarina.

– Jovisst. Men ni känner ju mormor. Envis som en röd gris. Hon kommer säkert att vilja bo i sin egen lägenhet.

– Så det är därifrån du har det, retades Katarina.

– Åja. Du har allt fått din beskärda del du också, kontrade Irene snabbt.

– Skärpning tjejer. Nu gäller det Gerd. Vi måste se till att hon kommer upp i sin lägenhet. Ambulanspersonalen eller vilka det nu är som skjutsar hem folk från sjukhuset får väl hjälpa till, sa Krister bestämt.

– Hemsjukvården brukar väl ta hand om det som gäller det medicinska men allt det andra …

Irene lämnade meningen oavslutad och suckade igen.

– Vi får upprätta ett schema och turas om att titta till henne varje dag, sa Jenny.

Till slut kände sig Irene redo att berätta om Stures död. Sorg och bestörtning rådde en lång stund kring bordet. Hela familjen var överens om att det var lite för mycket på en gång.

– Jag tycker inte att vi ska berätta för mamma om Stures död ännu. Hon behöver hämta sej efter operationen först, sa Irene.

Krister såg eftertänksamt på henne.

– Är det så klokt? Tänk om hon får reda på det.

– Om vi inte säger nåt så får hon inget veta.

– Och när hade du tänkt att vi ska berätta? undrade Krister.

– Om några dar, svarade Irene svävande.

Hon hade ingen aning om när det kunde vara lämpligt. Ett sådant besked kunde förstås aldrig komma lämpligt. Det enda hon visste var att hon inte orkade framföra det just nu.

FREDRIK STACK IN huvudet genom dörren till Irenes och Tommys gemensamma tjänsterum.

– Irene, det är en kille här som söker den ansvariga för utredningen av mordet på den lilla ryskan, meddelade han.

För tillfället var det bara Irene som fortfarande arbetade aktivt med fallet, varför det inte fanns så många utredare att välja på.

– Visst. Koppla in samtalet, svarade hon förstrött.

Hennes uppmärksamhet var fokuserad på datorskärmen. Mödosamt försökte hon författa en sammanfattning av händelserna på Teneriffa. Även om hon fattade sig kort gav rapporten ändå en känsla av att hon måste ha tillbringat en vecka på ön. Och hittat på de flesta av händelserna själv.

– Han är inte i telefonen. Han är här.

– Jaså … Jag ska bara …

Innan hon hann fullborda meningen hade Fredrik släppt in en man i rummet. Eller om han hade trängt sig förbi själv. Han var klädd i en tjock mörkblå seglarjacka med huva, vilket var ett praktiskt utomhusplagg i det iskalla regnet som trummade mot rutan.

– Hej. Mitt namn är Martin Wallström. Jag har en viktig sak att berätta som gäller platsen där ni hittade den där mördade flickan.

Hela hans attityd vittnade om att han var en man som var

van vid att folk lyssnade på honom. Han utstrålade energi och beslutsamhet. Irene uppskattade att han var i fyrtiofemårsåldern. Håret var tunt mitt uppe på huvudet, det som fanns kvar på sidorna var mörkt och mycket kortsnaggat. Ansiktet var skarpskuret och blicken bakom de obågade glasögonen var skärpt.

Irene presenterade sig och bad honom slå sig ner på den lediga stolen på andra sidan skrivbordet. Martin Wallström tog av sig den dyra fritidsjackan och hängde den över stolsryggen. Under bar han en tunn stickad ljusgrå kofta över en mörkgrå pikétröja. Ihop med hans svarta chinos och svarta kraftiga skor gav klädseln ett sobert men ledigt intryck. Irene kategoriserade honom snabbt som en medelålders man av medellängd, med god ekonomi och smak. Han såg ut att vara i bra fysisk form.

Men det som gjorde honom intressant var att han verkade angelägen att få berätta om något som rörde utredningen av mordet på den lilla ryskan. Det hade ingen annan varit under hela utredningen av Tanja-mordet.

– Jag lyssnar gärna på vad du har att berätta, sa Irene och smålog uppmuntrande.

Han nickade för sig själv och fixerade henne värderande. Därefter sa han abrupt:

– Du måste förstå att det här är lite … speciellt.

Irene nickade som om hon till fullo insåg det. Samtidigt började hon undra vad det hela egentligen handlade om. Hon sa inget utan väntade på att han skulle börja bringa lite klarhet i dunklet.

– Den där kvällen när den lilla flickan mördades … så var jag på platsen där hon hittades. Inte i den där källaren naturligtvis, utan på vägstumpen som leder fram till kanotklubbens område. Jag parkerade en bit in på den vägen.

Irene kände hur pulsen steg. Det här kunde bli riktigt intressant. Hon ansträngde sig för att inte visa hur förväntansfull hon var.

– Vilken tid kom du dit? frågade hon lugnt.

– Halv nio tror jag är en ganska exakt tid. Möjligen några minuter senare, svarade han rappt.

– Vad har du för bil?

– En mörkblå Volvo S80. Förra årets modell.

Det kunde vara den bilen som hade fräst uppför Töpelsgatan i hög hastighet. Tiden och bilmodellen stämde med vittnesuppgifterna. Det skulle innebära att Martin Wallström inte hade varit ensam i bilen. Enligt mannen med hunden som nästan hade blivit påkörd, hade det också befunnit sig en kvinna i bilen.

– Varför åkte du dit? Det var sent på kvällen och väldigt kallt ...

Irene lämnade meningen hängande oavslutad i luften för att han skulle haka på och berätta vidare.

– Vi behövde tala ostört. Jag kände till den där lilla vägen eftersom jag har joggat många gånger i området. Jag bor i Örgryte.

Otippat, hade jag aldrig kunnat gissa, tänkte Irene sarkastiskt, men hon nickade bara uppmuntrande åt honom att fortsätta.

– Jag var inte ensam i bilen. Jag hade alltså med mej en kvinna. Vi ... hade viktiga saker att diskutera.

Han tystnade och tog ett djupt andetag som för att hämta kraft innan han fortsatte:

– Vi hade haft en relation i flera månader. Ingen av oss hade tänkt att det skulle bli så ... men det blev det. Situationen började bli ohållbar. Vi åkte alltså upp till vägen vid kanotklubben för att diskutera hur vi skulle göra i fortsättningen. Skulle vi bryta vårt förhållande? Eller skilja oss från våra respektive? Problemet är också att vi bor nästan grannar. Det hade börjat … pratas. Några grannar hade sett oss.

Martin Wallström såg besvärad ut när han berättade det sista. Irene undrade i sitt stilla sinne vilket han ansåg var värst: att han vänstrade med grannfrun eller hotet om att de skulle bli avslöjade av skvallret i grannskapet.

– Som du förstår var det väldigt viktiga och avgörande saker som vi pratade om. Det var kallt och vi lät motorn gå för att inte frysa. Jag skulle tro att vi stod där nästan en timme. I varje fall lite mer än en trekvart. Då var vi tvungna att åka för det började bli sent. Och vi hade inte fattat nåt definitivt beslut. Ingen av oss ville att vår relation skulle vara över. Men båda har vi barn. Hennes är yngre än mina … det är inte nåt enkelt beslut att bryta upp.

För första gången vek han undan med blicken och lät den irra bort mot det regndrypande fönstret. Han svalde hårt några gånger.

– Det jag ville säga är att under hela tiden som vi satt i bilen så stod det en annan bil parkerad en bit ifrån oss. Lite närmare själva bommen.

Och jordkällaren, tänkte Irene.

– Satt det nån i bilen?

– Nej. Den var tom. Tror jag. Det var ju väldigt mörkt. Några gatlyktor i närheten var trasiga. Men jag märkte inte nåt som tydde på att det fanns nån i närheten.

– Vad var det för bilmärke?

– Vet inte. Jag tror att färgen var ljus. Lite större modell. Jag vet inte märket. Den var parkerad med fronten mot oss. Vi stod i början av avtagsvägen. Kanske tjugo meter från bommen.

Martin Wallström tystnade och såg närmast trotsigt på

Irene. När han inte gjorde någon ansats att fortsätta, frågade hon:

– Varför har du inte kommit tidigare?

Han skruvade sig på stolen.

– Det är väl uppenbart, sa han strävt.

– Nej. Berätta, uppmanade Irene honom vänligt.

– Vi hade inte bestämt hur vi skulle göra med framtiden och ... allt. Men nu har min fru fått reda på ... om oss. Via en väninna som sett oss. Så det finns ingen återvändo. Vi ska skiljas båda två och försöka skapa ett nytt liv tillsammans.

Det var nära att Irene hade frågat om han hade diskuterat det med sin nya kvinna, men hon lyckades hejda sig. I stället sa hon:

– Men du måste ha förstått att den här iakttagelsen var viktig.

– Ja. Men av skälen som jag redan har nämnt så ville jag inte tala med er. Risken fanns att våra respektive skulle få reda på att vi hade suttit i bilen ... dom skulle fråga vad vi hade gjort och varför ... ja, du förstår.

Irene beslöt att låta det bero, även om hon kände sig irriterad över att han inte hade hört av sig tidigare.

– Du såg alltså inte nån person i närheten av den ljusa bilen? frågade hon.

– Nej. Men när vi åkte ner på Delsjövägen igen hörde vi en siren på avstånd. Den kom inifrån stan och vi kunde se dom blinkande blåljusen. Vi ville inte bli försinkade av nåt, så vi svängde in på Bögatan och åkte ner till Sankt Sigfridsplan. Sen körde vi Sankt Sigfridsgatan raka spåret hem, sa Wallström.

Polissirenen de hade hört kom antagligen från radiobilen som förföljde den stulna BMW:n. Wallström och hans vänsterprassel missade olyckan där Torleif Sandberg blev påkörd med några sekunder. Eller också hade de inte lagt märke till den.

– Ni såg inte nån bil som kom från motsatt håll på Delsjövägen? Jag tänker naturligtvis på den bilen som polisbilen förföljde, sa Irene.

– Nej. Jag har försökt att tänka efter men jag kan inte minnas nån mötande bil. Fast jag var naturligtvis upprörd ... vi hade som sagt pratat om livsavgörande saker ... antagligen var jag inte speciellt uppmärksam. Min enda tanke när jag såg blåljusen och hörde sirenen var att inte fastna vid nån olycksplats. Vi måste hem innan det blev för sent.

Irene nickade att hon förstod.

– Jag skulle behöva tala med kvinnan som du hade med dej i bilen, sa hon.

Hans blick flackade åter bort mot fönstret.

– Det är inte så enkelt. Hennes man är väldigt ... upprörd. Hon har flyttat hem till sina föräldrar. Bara temporärt. Tills vi kan flytta in i det nya huset som jag har köpt. Barnen bor kvar hos honom men det är väl inte så bra ...

Han tystnade och såg plågad ut.

– Har hon nåt namn?

Det lät syrligare än Irene hade avsett.

– Va? Vem? Jaså ... visst. Marika. Marika Lager.

Han tog fram ett visitkort och skrev snabbt ner något på baksidan. Han räckte kortet till Irene.

– Det är hennes mobilnummer. Just nu är hon sjukskriven. Och mitt nummer står på kortet. Säkrast är att använda mobilnumret.

Han reste sig och såg plötsligt lika energisk och bestämd ut som han hade gjort när han klev in genom dörren.

– Du får ursäkta men nu måste jag tillbaka till jobbet. Bokat möte.

Han sträckte fram handen över skrivbordet, pumpade Irenes hand upp och ner några gånger till avsked och försvann sedan snabbt ut ur rummet.

– Jag ringde Marika Lager och hon bekräftade vad Martin Wallström sagt. Hon tillförde ingenting nytt. Tvärt om. Hon kunde inte komma ihåg nåt mer än att hon såg en parkerad bil när dom körde in på vägsnutten. Faktum var att hon inte ens kom ihåg om bilen var ljus eller mörk.

Andersson nickade och knäppte händerna över buken.

– Det enda vi vet säkert är alltså att det stod en bil parkerad framme vid vägbommen, sa han eftertänksamt.

– Ja. Alldeles nedanför slänten där jordkällaren finns, sa Irene.

– Den jäveln kan ha legat och tryckt i bilen. Antingen hade han redan lassat in den lilla ryskan i källaren och inte hunnit iväg innan Wallström och hans brutta svängde in på vägen och parkerade. Eller också gjorde han det snabbt som fan när turturduvorna hade åkt iväg igen, sa Jonny.

– Vi vet ju inte om det var mördarens bil. Men jag tror att vi lugnt kan utgå från det. Eftersom föraren inte har hört av sej till oss, fortsatte Irene.

– Även om han gjorde det snabbt efter att dom hade åkt igen så hade han inte mycket tid att spela med. Om Wallström och den där tjejen stack cirka halv tio så hade mördaren typ tio minuter på sej att bära upp ryskan till källaren, bryta upp dörren och knö in henne. Och sen måste han ha hunnit iväg innan BMW:n svängde in. Annars skulle den ha spärrat vägen för honom, sa Fredrik.

– Tänk om han inte hann iväg. Tänk om våra små smitare faktiskt kom innan han hann iväg, sa Tommy eftertänksamt.

Irene tänkte igenom vad han just hade sagt och insåg vart han ville komma.

– Du menar att i så fall vet dom vem han var. I alla fall hur han såg ut, sa hon.

– Japp.

Allas ögon riktades mot Jonny.

– Okej. Jag kör ett varv till med dom där båda skitarna. Och den där lilla vägstumpen verkar vara ett populärt ställe för älskande par, sa han med ett menande flin.

– Fast inget av dom här båda paren hann med att älska, påpekade Irene strävt.

– Sluta tjafsa! Fortsätt med förhören, avgjorde Andersson i en ton som inte tålde några motsägelser.

– Jäpp!

Tommy log brett mot Irene. Han satt med telefonluren tryckt mot örat och gjorde tummen upp mot henne.

– Du skickar det på mejlen? Bra!

Energiskt daskade han ner luren i klykan. Fortfarande leende sa han:

– Jag tror att du och Fredrik faktiskt har fått ert vapen mot Indianen.

Han gjorde en konstpaus och plirade retfullt mot henne.

– Kläm fram med det! sa hon otåligt, eftersom det förväntades av henne.

– Labbet har jämfört DNA från sperma som vi har hittat på Tanja med Indianens DNA-profil. Och dom har hittat en matchning!

Irene stirrade mållöst på honom.

– Håret … och hudavskrapet under hennes naglar …? fick hon fram till slut.

– Nej. Inte mördarens DNA. Men en av fläckarna på hennes jacka!

Den rosa smutsiga midjejackan hade haft flera spermafläckar av äldre datum än dem från själva mordtillfället. En av dem matchade Indianens DNA. Långsamt började Irene inse möjligheten detta faktum erbjöd.

– En av spermafläckarna kommer från vår goda vän Indianen. Det kan vi bevisa och det kan han aldrig komma ifrån. Vi vet att det inte är mördarens DNA. Men det kan inte Indianen veta att vi vet, sa hon och log lika brett som Tommy.

– Precis.

Han reste sig från stolen och började gå mot dörren. Halvvägs hejdade han sig och vände sig mot Irene igen.

– Och Svante låter hälsa att vi glömde avbeställa DNA-jämförelsen mellan Andres och Leili Tamm. Den bekräftade vad vi redan visste. Dom är inte släkt.

Indianen hade blivit djupt skakad när han omhäktades, med "på sannolika skäl misstänkt för mord" som brottsrubricering. Hans advokat Joar Svanér hade anlänt prompt och hävdat att hans klient skulle släppas omedelbart. Men inför det faktum att Indianens DNA hade hittats på den mördade flickans jacka, hade till och med Svanér insett situationens allvar. Han hade begärt och fått enskilda överläggningar med sin klient. Direkt efteråt meddelade advokaten att Anders Pettersson var beredd att tala med kriminalarna.

Irene och Fredrik satt redan på plats inne i förhörsrummet. Liksom förra gången kom Indianen tillsammans med två häktesvakter. Den här gången var eskorten utökad med mannen som ansågs vara Bandidos egen advokat, Joar Svanér.

Irene hade alltid tyckt att han mer såg ut som en övervintrad discodansare än en advokat. Det halvlånga håret var färgat i en mörkbrun nyans och låg bakåtslickat med hjälp av rikliga mängder frisyrgelé. Den här dagen var han iförd en svart läderkavaj över en lingonrosa skjorta utan slips. På höften vilade ett brett svart bälte med blänkande silverspänne. Med tanke på spännets storlek, var det väl frågan om det inte tyngde ner i stället för att hålla uppe de elegant skräddade svarta byxorna. Trots det rådande modet med stuprörsben, hade de en antydan till vidd längst ner. På fötterna hade han högklackade cowboyboots. Skodonen var lika opraktiska i ösregnet som den bruna mockarocken som han bar över armen. Rocken hängde han ifrån sig på en stol inne i förhörsrummet. Joar Svanér kunde ha avfärdats som överspänd och fjollig, om det inte hade varit för blicken bakom de svagt gultonade glasögonen.

Irene hade en gång sett ett naturprogram som skulle visa vilken nytta asätare gjorde i naturen. Fotografen hade filmat en stor smutsgam som satt och övervakade en skadad gets dödskamp. Gamens ljusgrå ögon stirrade rakt på det döende djuret. Ibland lyfte den på vingarna och flaxade hotfullt för att skrämma bort mindre fåglar och andra gamar. Däremellan satt den fullkomligt orörlig och såg oavvänt på sin tilltänkta måltid. Bara de känslolösa ögonen rörde sig ibland när den behövde bevaka någon antagonist som närmade sig. Irene kom ihåg blicken; den registrerade allt och missade inget. Den visade inte några känslor.

Exakt en sådan blick hade advokat Joar Svanér.

– Min klient vill berätta sanningen om sitt samröre med mordoffret, förkunnade Svanér utan vidare krusiduller.

– Bra. Då kan du börja med att göra det, sa Irene och nickade åt Indianen.

Han såg härjad ut och hade inte gjort några försök att dölja det. Den dyra märkeströjan stank av svett och hans säckiga jeans var smutsiga. Stubben på hakan var lite längre än den på huvudet. Ögonen glimmade rödsprängda i det pussiga ansiktet. Kort sagt så såg han ut som ett fysiskt och psykiskt vrak.

Delvis kunde det säkert skyllas på hans hårda nyttjande av olika droger den senaste tiden. Men främst berodde hans usla tillstånd på att hans gärningar hade hunnit ifatt honom. Med största sannolikhet var det just det här som han mest hade fruktat skulle komma fram: hans samröre med Heinz Becker och dennes skumma affärer.

Det är hårda straff för narkotikahandel, men också människohandeln har kommit i mediernas fokus under senare tid. Även juridiska instanser har satt upp den på agendan på ett helt annat sätt än tidigare. Trots det är straffsatserna för människohandel fortfarande relativt låga, jämfört med dem för narkotikabrott. Och det var främst inom den senare brottsrubriceringen som Indianen hade varit verksam. Han visste att det var mycket olämpligt för honom att figurera i sådana sammanhang. Ingen var mer medveten än han om vilken lång fängelsevistelse som väntade honom om han åkte fast.

– Ja ... jag hade en ... ja vafan ska man säga ... kontakt med tjejen.

Indianen tystnade och stirrade ner i bordet. Svetten pärlade över hans ansikte, trots att det inte var speciellt varmt i förhörsrummet. Visserligen var det ett brott enligt sexköpslagen som han erkände, men det skulle inte rendera honom något fängelsestraff. Ändå märktes det tydligt att han var spänd och obekväm i situationen.

– Börja från början. Hur fick du kontakt med Heinz Becker? frågade Irene.

Indianen funderade en lång stund innan han svarade.

– Jag ringde på annonsen. Om tjejer.

– Var såg du den?

– I ... i en tidning, svarade han svävande.

– Vilken tidning?

– Minns inte.

– Hur såg annonsen ut?

Indianen såg helt oförstående ut.

– Vafan menar du? Vad är det för jävla idiotfrågor du ...

– Det är viktigt för utredningen, klippte Irene av.

Inte minst viktigt med tanke på att han redan hade levererat den första lögnen. Heinz Becker hade bara annonserat på internet. Vilket Indianen inte hade haft någon anledning att ta reda på, eftersom Becker med största sannolikhet hade kontaktat honom direkt för att få tag på narkotika och potensmedel.

– Jag minns inte, svarade Indianen truligt.

– Så du och Heinz Becker hade aldrig tidigare haft nån kontakt? fortsatte Irene.

– Nä.

– Varför tog han kontakt med dej nu då?

– Inspektören missförstår. Min klient ringde ett telefonnummer som stod i en annons om villiga flickor, inflikade Joar Svanér snabbt.

– Ja just det, nickade Indianen.

Irene låtsades inte höra utan fortsatte:

– När var detta?

– Det har jag ju för fan redan sagt! Lördan innan ... innan ni satte dit mej för rattfyllan! Fast jag menar den jävla lördan veckan innan, alltså.

Så du kommer ihåg det första förhöret, tänkte Irene. Och du kommer ihåg datumet för mötet med Tanja. Inte illa, med tanke på hur du har strulat runt i drogdimmorna de senaste veckorna. Irene anade att Indianen och Joar Svanér noga hade gått igenom vad han skulle säga. Och inte minst vad han absolut inte skulle säga.

– Du ringde alltså numret som stod i annonsen, sa Irene.

– Ja. Är man kåt så är man!

Han försökte låta som sitt vanliga kaxiga jag, men märkte själv hur löjligt det lät. Irene gav honom bara en kall blick. Han var patetisk i sitt försök att spela vanlig sexköpare som aningslöst hade hamnat på bordellen i Biskopsgården.

– Vad hände sen? frågade hon.

– När jag kom dit så sa han ... Becker ... att den lilla horan inte var frisk i fittan. Hon hade åkt på nåt jävla fanskap så hon gjorde bara munjobb. Det var kö till det andra fnasket så jag sa vafan okej för en avsugning.

Han lät lite säkrare på rösten. Irene fick en stark känsla av att han plötsligt talade sanning.

– Hur verkade Tanja när du träffade henne?

– Verkade ... vafan ... hon frös så hon hade den där jävla jackan på sej. Det var så hon fick min sperma på sej. Och jag har fan ingenting med hennes död att göra!

Det var antagligen sant att Indianen hade haft oralsex med Tanja. Lördagen kunde också stämma som tidpunkt för deras möte. Teknikerna hade tidsbestämt spermafläckarna på jackan till ett par dagar äldre än sperman i hennes hår. Troligen berättade Indianen faktiskt sanningen om mötet med Tanja.

Det var svårt att bevisa, men allt han hade sagt innan var lögn.

– Du säger alltså att Tanja hade jackan på sej. Var ni inte inomhus? sa Irene.

– Jo.

– Var var ni?

– Där ... i Biskopsgården.

– Tyckte du också att det var kallt i lägenheten?

– Nä. Men hon tyckte väl det var jävligt kallt.

– Varför tror du att hon tyckte det var kallt? fortsatte Irene.

Både Indianen och hans advokat såg förvirrade ut. Till och med Fredrik gav henne en hastig sidoblick som signalerade en undran om vart hon var på väg.

– Varför hon tyckte ... Det kan väl för fan inte jag veta! exploderade Indianen.

– Hur mådde Tanja?

– Mådde ... inte fan vet jag.

Han gav henne ett osäkert ögonkast ur sina rödsprängda ögon. Genast vek han undan med blicken igen. Kanske började han ana vart hon ville komma.

– Verkade hon frisk?

– Får jag påpeka att min klient inte är nån läkare. Han kan omöjligt avgöra om en person han inte känner sedan tidigare är frisk eller sjuk, protesterade Svanér.

– Han kan väl ändå besvara en enkel fråga om huruvida den här för honom okända personen såg frisk ut och uppförde sej som en frisk människa, sa Irene kyligt.

Indianens blick flackade mellan Svanér och Irene. Slutligen sa han med en osäker snegling på sin advokat:

– Hon var nog inte riktigt hundra. Jag menar ... hon verkade jävligt ... slö. Eller hur fan ska jag säga ... ja, jävligt slö.

– Du tvingade alltså en svårt sjuk minderårig flicka till oralsex, konstaterade Irene torrt.

Han svalde några gånger innan han svarade:

– Tvingade ... i helvete ... det var affärer. Hon fick betalt.

– Gav du pengarna till henne?

– Javisst! sa Indianen och flinade.

Båda visste att det inte gått till så. Men Irene kunde ingenting bevisa.

– Hur kom det sej att Heinz Becker hade ditt mobilnummer i sin telefon?

– Han skulle kontakta mej när den lilla horan hade blivit bättre i fittan, svarade Indianen utan att blinka.

Den lögnen måste han och Svanér ha filat en stund på. De hade vetat om att frågan skulle komma. De visste att polisen redan hade bevisat att Indianen och Becker hade haft kontakt med varandra via mobiltelefonerna. Och Indianen tänkte sannerligen inte erkänna att det gällde knarkleveranser och dylikt.

Under det fortsatta förhöret försökte Irene flera gånger få honom att medge att han hade haft tidigare kontakter med Heinz Becker. Där var han orubblig och medgav ingenting.

Hans advokats stränga tillsägelser att inte bekräfta något samröre med Heinz Becker utöver sexköpet, hade han tagit ad notam.

– Vi har spårat samtal mellan din och Heinz Beckers mobil. Ni har ringt varandra flera gånger under veckan som han och flickorna var här. Hur förklarar du det?

– Han höll mej underrättad. Om lilla musens tillfrisknande, flinade Indianen hånfullt.

– Var det därför som han ringde efter dej när dom behövde skjuts från Ringön? För att tala om lilla musens tillfrisknande?

Indianen sneglade återigen hastigt på sin advokat men svarade snabbt:

– Jag blev jävligt förvånad. Men jag ställde upp. Dom betalade bra för dom hade ett plan att passa från Kastrup.

– Vilka dom?

– Den där killen och tjejen som var kvar.

– Frågade du vart Tanja hade tagit vägen?

Indianen satt tyst en lång stund innan han svarade:

– Ja. Dom sa att hon redan hade åkt.

– Hade hon åkt ensam?

– Nä.

– Vem hade hon åkt med?

– Med … nån jävla Sergej.

Tydligen kom han trots allt ihåg att han hade nämnt det namnet under det första förhöret. För att öka sin trovärdighet nämnde han namnet igen. Kanske kände han till kalabaliken på Teneriffa. Det var inte alldeles otroligt, ifall han var involverad i människohandel. Bandidos hade sin lortiga trasa med i den byken också. Liksom i allt annat kriminellt som genererade pengar.

– När du hämtade upp Heinz Becker och flickan Leili, så fanns det också en annan man i deras sällskap. Vet du vem han var?

– Nä. Inte mer än att han skulle följa med den där tjejen … sa du Leili? … till Teneriffa.

– Så hon skulle också till Teneriffa?

– Ja. Det var vad Heinz sa till mej.

– Skulle hon och Tanja till samma ställe?

– Det vet väl fan inte jag! Jag bara körde dom till parkeringen på Heden. Jag har inte ett jävla dugg med dom där hororas resor att göra!

Du vet säkert mer än du vill berätta, tänkte Irene. Samtidigt insåg hon att det inte var lönt att pressa honom mer om det. I stället frågade hon:

– Du frågade alltså Becker vart Tanja hade tagit vägen. Vad svarade han då?

– Har jag redan sagt! Han sa att hon hade rest i förväg. Med den där Sergej.

– Sa dom nåt om hennes sjukdom?

Indianen strök sig flera gånger med handflatorna över sin stubbiga hjässa, som om han ville tvinga fram någon aktivitet inne i skallen genom yttre massage. Plötsligt tog han ner händerna och såg Irene rakt i ögonen.

– Dom sa att nån kille hade kört den lilla taskan till läkare. Och hon hade blivit så frisk att hon kunde åka till Teneriffa.

De orörliga gamögonen blinkade till så snabbt att Irene knappt hann uppfatta det. För bråkdelen av en sekund rämnade advokat Joar Svanérs outgrundliga fasad. Under dessa nanosekunder hann Irene se att det här var en nyhet som han hade varit helt oförberedd på.

– Vem var den där killen som hade tagit henne till doktorn? frågade Irene snabbt.

– Vet inte. Nån jävla kund.

Nu var det Irenes tur att nästan tappa masken. Den här uppgiften kunde vara viktig om den var sann. Och just nu verkade det faktiskt som om Indianen hade bestämt sig för att tala sanning. Förklaringen var säkerligen så enkel som att han ville skaka av sig polisens nyfikenhet och rikta den åt ett annat håll.

– Varför tror du att det var en kund?

– Han sa nåt i bilen ... vafan var det nu igen ... typ nån kund han litade på.

– Du kommer inte ihåg exakt vad han sa?

– För helvete! Det är länge sen! Jag kan väl inte ...

En blick på hans advokat fick honom att tystna. Även Svanér hade insett värdet i taktiken med ett nytt spår som ledde bort från Indianens förehavanden. Speciellt som den här polisen verkade intresserad av uppgifterna.

– Fan ... Heinz snackade skitdålig engelska. Men han sa att han "trusted this man" och "he is a good customer", sa Indianen med förvånansvärt bra uttal av de engelska orden.

En pålitlig stamkund hade, enligt vad Indianen försökte få dem att tro, fått i uppdrag att föra Tanja till en läkare. I stället för att skjutsa henne till läkaren hade han tvingat henne till oralsex. Hans sperma fanns i hennes hår när hon hittades några timmar senare.

Den okända betrodda kunden skulle följaktligen vara lika med hennes mördare.

Med tanke på vad utredarna visste, men inte Indianen, kunde det han just hade berättat mycket väl vara sant.

Direkt efter förhöret med Indianen gick Irene in på sitt rum och ringde upp Sahlgrenska sjukhuset. Avdelningssköterskan på ortopediavdelningen upplyste henne om att Gerd låg kvar på uppvakningen. Troligen skulle hon köras upp till vårdavdelningen framåt kvällen om ingenting tillstötte. Men det var en stor operation som Gerd hade gått igenom, så Irene skulle inte bli orolig ifall de behöll henne på eftervårdsavdelningen över natten. Sköterskan bad Irene att ringa efter klockan fem igen. Då skulle de veta hur läget var.

Med en suck återvände Irene till sin Teneriffarapport. Hon var okoncentrerad och arbetet gick trögt.

GERD HADE FÅTT stanna kvar på eftervårdsavdelningen över natten. Först vid lunchtid skulle hon få komma upp på avdelningen. Sköterskan rekommenderade Irene att vänta till kvällen innan hon kom på besök.

Irene lade ner luren och stirrade en stund oseende in i väggen. Hon var in i märgen trött efter en så gott som sömnlös natt. Oron för modern och tankarna på Stures död hade hållit henne vaken.

Verkligheten påkallade hennes uppmärksamhet när telefonens uppfordrande signaler ryckte upp henne ur tankarna. Innan hon ens hann svara ordentligt hördes Svante Malms stämma i luren:

– Hej! Jag får inte tag i Hannu. Kan du komma ner? Jag har en grej här som ni säkert kommer att tycka är intressant!

Hon hann inte fråga vad det var förrän han hade lagt på. Det var bara att masa sig ner till tekniska.

– Jag fick en idé och kollade med hittegods. Och dom fick in den här den artonde. Dagen efter mordet på flickan.

Med ett menande leende räckte han det upphittade godset till Irene. Det var en splitterny svart Nokia med bred matt silverkant. Irene fällde upp locket och såg att den var avstängd.

– Torleif Sandbergs? frågade hon.

– Ja. Jag fick mobilens identifikationsnummer av dej och

det stämmer. Batteriet är urladdat men jag fick ju också pin-koden av dej så jag har kollat SIM-kortet i en annan mobil.

– Var hittades den?

– På ridstigen som går alldeles ovanför tv-huset. En ridlära-re fann den när hon var ute och motionerade hästen.

– Men hade det inte börjat snöa? Hur kunde hon se den?

– Den låg fullt synlig mitt på stigen. Och det började inte snöa förrän dagen därpå. Det var snöfritt.

Tänk att den snåle Kruska-Toto hade unnat sig en sådan dyr mobiltelefon. Irene såg på den behändiga lilla telefonen som låg bekvämt i handen. Hon fällde upp locket och beundrade den snygga designen. Det började bli hög tid för henne att byta ut sin gamla tegelsten. Varför inte till en sådan här med inbyggd kamera?

– Jag tänkte att det skulle vara intressant att se efter vad han har för bilder i den, sa Svante som om han hade hört hennes tankar.

– Vet du hur man gör? Det ska visst bara vara att koppla mobilen till datorn …

– Jag är kemist. Och it-idiot. Det här är en av dom senaste modellerna. Det enklaste hade varit att ta ut fotochipset eller vad det heter. Men jag vet ärligt talat inte hur man gör. Eller om man kan göra det på en sån här mobil. Vet du?

– Inte en susning.

Svante gav henne ett lättat leende. Det kändes skönt att de var två som stod handfallna inför den senaste tekniken.

– Att ta ut minneskortet ur en digitalkamera är inget pro-blem. Men hur det funkar på en sån här telefon … jag är rädd att paja nåt. Och Jens som kan allt sånt här är i fjällen den här veckan. Han kommer tillbaka på måndag. Jag testar med att ladda mobilen. Så kan vi se eventuella bilder i den. Fast jag måste fixa en laddare. Det är nya modeller till dom nya mobilerna. Det ska vara klart till i morgon, sa Svante.

Typiskt att tekniskas eget datageni skulle vara på semester just den här veckan. Han såg ut som en tonårig skateare när han kom släntrande i korridorerna, men var närmare trettio. Han var en trollkarl när det gällde bildhantering och allt man kunde göra med datorer. Tack vare hans skicklighet hade de lyckats lösa ett knivigt fall, där enda ledtråden hade varit några fotografier på stora bränder. Människorna hade bara synts i förgrunden som svarta siluetter mot lågorna. Han hade lyckats få fram deras anletsdrag och även andra viktiga detaljer, som skulle ha varit omöjligt att se utan hans specialbehandling av bilderna.

– Vad hade Torleif på sitt SIM-kort då? frågade Irene intresserat.

– Bara ett enda nummer. Jag kollade upp det och det gick direkt till en bankkille. Hade Torleif såna vidlyftiga affärer att han behövde en personlig banksnubbe?

– Jaa … han hade visst köpt sej ett hus i Thailand. Sparat och gnetat i flera år. För sonen kom det som en total överraskning. Han hade ingen aning om det. Lär vara ett riktigt flott hus med swimmingpool och sånt.

– Jaså minsann. Och inte ens sonen visste om det?

Irene kände att hon inte ville sprida ut allt som Stefan Sandberg hade berättat om sitt och Torleifs förhållande för henne.

– Torleif och han hade inte så mycket kontakt under senare år. Han är läkare i Norrland, sa hon.

Hon lyckades få det att låta som om han var verksam som lappmarksdoktor norr om polcirkeln, där det enda brukbara transportmedlet var renpulka. Varken telefoner eller internet hade ännu nått dessa civilisationens utmarker.

Det verkade som om Svante godtog förklaringen utan vidare. I varje fall släppte han ämnet.

– Vill du ha fika? frågade han.

– Nej tack. Jag måste återvända till min dator.

Kaffet på tekniska var det sämsta i hela polishuset, i varje fall när Svante hade bryggt det.

– Okej. Då ringer jag dej när vi kan kika på bilderna, sa han och log.

En blek februarisol sken över staden, endast några tunna slöj-moln dolde den sporadiskt. Människorna på gatorna blinkade som nyvakna murmeldjur mot det ovana ljuset. Ingen lät sig luras, det skulle komma mycket mer nederbörd i form av snö och regn innan våren var ett faktum. Men solen ingav ändå hopp om att det faktiskt skulle komma en vår i år också. Det hade verkat ovanligt tröstlöst den här vintern. Vinden var fort-farande hård, framför allt i byarna, men det var bara bra. Då skulle allt smältvatten torka upp fortare från gatorna. Tjälen låg ännu djup, varför marken inte kunde hjälpa till att suga upp något vatten.

Irene plaskade energiskt på i sörjan som täckte trottoaren fram till moderns port. Hon hade stuckit iväg på lunchrasten för att hinna plocka ihop några saker som Gerd hade bett henne ta med till sjukhuset. Även om det skulle dröja några dagar innan hon började fråga efter dem, var det säkert bra om de fanns på plats.

När Irene öppnade dörren till lägenheten strömmade min-nena emot henne. I den här lägenheten hade hon bott de för-sta nitton åren av sitt liv. Gerd hade levt där i snart fyrtiotre år.

Det var en liten trerummare. Eller kanske snarare en två-rummare med kammare. Det lilla rummet låg bakom köket och hade varit Irenes under hela hennes uppväxt. Med god vilja hade hon fått plats med en säng, en byrå och ett litet skrivbord. På väggen ovanför skrivbordet hängde en stringhylla. Väggarna hade ursprungligen haft en tapet med små rosa rosenknoppar. I fjortonårsåldern hade Irene rollat väggarna ljunglila. Det första hennes pappa hade gjort när hon flyttade hemifrån några år senare var att måla om väggarna i en ljusbeige färg. I övrigt hade det ljunglila överkastet och den matchande mattan fått vara kvar. Liksom möblerna. Allt var sig likt sedan den dagen hon flyttade. Föräldrarna hade använt det som gästrum. När tvillingarna hade sovit över hos mormor efter det att hon hade blivit änka, hade hon valt att sova i det lilla rummet och flickorna hade fått sova i hennes dubbelsäng i sängkammaren.

Irene plockade upp posten och tidningarna från hallmattan och gick ut i köket för att hämta vattenkannan. Till skillnad från henne själv hade Gerd gröna fingrar och stort blomsterintresse. Fönsterbrädorna prunkade av allehanda krukväxter. Till och med under den mörka årstiden lyckades hon ha blommor som lyste upp. Just nu höll två praktfulla ceriserosa orkidéer hov i vardagsrumsfönstret.

På tröskeln till det långsmala köket blev hon stående och såg på den välbekanta interiören. Köksluckorna hade fadern målat vita samtidigt som väggarna i hennes rum hade målats om i neutralt beige. Han hade även tapetserat om i de andra rummen. Därefter hade ingenting förändrats i hennes barndomshem. Förutom att spisen och kylen hade bytts ut. Det hade gjorts i mitten av åttiotalet. Den nybildade bostadsrättsföreningen hade fått ett förmånligt avtal med en leverantör och bytt ut samtliga vitvaror i fastigheten. Samtidigt hade trappuppgångarna och gården restaurerats. Husets skötsel hade lagts ut på entreprenad till ett serviceföretag. Därefter hade snön fått ligga. Bara om någon av de kommunala röjarna råkade förirra sig upp på Guldheden blev trottoaren plogad. Irene suckade; det var bättre förr. Hon fyllde kannan med vatten och mätte ordentligt upp en kork med växtnäring. Beslutsamt började hon vattna de törstiga växterna. Ingen av dem skulle gå torkdöden till mötes under Gerds frånvaro, det tänkte hon se till.

När hon var klar kom hon att tänka på Stures blommor. Vem skötte hans lägenhet? Han hade inga barn och Irene kände inte till någon nära anhörig. Och när skulle hon berätta för modern om Stures död? Hon påminde sig sina tidigare tankar om att det inte finns några lämpliga tillfällen. Det måste göras så snart som möjligt.

– Var fan har du varit? Jag har letat efter dej, sa Jonny i anklagande ton.

– Kul att se dej också, svarade Irene.

Hon tänkte inte berätta för honom om var hon hade varit. Det hade han inte med att göra.

Jonny blängde på henne. Han stod och trampade villrådigt innan han högst motvilligt klämde ur sig:

– Du verkade ju komma bra överens med den där lille stjärtgossen Niklas. Jag och Tommy har försökt med Billy igen men det är lögn i helvete. Han tiger som en jävla frimurare!

Det berodde nog snarare på att de båda poliserna representerade allt som Billy hade lärt sig att tiga inför: medelålders män, myndighetspersoner och homofober. Det senare gällde främst Jonny.

– Visst kan jag vara med när du snackar med Niklas. Jag ska bara hänga av mej jackan, sa hon och försvann in på sitt rum.

– ... förhörsrum två om en halvtimme, hörde hon Jonnys röst bakom ryggen.

Tommy var inte inne. Det slog henne att det var ett tag sedan hon hade pratat med honom. Inte för att hon hade något särskilt på hjärtat, utan mer för att bara småprata gamla kompisar och kollegor emellan. Medan hon hängde upp jackan sprakade det till i snabben.

– Hej Tommy. Jag går ner nu.

Därefter knäpptes den av. Men Irene hade känt igen kommissarie Linda Holms röst. Alla snutinstinkter väcktes genast till liv. Vart skulle Tommy och Linda Holm gå? Tillsammans? Av ren nyfikenhet beslöt hon att ta reda på det.

Snabbt slank hon ut i korridoren och släntrade bort mot ingången till avdelningen. Det var bara den dörren som ledde ut till hissarna. Nödutgången innebar en omväg eftersom man kom ut på baksidan av polishuset. Hon hörde ljudet av Linda Holms stövelklackar mot korkoplastgolvet närma sig. Några meter framför Irene svängde kommissarien för traffickingenheten runt hörnet, med riktning mot hissarna. Hon verkade ha bråttom och gick målmedvetet mot glasdörren. Uppenbarligen hade hon inte lagt märke till Irene, som lugnt fortsatte mot dörren. När hon tog i handtaget såg hon hur Linda försvann in i en hiss. Ljusdisplayen stannade på andra våningen. Troligen tänkte hon gå till fiket. Inga vilda hästar i världen hade i den stunden kunnat hindra Irene från att också gå dit. Vi lever väl i en fri värld, tänkte hon. Är jag fikasugen så är jag och då har jag rätt att gå till fiket.

Längst bort i hörnet av cafeterian upptäckte hon Tommy. Han satt redan vid ett bord och vinkade. Inte åt henne, utan åt Linda som balanserade en rykande kopp i ena handen och höll en inplastad macka i den andra. Irene beslöt att följa hennes exempel. Hon hade inte hunnit äta någon lunch eftersom hon hade varit i Gerds lägenhet under lunchrasten.

Nonchalant gick hon fram till serveringen och tog en kopp kaffe och en ostmacka. Efter en kort tvekan nappade hon åt sig en med leverpastej också. Därefter ställde hon sig med sin lilla bricka i händerna och såg sig omkring, som man gör när man vill fika tillsammans med någon man känner. Som av en händelse lät hon blicken söka sig bort i hörnet. Det var ingen större idé att gå dit. Tommy och Linda satt mitt emot varandra och pratade redan förtroligt med stadig ögonkontakt. Där skulle hon bara tränga sig på.

Som tur var hittade hon Hannu ensam vid ett bord.

– Får jag slå mej ner? frågade Irene.

– Jo.

Hans försök till leende blev mest en ömklig grimas. Aldrig tidigare hade hon sett Hannu så ... förstörd. Det var ordet som dök upp inom henne. Förstörd.

– Hur går det? frågade hon.

– Jodå.

Det var ett ganska magert besked, varför Irene försökte igen.

– När kommer Birgitta hem?

– I morgon.

– Är din svärmor kvar?

– Jo.

Nog för att hon hade lärt känna Hannu och hans fåordighet, men det här var på gränsen även för att vara han.

– När kommer Birgitta tillbaka till jobbet?

– Vet inte. Kanske om en vecka.

Det började arta sig. Två meningar på raken!

– Hur är det med henne?

– Bättre.

– Skönt.

Man blir som man umgås, som mamma Gerd brukade säga. En blick på Hannus härjade ansikte fick henne att skämmas över sina tankar. Det var inte underligt om han inte kände sig talför. Han hade mer än nog med sina egna bekymmer. Blicken han gav henne när han satte ner kaffekoppen var matt och trött. Han gned sig hårt med pekfingret över ena ögat samtidigt som han sa:

– Jag har tänkt. Han var tunnklädd.

Det tog några sekunder innan Irene förstod vem han talade om.

– Du menar Kruska-Toto.

– Ja. Han fick förfrysningsskador. För han hade aldrig tänkt att vara utomhus.

Irene svarade inte utan tuggade eftertänksamt på sin ostfralla. Tids nog skulle han väl komma dit han ville.

– Han visste mycket väl hur man klär sej vid sträng kyla. Men han tvingades ut. Och dom tog hans bil.

– Rymlingarna från Gräskärr? Niklas och Billy?

– Ja. Så måste det ha gått till.

– Jag har också funderat i dom banorna ...

– Men det finns en hake.

Hannu tystnade och fångade hennes blick innan han fortsatte:

– Varför ringde han inte polisen?

Irene öppnade munnen för att svara men stängde den igen. Bra fråga; varför ringde han inte till polisen när han blev bestulen på sin bil?

– Han hade ju mobil. Den är förresten upphittad, sa hon.

– Jag hörde det.

Irene funderade högt:

– Han kanske inte kunde använda sin mobil. Den är av nyaste modell och han kanske inte hade hunnit lära sej hur den fungerade, framkastade hon som hypotes.

– Möjligt. Men ...

– Och här sitter ni och kuckelurar! hördes en välbekant röst bakom Irenes rygg.

Hon vände sig om med en spydig kommentar på tungan,

redo att levereras till Tommy och hans sällskap. Snabbt svalde hon den igen. Han stod ensam och log glatt mot henne. Av Linda Holm syntes inte ett spår.

Niklas Ström började se anfrätt ut av tiden i häktet. Under ögonen syntes mörka ringar som skvallrade om sömnbrist. Det ryckte hela tiden okontrollerat i kroppen och det var totalt omöjligt för honom att sitta stilla på stolen. Frekvensen av omotiverade fnysningar och oartikulerade ljud verkade också ha ökat. Irene lade märke till att hans naglar var nedbitna till köttet.

Jonny inledde förhöret men lämnade snart över till Irene. Han lyckades inte få Niklas att svara ordentligt på en enda fråga. Irene hade noga tänkt igenom sin öppningsfråga.

– Niklas, är du orolig för att hamna i fängelset igen och få förlängd strafftid?

Han såg hastigt upp från sina ängsligt trummande fingrar och mötte hennes blick.

– Vafan tror du! utbrast han häftigt.

– Då ska du veta en sak. Som det är nu så är du och Billy misstänkta för mord eller delaktighet i mord. Och då pratar jag inte om att ni är misstänkta för att ha kört på en man som dog av skadorna. Jag talar om mordet på en flicka.

– Vafan! Är ni inte kloka era jävla …!

Niklas försökte resa sig upp från stolen men hejdades av Irenes röst som skar som en pisksnärt genom rummet:

– Sätt dej! Lyssna på mej!

Han dunsade ner på stolen igen och stirrade trotsigt på henne. Reflexmässigt registrerade Irene att han hade överraskande vackra grönblå ögon.

– Det här är nåt som vi måste utreda eftersom du och Billy bevisligen fanns i området när mordet begicks. Vi har säkrat era fingeravtryck i bilen som tillhörde mannen som blev påkörd. Stölden av bilen måste ha skett samma dygn som han dödades. Och den kvällen mördades också flickan.

Hon tystnade och granskade honom noga. Han ville inte möta hennes blick utan satt med sänkt huvud och utstötte korta hummanden. Hela överkroppen vaggade fram och tillbaka som om någon osynlig person ruskade honom försiktigt.

– Mordet på flickan kommer att ta lång tid för oss att utreda. Du och Billy kommer att få sitta länge i häktet. Risken finns också att utredarna kommer att dra felaktiga slutsatser. Liksom domstolen. Och då kan ni få betydligt längre straff än ni egentligen ska ha. För att undvika det måste vi ha din hjälp. Vi måste få veta sanningen.

Hon tystnade igen för att se om han lyssnade och förstod vad hon sagt. Det ryckte våldsamt i hans ansikte och höga stön trängde upp ur strupen. Uppenbarligen våndades han rejält inför utsikten att behöva tillbringa en oviss tidsrymd i häktet. Risken för förlängda straff var inte heller tilltalande.

– Niklas. Berätta exakt vad som hände den där kvällen den sjuttonde januari i år. Du besparar både dej själv och Billy en massa obehag. Det ni har gjort, det har ni gjort och det kommer ni att fällas för. Men det är väl onödigt att behöva gå igenom en så lång process som en mordutredning innebär? Har du nåt att säga om mordet på flickan?

– Vilken jävla flicka? Jag känner inte till nån flicka! Vi …

Han hejdade sig och såg trotsigt på henne.

– Jag såg fan ingen tjej!

– Vad såg du då?

Nu kasade han oroligt runt på stolen i allt häftigare rörelser, med uppenbar risk att åka av den. Hans vånda var uppenbar och underströks av djupa stönanden.

– Sitt still för helvete! röt Jonny.

Irene hade nästan glömt att han var närvarande. Effekten på Niklas syntes direkt. Hans ryckningar blev värre och han blängde på Jonny. De vackra ögonen glödde av hat. Något sa Irene att Niklas ofta hade hört just de orden under sitt liv.

– Niklas. Hör på mej. Jag försöker hjälpa dej. Jag försöker förklara för dej vad som pågår, sa hon.

Det gällde att försöka låta lugn och förtroendeingivande. Hon tyckte att hon och den hyperaktive killen på andra sidan bordet ändå hade lyckats etablera någon sorts spröd kontakt. Och så kom Jonny inklampande med alla sina hundra kilon och krasade sönder ett förtroende som var tunnare än nattgammal is. Hon gav honom en irriterad blick innan hon återigen vände hela sin uppmärksamhet mot Niklas.

– Vi har alltså två fall att utreda. Båda brotten inträffade nästan samtidigt. Dels gäller det en smitningsolycka med dödlig utgång. Vittnen såg två killar i en BMW som hade stulits på Stampgatan. Utanför tv-huset körde dom på en man som dog omedelbart av skadorna. Där kommer vi att ordna vittneskonfrontationer med dej och Billy. Ni stämmer nämligen bra på signalementen som vi har fått. Det är allvarliga brott att stjäla bilar och köra ihjäl folk. Men det är ändå långt ifrån lika allvarligt som ett uppsåtligt mord. Vilket är det andra brottet vi håller på med. Det kan ge ett ordentligt straff.

Hon tystnade för att låta det hon sagt sjunka in. Niklas sa inget, men Irene fick en stark känsla av att han lyssnade.

– När vi hittade BMW:n brinnande på avtagsvägen in till Göteborgs Kanotklubb så gjorde vi naturligtvis en ordentlig genomsökning av området. Massor av poliser och hundar, du vet. Och då hittades liket av en ung flicka. Hon hade mördats ungefär vid den tiden som BMW:n hade kört in på avtagsvägen. Och hennes kropp låg gömd alldeles vid vägen.

Inom sig bad Irene en kort bön om att Jonny skulle ha vett

på att hålla tyst. För en gångs skull verkade det som om hon blev bönhörd. Niklas ryckte till och såg skarpt på henne.

– Är det tjejen i den där källaren? Typ nån jordkällare. Det måste det för fan va! Är du dum i huvet eller! Vi var ...

Han avbröt sig och glodde stint på Irene. Hon lät sig inte bekomma utan fortsatte lugnt:

– Du har alltså läst och hört om det mordet. Ja, det gäller flickan i jordkällaren. Du måste förstå att vi inte kan släppa misstankarna om att ni hade med mordet att göra. Ni var där. Ni hade tillfälle. Och ...

– Jävla lögn! Vi har fan aldrig ...

Niklas andades häftigt och höll på att kväva sig själv i upprörda fnysningar.

– Jag förstår att du inte vill kopplas ihop med ett överlagt mord. Men för att vi ska kunna släppa den misstanken måste du berätta sanningen. Du måste berätta vad som egentligen hände den där kvällen.

Niklas satt tyst en lång stund och gnagde på en sårig fingertopp. Båda knäna guppade upp och ner när han gjorde snabba tåhävningar. Han andades kort och ljudligt.

– Jag måste ... tänka. Och jag vill ha en advokat! sa han bestämt.

– Självfallet. Vi ringer direkt efter din försvarare. Så kan vi träffas igen i kväll eller i morgon, sa Irene.

Hon fick lägga band på sig för att dölja sin besvikelse. Naturligtvis hade Niklas rätt till en advokat. Men det kändes som om han hade varit på vippen att börja tala.

Irene stängde av bandspelaren och gjorde sig beredd att bryta upp. Niklas hade rest sig från stolen.

– Vi såg ingenting. Där fanns inte en käft! Typ bara bilen, sa han plötsligt.

Irene stelnade till och kände hur hon blev alldeles torr i

munnen. Nu gällde det att inte säga fel saker!

– Vilken bil? Menar du BMW:n? frågade hon närmast likgiltigt och stoppade ner blocket och pennan i axelväskan.

– Nä för fan! Opeln. Den vita Opeln!

För några sekunder tappade Irene koncepterna totalt. Bakom sig hörde hon hur Jonny häftigt drog efter andan.

– Du menar Opeln som ni sen körde ut till Olofstorp? fick hon fram när hon någorlunda hade samlat sig.

Niklas slängde med huvudet några gånger innan han svarade.

– Ja.

– Du och Billy övergav den kvaddade BMW:n och satte eld på den. Sen tog ni alltså bilen som stod parkerad uppe vid bommen. Hur fick ni igång den?

– Nycklarna satt i, typ.

Plötsligt såg han alldeles lugn ut. Fingertoppen hade börjat blöda och lämnat blod på hans läppar. Han slickade i sig blodet och såg eftertänksamt på sitt blödande finger.

– Nycklarna satt i, upprepade Irene medan hon febrilt försökte tänka.

– Visste ni om att Opeln skulle stå där? frågade Jonny.

Niklas såg först ut som om han inte tänkte svara, men sedan ryckte han på axlarna.

– Hur fan skulle vi kunna det? Den typ bara fanns där!

Han gick fram till dörren och ställde sig tålmodigt att vänta på sin eskort tillbaka till häktescellen. Irene kände sig helt omtumlad.

Det var Torleif Sandbergs bil som hade stått parkerad på avtagsvägen. Olåst och med nycklarna i tändningslåset. Varför hade bilen stått där? Och varför hade han övergett den och sprungit ut i den kalla vinterkvällen?

Det var därför som Niklas och Billy hade kunnat försvinna

så snabbt från spaningsområdet. De hade redan befunnit sig miltals därifrån när helikoptrarna hade satts in på morgonen.

– Hur lyckades ni ta er förbi vägspärrarna? fråga Irene gestalten borta vid dörren.

– Småvägar. Finns hur många som helst i Delsjöområdet, sa Niklas.

För första gången syntes antydan till ett leende i hans ansikte. Antagligen var han ganska nöjd med sin och Billys flykt.

När dörren stängdes bakom Niklas och häktesvakterna hörde Irene hur Jonny muttrade:

– Det var som självaste …

Hon kunde bara hålla med.

Andersson såg inte glad ut när Irene hade avslutat sin redogörelse för förhöret med Niklas Ström. Enda anledningen att han inte protesterade mer var att Jonny satt bredvid och bekräftade hennes berättelse.

– Vafan gjorde Torleif där? frågade kommissarien grinigt.

– Ingen aning. Men konstigt är det. Han hade ganska ordentliga frostskador. Det tyder på att han inte försökte springa raka vägen hem. Och enligt Wallströms vittnesmål så stod ju Opeln redan där när han och hans vänsterprassel kom dit vid halvniotiden.

– Så den fjanten skulle alltså ha irrat omkring i terrängen i över en timme innan han blev påkörd nere på Delsjövägen, sa Jonny misstroget.

– Knappast. Som jag tidigare har sagt så kände han området som sin egen ficka, invände Andersson.

– Kan han ha sett hur mördaren kom och lämpade av Tanja i jordkällaren? Och sen kanske han försökte att följa efter mördaren. Torleif var ju bra på att springa. Om mördaren försvann till fots så …

Irene avbröt sig själv. Tanken som slog henne knockade henne nästan av stolen.

– Herregud! Ursäkta mej, sa hon samtidigt som hon reste sig upp.

Innan hon försvann ut genom dörren vände hon sig om och sa:

– Svante!

Därefter var hon borta.

Andersson rynkade ögonbrynen och såg på Jonny. Båda skakade samtidigt på huvudet och utväxlade en blick av samförstånd.

INNAN IRENE SKULLE åka hem för dagen ringde hon till avdelningen där hennes mamma låg. Sköterskan meddelade att Gerd var lite medtagen efter den stora operationen men i stort sett hade hon hämtat sig bra.

– Hon hade en fractura pertrochanterica, vilket är den vanligaste frakturen hos äldre. Den sitter vid övergången mellan lårbenshalsen och änden av lårbenet. Eftersom själva ledkulan var dålig så har vi tagit bort den. Hon har alltså fått en ny höftledsprotes. Det som är lite besvärligt är att hon också har en spricka i svanskotan, förklarade den vänligt professionella rösten.

– Vad gör man åt det? undrade Irene oroligt.

– Det kan man inte göra så värst mycket åt. Men hon har ont av sprickan och hon kan få känning av den ganska länge.

– Kan jag komma upp och besöka henne om en stund?

– Det går bra.

Tydligen kom hon mitt i värsta besöksruschen, eftersom det nästan var omöjligt att hitta någon parkeringsplats. Till slut fick hon syn på en ledig ruta och kastade in Volvon mitt framför kylaren på en Polo. Föraren av den mindre bilen reagerade med några långa ilskna tutningar men Irene låtsades inte förstå någonting. Hon fyrade av ett vänligt leende mot den sura medtrafikanten och ilade bort till biljettautomaten.

Uppe på avdelningen var det mycket folk i rörelse i korridoren. En manlig undersköterska manövrerade en stor rostfri vagn framför sig, som han skramlade bort mot hissarna med. Middagsbrickorna skulle tillbaka till centralköket.

Gerd var inte längre ensam på rummet. Vid fönstret stod en säng, vars ockupant snarkade ljudligt. Av konturerna under filten att döma var det en mycket kraftig kvinna. Över fotändan på sängen fanns en ställning uppmonterad, för att sängkläderna inte skulle ligga an mot hennes fötter.

Gerd låg med slutna ögon. Irene fick en klump i halsen när hon såg på sin bleka mamma. Hon såg ut som en bräcklig porslinsdocka. Försiktigt smög Irene fram mot sängen och böjde sig ner för att smeka sin mors vita hår. Gerd slog upp ögonlocken och smålog.

– Du tror väl inte att jag kan sova i det här oväsendet? sa hon.

Lättat konstaterade Irene att hennes mamma var sig lik till humöret.

– Hur känns det? frågade hon.

– Det känns. Men jag trodde att det skulle vara värre. I morgon ska jag börja med sjukgymnastik.

– I morgon? Är inte det lite tidigt?

– Risk för blodpropp, vet du.

Irene blev plötsligt medveten om att hon hade kommit tomhänt.

– Jag visste inte om man fick ha med blommor till den här avdelningen. Och jag visste inte om du fick äta. Så jag tar med i morgon …

– Bry dej inte om det. Ta hit lite veckotidningar i stället. Och en sån där grej som man kan spela talböcker på. Så kan jag plugga in hörsnäckorna i öronen och slippa höra …

Hon gjorde en menande gest mot sin sänggranne som precis drog ett djupt snarkande andetag efter att ha varit helt tyst en lång stund. Det lät som om hon höll på att svälja tungan och kvävas.

– Sömnapné. Farligt. Kan man få stroke av, sa Gerd som alltid läste medicinska artiklar med stort intresse.

Man måste känna till mer än läkarna för att klara av att vara sjuk, brukade hon säga.

Plötsligt såg Gerd skarpt på Irene.

– Fick du tag på Sture?

Nu var stunden kommen som Irene hade fruktat. Hon grep Gerds ena hand mellan sina händer. Den kändes iskall.

– Mamma … Sture … han …

– Han är död.

Gerd såg rakt på henne när hon konstaterade det. Ögonen blev blanka och fylldes av tårar som sakta rullade bakåt och sögs upp av kudden.

– Ja. Jag fann honom … när jag åkte dit, sa Irene med bruten röst.

Gerd nickade, som om Irene hade bekräftat något som hon redan anat. En lång stund satt Irene med moderns hand i sin. Tårarna rann fortfarande när Gerd plötsligt sa:

– Han kände på sej att han skulle dö. Han ringde mej i lördags för att säga farväl. Det var därför som jag gav mej ut i halkan fast jag inte skulle … jag ville träffa honom innan …

Hon gjorde en gest med den fria handen mot nattduksbordet. Där låg en hög med servetter. Irene räckte henne några.

– Varför ringde han inte ambulansen? frågade Irene.

Gerd tog ett tag om näsan och fräste i den prasslande servetten innan hon svarade.

– Jag sa åt honom att göra det … han sa att han skulle så fort vi hade lagt på … men då gjorde han väl inte det eller hann inte.

– Jag tror att han inte hann. Det gick säkert fort.

– Var … hur fann du honom?

Det var ingen idé att ljuga och säga att han hade legat i sängen. Någon av Stures grannar skulle säkert veta besked och säga något till en bekant på Coop, som i sin tur skulle prata med någon som var granne till Gerd och den grannen i sin tur … Hon skulle få veta det på det ena eller andra sättet.

– Han låg på badrumsgolvet. Men han hade inte slagit sej. Det såg ut som om han bara hade lagt sej ner. Fridfullt. Han såg fridfull ut, sa Irene.

Gerd kramade hennes hand.

– Tack … tack, sa hon bara.

Irene stannade kvar hos sin mamma i över en timme. När hon gick därifrån hade Gerd somnat. I varje fall låg hon med slutna ögon, trots rumskamratens dånande snarkningar.

Hela hallen var belamrad med banankartonger. Tvillingarna tänkte tydligen börja packa inför flytten om knappt två veckor.

Det skulle bli tomt i huset.

Det var nackdelen med tvillingar, de följdes åt i livets olika skeden. Trots att flickorna var så olika till sin personlighet hade de alltid befunnit sig i samma fas i utvecklingen. Det var fullt logiskt att de båda flyttade hemifrån samtidigt. Vilket gjorde saknaden dubbelt så stor. Å andra sidan behövde Irene bara bearbeta sin övergivenhetskänsla en gång. Fast den kanske aldrig gav med sig helt?

– Mamma! Jag tar med mej min säng! skrek Jenny från övervåningen.

Irene hade inte ens fått av sig ytterkläderna. Hon ropade tillbaka uppför trapporna:

– Okej!

– Bra! Då tar jag gardinerna också. Dom är köpta till överkastet, svarade dottern belåtet.

Var de? Irene kunde inte påminna sig hur det var, men det kanske stämde. Det randiga överkastet i regnbågens alla färger var i alla fall inköpt på IKEA, det visste hon med säkerhet, eftersom hon själv hade varit med. Men hur det var med gardinerna ...

– Jag ska ha sovrummet och där finns det redan en fin dubbelsäng så min säng får stå kvar här, sa Katarina när hon kom ut i hallen.

I famnen höll hon en trave vita frottébadlakan. De var också köpta på IKEA. Nya och alldeles oanvända.

– Det där är mina, sa Irene.

– Våra. Jag och Jenny behöver var sitt.

– Var sitt. Du har fyra stycken där. Om inte fler, påpekade Irene syrligt.

– Måste väl kunna byta. Vår mamma har lärt oss att vara renliga, log dottern glatt.

– Hallå där! Jag sa att du kunde ta några badlakan i linneskåpet. Inte dom nya! ropade Krister från köket.

Katarina suckade och himlade med ögonen.

– Ett var kan vi väl få.

Irenes hjärta veknade.

– Okej. Ett var av dom nya. Och två av dom gamla. Ta dom röda. Resten får ni önska er när ni fyller år.

– Schysst! sa Katarina.

– Hur är det med mormor? hördes Jennys röst, fortfarande från övervåningen.

– Det får du veta när du kommer ner och äter! Och maten är klar nu! ropade Krister innan Irene hann svara.

Hon gick in i köket och log mot honom. Det luktade kokt fisk. Eller pocherad, som hennes make skulle ha sagt. En doftsymfoni av dill, citron och räkor steg upp ur den största kastrullen på spisen. Bredvid puttrade potatisen. Plötsligt kände Irene hur hungrig hon var. Och hur tacksam hon var för sin bullriga och varma familj.

Det skulle inte bara bli tomt när tvillingarna flyttade. Det skulle också bli väldigt tyst.

De få plusgraderna höll i sig, liksom vinden. Det mesta av snösörjan hade försvunnit när Irene körde in till centrum på torsdagsmorgonen. Väderleken skulle vara ganska stabil fram till lördagen. Därefter skulle det bli kallare igen. Då skulle det förhoppningsvis inte finnas så mycket vatten kvar på gatorna som kunde frysa till is. Sjukvårdsnotan för alla arm- och benbrott under den här vintern hade redan slagit alla rekord, enligt GP:s huvudrubrik på morgonens förstasida. Och ännu är det långt till vår, som man sjöng i visan. Gerd var alltså bara ytterligare en pinne i statistiken. Det är inte lätt att bli gammal, tänkte Irene med en suck.

– DET ÄR INTE LÄTT att bli gammal, suckade kommissarien.

– Jag lovar att vi fixar det här, sa biträdet på Lindéns konditori.

Andersson hade köpt bröd och kakor i konditoriet sedan han flyttade till Partille för snart trettio år sedan. Kvinnan på andra sidan bröddisken hade arbetat där nästan lika länge. Med tiden hade de lärt känna varandra ganska väl, i varje fall så väl som en gammal stamkund och ett trevligt affärsbiträde brukar lära känna varandra. Hon blev kvinnan för vilken han biktade hemligheten han burit ensam några veckor. Även om han hade märkt att de andra växlade undrande blickar på fikarasterna, så hade han inte sagt något. De hade inte med det att göra.

– Min mamma fick också åldersdiabetes, bekände han i ett anfall av absolut uppriktighet.

– Diabetes är så vanligt nu för tiden. Inte bara äldre utan också ungdomar får det. Men jag gör helt enkelt i ordning en kartong med olika finesser. Så visar jag dej vilka som är sockerfria och då tar du bara av dom. Det har fungerat förut, log hon med en förtrolig blinkning.

Hon hade ett trevligt leende, det hade han alltid tyckt. Och hon hade den där förmågan att sprida värme och trygghet – ja det var ordet! – kring sig. Om det inte var för mycket folk i butiken brukade han ofta dröja sig kvar för att få en liten pratstund. Doften av nybryggt kaffe och läckra kakor fick han insupa på köpet. Hon var lättsam och gladlynt, lagom mullig och lagom vacker; att han aldrig tidigare hade tänkt på att sätta in en stöt! Tanken bara dök upp inom honom och han blev totalt överraskad själv.

– ... så kan du ju hämta dom på morgonen, avbröt hon hans tankar.

– Vad då? Jag menar ... ursäkta, sa han förvirrat.

Hon skrattade gott och han tyckte nästan att hon flirtade lite med honom. Det kanske hon gjorde? Han log tillbaka och kände sig plötsligt lätt och varm om hjärtat.

– Jo, jag sa att jag gör i ordning kartongen i kväll och ställer den i kylen. Så kan du hämta den innan du går till jobbet i morgon. Vi öppnar sju. Fast du får knacka på bakdörren. Och så är det bra om du betalar nu så det är klart.

– Visst! Jättebra!

Han plockade upp några hundralappar och lade dem i hennes lilla välformade handflata. Under tiden hon slog in antalet bakverk och priset på dem, sa hon utan att flytta blicken från kassaapparaten:

– Så du ska sluta på jobbet? Gå i pension?

– Nej. Inte alls! Jag ska gå över till Cold Cases-gruppen. Du vet ... utreda gamla mord innan preskrip...

– Åh! Den tv-serien har jag sett! Väldigt bra. Fast det är en ung tjej och hennes medhjälpare som löser brotten, sa hon glatt.

Andersson ordnade alla ansiktsvecken till ett beklagande leende.

– Tyvärr finns det ingen ung tjej i gruppen. Bara gamla gubbar. Som jag, sa han.

– Äsch! Inte är du gammal. Vi är väl förresten nästan jämngamla. Då skulle ju jag också vara gammal. Eller det kanske du tycker att jag är? sa hon med spelad indignation.

– Absolut inte! Du är ... du är ... jättefin!

Andersson rodnade lätt och kände sig som en konfirmand på sin första träff. De skrattade båda två och den något generade stämningen löstes upp. Den där härliga känslan i bröstet började sprida sig i hela kroppen på kommissarien. Amor måste ha fladdrat förbi Lindéns konditori denna grådaskiga februarimorgon och råkat skjuta en pil rakt in i hans hjärta.

Irene och Jonny rivstartade morgonen med ett nytt förhör med Niklas Ström. Den här gången hade han med sig sin försvarare. Irenes första tanke när hon såg Michaela Lackbergh var att den välkända advokatfirman Lemberg & Lemberg & Anjou hade skickat en prao-elev. I varje fall såg hon ut att vara mycket ung. Fast hon måste vara mellan tjugofem och trettio, om hon var utbildad advokat. Kanske var det hennes närmast eteriska uppenbarelse som lurade folk att tro att hon var yngre än hon var. Hon var nätt och så ljus att hon nästan var genomskinlig. Albino, som Jonny väste i Irenes öra. Inga röda ögon, hade Irene viskat tillbaka. Nej, advokatens ögon var allt annat än röda; de var stålblå med laserskärpa. Det platinablonda håret hade hon kammat stramt bakåt och satt upp i en hästsvans. Hon var klädd i en tunn tweedkavaj över en vit skjortblus och denimblå stretchjeans. Byxbenen var nedstoppade i skaften till ett par vita cowboystövlar. Trots de höga stövelklackarna nådde hon inte ens Irene till axeln. Hennes uppseendeväckande långa naglar hindrade henne från att få ett riktigt tag kring pappersbunten när hon skulle plocka fram den och lägga upp den på bordet. Inte för att bunten var speciellt omfångsrik, utan för att den låg inne i en blå plastmapp. De blanka ljuslila naglarna krafsade mot mappens glatta yta när hon försökte få nytt grepp om den. Underskatta inte en till synes ofarlig kattunge för den har alltid ordentliga klor, tänkte Irene.

Niklas Ström såg ut ungefär som dagen innan. Av ringarna runt ögonen att döma sov han praktiskt taget inget alls i sin cell. Irene hade gått igenom pappren på Niklas och funnit förklaringen till hans underliga beteende och rastlösheten som verkade jaga runt i hans kropp. Enligt den lilla rätts-psykiatriska undersökningen som hade gjorts året innan när han häktades för den råa våldtäkten, led Niklas av Tourettes syndrom. Det kan ge symtom som ofrivilliga ljud och moto-risk oro.

De inledde förhöret med några neutrala frågor för att Niklas skulle känna sig någorlunda bekväm och avslappnad. Liksom dagen innan skulle Irene leda förhöret.

– Jag tänker inte bry mej så mycket om varför du och Billy stack från Gräskärr. Det får du klara upp med andra utredare. Det vi här på våldsroteln är intresserade av är vad som hände på kvällen den sjuttonde januari i år. Som jag berättade för dej i går så utreder vi ett mord på en flicka. Eftersom du och Billy under mordkvällen var i närheten av platsen där hon hittades så vill jag gärna att du berättar vad som hände. Förhoppnings-vis kan vi efteråt avskriva er två från mordutredningen. Allt kommer att bli mycket enklare för oss alla.

Niklas rörde sig oroligt på stolen och utstötte korta fnys-ningar. Han slängde en frågande blick mot sin advokat. Hon nickade utan att ge honom något uppmuntrande leende. Irene gjorde det i hennes ställe. Niklas såg ut som om han överlade med sig själv. Med några rejäla stönanden tog han sats och slungade ur sig:

– Vi har fan inget med den där tjejen att göra. Där fanns inte en jävla käft!

– Talar du nu om när du och Billy körde in BMW:n med den krossade framrutan på avtagsvägen som leder in till Göte-borgs Kanotklubb? inflikade Irene snabbt.

– Inte fan såg jag ifall det låg nån kanotklubb där! Vi hade annat att tänka på!

– Som vad?

Han gav henne en lång blick innan han svarade:

– Typ hur vi skulle ta oss därifrån snabbt utav bara helvete, muttrade han.

– Men inte på grund av att ni hade mördat flickan, menar du.

– Självklart inte!

Han började bli upprörd och stönade högt flera gånger. Det ryckte okontrollerat i hela kroppen när han försökte sitta stilla.

– Du nämnde i går alldeles innan du gick att det stod en bil parkerad en bit ifrån där ni hade ställt BMW:n. Kommer du ihåg vad det var för märke på bilen?

– En Opel Astra.

– Färg?

– Vit.

– Vad gjorde ni när ni hade ställt BMW:n där på avtags-vägen?

– Vi tände på den.

– Varför det?

– För vi hade inga handskar på oss.

– Ni var alltså rädda för att lämna fingeravtryck i bilen?

– Mmm.

– Så då satte ni eld på den. Teknikerna hittade spår av en brännbar vätska i bilen. Dom tror att det var alkohol som hade använts. Var det det?

Niklas nickade.

– Billy hittade en oöppnad flaska Absolut Vodka under sätet. Så vi halsade lite ur den. Det var ju för fan svinkallt! Sen så hällde vi ut en del i bilen och typ tände på. Det som fanns kvar tog vi med oss.

– Tog ni med er flaskan när ni bytte bil till den vita Opeln?

– Ja.

– Behövde ni tjuvkoppla den?

Nu såg Niklas ivrig ut när han lutade sig fram över bordet och fångade Irenes blick.

– Nä för fan! Nycklarna satt i!

Han skrattade högt vid minnet av hur enkelt de hade smitit iväg från sina förföljare.

– Ni körde alltså inte tillbaka ner mot Delsjövägen om jag har förstått dej rätt?

– Nä. Vi irrade runt på vägarna där uppe … typ gångvägar och sånt. Till slut kom vi ner i Härlanda. Sen var det bara att dra.

– Vart drog ni?

– Till Billys mormor. Svincool tant!

– Ni har bott där hela tiden, antog Irene.

– Yes, sa Niklas.

Irene såg eftertänksamt på honom. Ryckningarna och lätena var färre nu när han hade berättat. Kanske hade han funderat på föregående dags samtal under natten.

– Niklas, om du skulle tänka tillbaka på kvällen när ni bytte ut BMW:n mot Opeln. Kommer du ihåg ifall Opeln var varm eller kall inuti?

Han funderade ordentligt innan han svarade:

– Kall.

– Som ett kylskåp eller bara lite kall? ville Irene veta.

– Typ som ett kylskåp men inte som en frysbox! sa Niklas och smålog nöjt åt sin egen fyndighet.

– Bra. Den var alltså inte helt utkyld. Det var minus sexton grader den där kvällen. Men så kallt var det inte i bilen, eller?

– Nä för fan! Men den hade nog stått ett tag.

– Minns du om det luktade något speciellt i bilen? Som cigarettrök eller sprit eller …

– Nä.

– Fanns det nåt i den som du eller Billy tog med er när ni kom fram till Olofstorp?

– Nä. Först tänkte vi ta med oss filten. Men vi sket i det för vi skulle se ut som typ indianer om vi tog på oss den. Folk ser sånt. Fast ... joförfan! Vi tog med oss vodkaflaskan! Det fanns en slatt kvar, sa han glatt.

– Har inte du och Billy slutat med droger? påpekade Irene stillsamt.

– Äsch. Det var sen ... Billys mormor sa att vi inte fick bo där om vi använde nåt. Och där fanns ju ändå inget att få tag på.

Han ryckte på axlarna och fnös eftertryckligt flera gånger. Irene kunde inte låta bli att småle när hon föreställde sig hur Billy och Niklas hade gjort en dygd av nödvändigheten. Fanns det inga droger inom räckhåll, då blev man helt enkelt drogfri. Säkerligen hade det gjort de här killarna gott. Samtidigt gav det en fingervisning om hur rädda de måste ha varit. De hade tryckt hemma hos Billys mormor och inte ens vågat sig ut för att fixa droger. De var inte dummare än att de insåg att det var ett stort spaningspådrag där ute.

– Följde ni utredningen av olyckan som ni hade förorsakat på tv eller läste ni tidningar?

– Bägge delarna. Annika ... det är Billys mormor ... hon har GP. Och så såg vi på lokalnyheterna.

– Och så satt ni ute hos henne och tryckte. Hur länge trodde ni att ni skulle klara det?

Niklas ryckte på axlarna.

– Vet inte. Tills det hade lugnat ner sej. Vi tänkte väl dra ... men ingen av oss har några stålar. Vi hade ju inte ens så vi kunde tanka biljäveln!

– Opeln?

– Ja.

– Var det därför som ni gömde den i ladan?

– Ja. Billy kände till den.

– Var det för att ta er till Billys mormor som ni tog BMW:n?

Niklas blev märkbart oroligare. Genom näsborrarna kom korta fnysningar.

– Alltså, vi frös så in i helvete! Vi hade slaggat hos en kompis några nätter men det gick inte längre för han typ … skit samma! Vi hade ingenstans att ta vägen så Billy ringde Annika och hon var så jävla schysst. Men det gick inga bussar och vi var för fan helt panka. Så såg vi BMW:n … med motorn igång! Det var ju för fan inget att tveka om! När killen som packade bilen gick tillbaka till porten så bara hoppade vi in och drog!

– Men om ni skulle till Gråbo så åkte ni ju åt fel håll, påpekade Irene.

– Jag vet. Men det kom en spårvagn bakifrån så vi kunde inte göra typ en sväng. Så jag drog Skånegatan. Tänkte köra runt … när vi nu hade en jävla häftig bil.

Ett svagt leende drog över hans trötta ansikte men nådde aldrig ögonen. Någonstans inom sig hade han gett upp. Han tänkte inte ljuga. För honom gällde det bara att gå fri från alla misstankar om inblandning i mordet på flickan.

– Berätta för mej om bilturen, bad Irene lugnt.

– Jaa … vi körde förbi Liseberg och sen vidare mot Delsjövägen. Utanför korvkiosken såg vi en snutbil … och dom upptäckte oss och vi såg att dom typ tänkte stoppa oss. Då drog jag järnet och utanför tv-huset så kom den där gubbjäveln springande … Han sprang fanimej rakt ut i vägen! Jag hade inte en chans!

Hela hans kropp skakade av anspänningen att behöva återuppleva den fatala biljakten ännu en gång. Irene behövde inte betvivla hans uppriktighet. Allt han sa stämde med de fakta som hade framkommit under utredningen.

– Nej, Niklas. Du hade inte en chans. Det finns vittnen som har berättat att han inte stannade upp utan bara fortsatte att springa med oförminskad fart. Det var maximal otur. Du körde i jättehög hastighet och han kom springande.

Niklas snyftade till.

– Papper, bad han med grumlig röst.

Michaela trollade snabbt fram en pappersnäsduk ur sin portfölj av mjukt ljusbrunt läder. Niklas tog tacksamt emot den och snöt sig ljudligt. Han var märkbart tagen av att behöva tala om dödsolyckan. Något sa Irene att han många gånger för sitt inre hade spelat upp just den sekvensen när kroppen dunsade hårt mot bilens framruta. Ljudet när glaset krossades skulle om och om igen ringa i hans öron. Även om han säkert hade försökt förtränga bilderna, skulle de för alltid sitta etsade i hans minne.

– Det är uppenbart att polisjakten hetsade pojkarna till att öka farten. Dom kände sej självklart jagade. Det kommer vi att understryka starkt i försvaret, sa Michaela Lackbergh kyligt.

För en kort stund var Irene inte riktigt säker på till vem hon hade adresserat uppgiften. En blick på Niklas övertygade henne om att han fann förtröstan i sin advokats ord.

Då öppnade Jonny munnen för första gången under förhöret:

– Har du nåt körkort Niklas?

Alla i rummet visste redan att svaret på frågan var nej. Inom sig förbannade Irene sin klumpiga kollega med fingertoppskänsla som en ångvält. Niklas valde att tiga.

– Och smuttat ur vodkaflaskan hade ni också gjort, kluckade Jonny nöjt.

– Det har Niklas inte sagt! Det vet du inget om! tillrättavisade Michaela honom.

Jonny höjde ett förvånat ögonbryn, oklart om det var på grund av att han blev ifrågasatt eller om han blev genuint förvånad över att den lilla kissemissen fräste.

– För en liten stund sen satt han här och berättade hur hans kära kumpan Billy hittade en flaska Absolut Vodk...

– Han sa inte att han drack under tiden han körde! klippte advokaten av.

– Det tyckte jag faktiskt att han sa, framhärdade Jonny.

– Lägg av! Den diskussionen är inte intressant för oss. Vi vill ha hjälp av Niklas med utredningen av mordet på Tanja, sa Irene skarpt och spände ögonen i Jonny.

Han såg missnöjd ut och grumsade något ohörbart för sig själv.

– Niklas, du vet lika bra som jag att vi inte bryr oss om ifall du körde utan körkort. Skit samma! Det får andra utreda. Vi jagar en mördare. Och du har redan hjälpt oss att ringa in honom. Du ska veta att jag uppskattar din vilja att berätta precis som det var. Det kommer att räknas dej till godo, sa hon bestämt och gav Jonny en snabb men vässad blick.

Den här gången hade han vett att hålla tyst.

– Berätta vad som hände efter att ni hade kört på den springande mannen, sa hon.

– Det gick fan inte att se nåt ... hela rutan var typ mosad! Vi fick panik! Jag gasade iväg och Billy sa hur jag skulle köra. Han hängde ut genom sidorutan! Vi svängde in på den första tvärgatan och åkte uppför backen ... men jag sa att vi förfan inte kunde fortsätta ... jag höll på att åka av vägen ... och då såg han den där avtagsvägen ... då svängde vi in på den ... resten vet ni.

Han tystnade och snöt en ordentlig fanfar i pappersnäsduken igen.

– Ni steg ur BMW:n. Hällde ut vodka i den och tände på.

Hade ni redan rekat den andra bilen och sett att nycklarna satt i den också?

– Jaa. Man trodde ju fan inte att det var sant! Den andra kärran med nycklarna i! Typ samma kväll!

– Det tog alltså bara några minuter innan ni kunde åka iväg från avtagsvägen och lämna den brinnande BMW:n, konstaterade Irene.

Niklas nickade till svar.

Irene stängde av bandspelaren och såg på kollegorna som satt runt konferensbordet. Kommissarien såg lika grubblande ut som Tommy, Fredrik och Jonny. Hannu satt avslappnat bakåtlutad på sin stol, men de trötta vecken kring ögonen avslöjade honom. När sov du en hel natt senast, tänkte Irene och kände medlidande med honom. Själv var hon trött efter alla omtumlande händelser under den senaste veckan, men inte värre än att hon kände sig upprymd efter förhöret med Niklas Ström.

– Han talade sanning. Vi vet nu säkert att Torleif Sandbergs bil stod parkerad på avtagsvägen före klockan halv nio på kvällen. Det har vi vittnen på, Martin Wallström och hans vänsterprassel Marika Lager. Vi vet att den vita Opeln stod kvar när Billy och Niklas svängde in där omkring tjugo i tio.

– Kruska-Toto blev påkörd fem över halv tio. Vafan irrade han omkring i skogen för under mer än en timme? Barhuvad och tunnklädd så han förfrös sej! Han bodde ju alldeles i närheten! utbrast Jonny.

– Är det inte underligare att bilen stod parkerad just där? undrade Hannu stillsamt.

– Han måste ha sett nåt. Han såg kanske när flickan blev mördad … när mördaren gömde henne i jordkällaren. Torleif la sej i bakhåll och spanade. Och sen försökte han följa efter den jäveln, sa Andersson med övertygelse.

Irene tyckte faktiskt synd om honom. Sanningen skulle träffa honom hårt. Men sanningen låter sig aldrig förskönas. Den är som den är: naken och osminkad.

– Nog såg han mordet på Tanja på nära håll. Det var nämligen Torleif som mördade henne, sa Irene.

Anderssons ögon vidgades sakta samtidigt som ansiktsfärgen steg. Samtliga i rummet kände igen tecknen på att han skulle explodera. För att förhindra det skyndade Irene sig att tillägga:

– Vi har bindande bevis.

Då kom explosionen.

– Va i helvete är det du säger! Skulle Torleif ha mördat ... Han blev så upprörd att han tappade andan.

– Här.

Irene drog fram ett papper som hon hade haft innanför pärmen på sitt block, som var märkt "Tanja".

– Jag fick det av Svante när jag var nere på tekniska alldeles före vårt möte. Ett snabbtest har visat att sperman som vi hittade i Tanjas hår kommer från Torleif.

Andersson satt med gapande mun och kippade efter andan. Det var ett ansiktsuttryck som han delade med Jonny, Fredrik och Tommy. Hannu nickade för sig själv, som om han hade fått en gammal misstanke bekräftad.

– Hudavskrapet under Tanjas naglar har vi inte fått svar på ännu men DNA:t i sperman duger i sej själv som bevis. Svante sa att vi hade tur. Torleif ska begravas i morgon. Och han ska kremeras. Om vi inte hade tagit DNA-provet i tid så hade det varit för sent. Svante har också laddat batteriet i Torleifs mobil. Det är en ny Nokia med kamera. Man kan också spela in korta videosnuttar. Och spela upp. Kolla här.

Irene tog fram den lilla behändiga mobilen och fällde upp locket. Hon valde multimedia på menyn och klickade fram "videoklipp". Med tummen tryckte hon igång ett klipp och räckte mobilen till Andersson. Skeptiskt tittade han på den lilla bildrutan.

Det fanns ljud också. En ung flickas jämrande röst hördes tillsammans med en mans tunga flåsande. På displayen syntes fladdrande bilder.

Ett blont flickhuvud. Händer som försökte värja sig. Närbilder på en flickas nakna underliv. Hon vred sig undan. En erigerad penis sedd uppifrån. Den närmade sig flickans bleka och suddiga ansikte.

Under beklämd tystnad skickades Nokian runt bordet. Ingen gjorde någon kommentar innan alla hade sett videosekvensen.

– Det finns stillbilder också, upplyste Irene.

Hon klickade fram den första bilden och mobilen gjorde ett varv till bland hennes kollegor.

– Det räcker, sa Andersson.

Han andades tungt och blev plötsligt onaturligt blek. Läpparna hade tappat all färg och skiftade i blågrått. Det såg otäckt ut, Irene blev orolig att han skulle svimma.

– Jag trodde aldrig … aldrig …

De sista orden kom som en viskning.

– Nej. Först kallades vi till olycksplatsen där Torleif hade dödats av två unga biltjuvar. Och under spaningarna efter smitarna hittades liket av Tanja. Då var det väl ingen av oss som kunde ana att dom två utredningarna hängde ihop.

– Och en polis … som vi känner.

Andersson såg helt tillintetgjord ut. Irene förstod att det måste kännas fruktansvärt för honom; näst sista arbetsdagen på våldet avslöjas hans gamla vän och kollega som sexmördare! Det var en tuff avslutning för hennes chef. Han skulle vara ledig en vecka innan han började i Cold Cases-gruppen. Det skulle han troligen behöva, inte minst för att hämta sig efter chocken som han just hade fått. Och nästa vecka skulle den nya kommissarien på våldet, Efva Thylqvist, börja. Ryktet hade gått före henne. Irene såg inte fram emot att få en ny överordnad. I varje fall inte Efva Thylqvist.

– När kom du på det? frågade Hannu och kisade mot Irene.

Även om han såg ut som om ögonen kunde falla ihop av trötthet när som helst hade den oväntade vändningen i utredningen lyckats tända en intresserad glimt i hans blick.

– Kom på ... jag började nog ana nåt redan när Indianen sa att Heinz Becker hade skickat iväg Tanja till en läkare eskorterad av en mycket betrodd kund. Vem fanns inte långt från jordkällaren vid tiden för mordet? Vem kunde vara mer betrodd än en före detta polis? Och vem av dom inblandade männen hade vi inte tagit DNA-prov på? Torleif Sandberg.

Andersson nickade för sig själv som om han började acceptera fakta.

– Hur tror du att det gick till? frågade han kort.

Irene tänkte snabbt igenom sin rekonstruktion innan hon svarade:

– Det hela började nere på Teneriffa. Enligt vad min sagesman inom polisen sa, så fanns det spänningar långt tillbaka mellan olika gangstergrupperingar. Framför allt gällde det knarkaffärer. En gangsterledare, Jesus Gomez, stod i pengaskuld till en annan, Lembit Saar. Gomez kunde inte betala tillbaka i reda pengar men han hade nåt annat som Lembit Saar ville ha. Kontakter. Saar behövde flickor till sin nyöppnade nattklubb. Till själva nattklubben fanns det säkert gott om tjejer som sökte frivilligt. Men han ville ha speciella flickor för speciella kunder. Flickor som hölls i dom inre stängda rummen. Flickor som inte har nån talan och måste ställa upp på allt. Flickor som drog in massor av pengar till sin ägare. Traffickingoffer. Sexslavar.

Hon tystnade för att hämta andan och tänka efter. Hennes kollegor avbröt henne inte.

– Jesus Gomez kontaktade Heinz Becker. Han i sin tur hade två lämpliga flickor som motsvarade Saars önskemål. Mycket unga och blonda. Becker befann sej på turné med flickorna men kunde tänka sej att sälja dom vidare efter att dom hade varit i Sverige. Problemet var att ingen av flickorna hade nåt giltigt pass. Båda två var insmugglade. Alltså ordnade Gomez förfalskade pass. Och för att allt skulle gå smidigt fixade han ett till sin närmaste man Sergej Petrov också. Han fick en ny identitet som Andres Tamm och skulle gälla för att vara flickornas pappa. Under sitt nya alias skulle Petrov eskortera flickorna från Sverige till Teneriffa.

– Men det sket sej, sa Jonny.

– Det kan man lugnt påstå. Den lilla ryskan som vi kallar för Tanja blev sjuk. Allvarligt sjuk. Hon fick en aggressiv form av gonorré som spred sej i kroppen. Sergej Petrov skulle komma till Sverige på torsdagen den nittonde januari för att hämta flickorna. På tisdagen den sjuttonde insåg Heinz Becker att han måste skicka Tanja till en läkare. Hon var sannolikt mycket dålig. Av olika skäl kunde han inte själv ta henne till ett sjukhus. Antingen bad han sin betrodda kund Torleif Sandberg att se till så flickan kom under vård, eller också erbjöd sej Torleif själv att ombesörja det. I vilket fall blev Heinz säkerligen ganska tacksam. Han ville inte skylta utåt med att han fanns i landet och att flickan var hans.

– Så Kruska-Toto tog tjejen i sin bil. Men han åkte inte direkt till nån läkare. Först tänkte han passa på att få sej lite gratis sex, fyllde Jonny i.

Irene nickade.

– Jag tror också att det var så det gick till. Om man ser på bilderna i mobilen så finns det mycket som talar för det. Samt sperman i hennes hår. Men nåt gick snett. Vi såg ju hur hon värjde sej på bilderna. Kanske blev han förbannad när hon inte gjorde som han ville. Exakt vad som hände, eller var det skedde, får vi aldrig veta. Men vi vet att han ströp henne.

– Herregud, stönade Andersson.

– Ett sånt svin! utbrast Fredrik.

– Ja, det kan vi väl vara överens om. Efter att han hade dödat Tanja måste han göra sej av med kroppen. Han kände väl till området kring Delsjövägen. Och han kände till den gamla jordkällaren som inte användes längre. Han virade in Tanja i den blå fleecefilten som vi hittade i hans bil. Fibrerna från den matchar fibrerna som vi säkrade på Tanjas kropp. Han åkte till avtagsvägen – eller om han redan befann sej på den när mordet utfördes – för att gömma Tanjas lik i jordkällaren. Med hjälp av nåt verktyg bröt han loss hänglåset som fanns på källardörren. Han stuvade in Tanjas kropp och hennes kläder. Så långt gick allt vägen. Men sen började oturen.

– Det var därför som han var så tunnklädd. Han hade aldrig haft för avsikt att vistas utomhus, konstaterade Hannu belåtet.

– Precis. Martin Wallström och Marika Lager svängde in på avtagsvägen. Enligt Wallström stod dom parkerade där nästan en timme. Vi kan nog anta att Torleif gömde sej och försökte vänta ut dem. Han ville självklart inte lämna kvar sin bil vid platsen där han hade gömt sitt mordoffer! Och nycklarna satt i tändningslåset. Men kylan var för sträng. Han kunde knappast hoppa omkring och göra åkarbrasor för att hålla sej varm för då skulle turturduvorna i Volvon ha upptäckt honom. Kylan knäckte honom. Till slut insåg han att han höll på att förfrysa sej. Då beslöt han att ta sej hemåt. Men han sprang inte den stora vägen ner mot Delsjövägen utan han sprang på en av ridstigarna. Han hade en ficklampa med sej. Det vet vi för den hittades på trottoaren efter olyckan. När han var nästan nere på parkeringen vid tv-huset tappade han mobilen. Antagligen märkte han det inte. Han var kanske omtöcknad av kylan. Man kan anta det eftersom han även missbedömde hastigheten på den framrusande BMW:n. Kanske trodde han att han skulle hinna över vägen. Men det gjorde han inte.

– Han blev överkörd och dog, sa Andersson lakoniskt.

Han hade börjat återfå sin vanliga ansiktsfärg.

– Under tiden som Torleif sprang på ridstigen ner mot tv-huset så lämnade Martin Wallström och Marika Lager avtags-vägen och körde mot Delsjövägen. Wallström såg blåljusen på ett utryckningsfordon, vilket säkerligen var radiopatrullen som förföljde BMW:n, och valde att köra hemåt via en liten omväg.

– Och fortsättningen känner vi till tack vare Niklas Ströms vittnesmål, sa Tommy.

– Ja. Den har vi precis lyssnat till på bandet, sa Irene.

– Otur för Torleif Sandberg att Martin Wallström svängde in på vägstumpen och satt så länge och snackade. Annars hade Torleif kanske klarat sej, sa Fredrik.

– Ja. Och oturen höll också i sej för Heinz Becker. När Sergej kom till Göteborg på torsdagen för att hämta sina flickor så saknades Tanja fortfarande. Heinz hade ingen aning om var hon fanns. Och han fick ju inte heller nån kontakt med Torleif. Skälen känner vi till men det gjorde inte Heinz och Sergej. Kanske hade dom tänkt att vänta ett tag till på att Torleif skulle dyka upp med Tanja, men då drabbades dom av razzian som jag och Fredrik var med på. Den undkom dom genom att nån av byggjobbarna på taket lämnade över nyckeln till lastbilen. Flykten i snöstormen gick bra ända tills dom körde av vägen. Heinz och Sergej dog vid olyckan och flickan Leili ligger svårt skadad i respirator.

– Har nån av flickorna kunnat identifieras? frågade Tommy.

– Nej. Vi har skickat ut deras uppgifter via Europol och till olika länder på andra sidan Östersjön men inte fått nåt napp. Enligt Linda Holm så är flickorna troligen utsmugglade från Ryssland eller Estland. Antagligen har dom sålts av personalen på nåt barnhem eller av sina föräldrar. Eller om dom har rymt själva och hamnat i klorna på människohandlare. Kanske får vi fram deras rätta identitet en dag. Kanske inte.

– Jag har talat med Varbergs sjukhus i dag. Dom tror att Leili är hjärndöd. Det ska komma nån neurolog och undersöka henne i eftermiddag. Om han konstaterar att hon är hjärndöd så stänger dom av respiratorn, sa Tommy.

– Gud vare dessa små slavars själ nådig, suckade Irene.

Hon var inte speciellt religiöst lagd, men orden kom direkt från hjärtat.

– Amen, sa Andersson.

– BEGRAVNINGEN ÄR AVKLARAD. Jag har varit på banken och fixat det sista inför försäljningen av huset i Thailand och hans lägenhet här.

Stefan Sandberg såg äldre ut än förra gången de träffades. Antagligen var det den svarta kostymen och vita skjortan med vit slips som gjorde det.

– Jag blev lite förvånad när du kontaktade mej igen, sa han.

Han vek hastigt undan med blicken och Irene hörde att han mumlade:

– Eller kanske inte.

Hon beslöt att inte låtsas om att hon hade uppfattat hans ord. I stället sa hon:

– Det var fint att du kunde komma. Jag har nåt mycket tråkigt att berätta för dej.

Stefan satt orörlig på stolen mitt emot henne under hela hennes redogörelse. Irene klargjorde hans styvfars roll i mordet på den lilla ryskan som kallades för Tanja. Hon ville att han skulle få veta hela sanningen innan den skreks ut från löpsedlarna.

Han satt tyst länge efter att hon var klar. Irene började undra om chocken kanske blev större för honom än hon hade räknat med. Torleif och han hade ju enligt hans egen utsago inte stått varandra speciellt nära.

– Det här kom inte som en total chock för mej, sa han till slut.

Det var som om han hade anat Irenes tankar.

– Jag tog med mej Torleifs dator, laptoppen. Och boken om släktforskning som låg bredvid. Jag tänkte att det skulle vara intressant att få reda på mer om honom ... jag är i alla fall hans enda arvinge.

Han pressade ihop läpparna och fixerade sina knäppta händer som vilade mot skrivbordsskivan.

– Visst fanns det filer om släktforskning. Och om huset i Thailand. Men framför allt fanns det massor av porr. Alla typer av porr! Hårdaste och äckligaste varianterna man kan tänka sej.

Han strök sig med handflatan över ansiktet, som för att stryka bort bilderna som flimrade förbi för hans inre syn.

– Jag är tacksam om du kan skicka ner datorn till oss. Den kan innehålla bevis. Och vi kan hjälpa dej att rensa den ifall du vill ha tillbaka den.

– Nej tack. Den vill jag aldrig se mer.

Han ruskade på huvudet. Sedan sa han eftertänksamt:

– Jag tyckte ju att han var underlig. Gillade honom inte. Mamma brukar säga att han var en man med litet ansikte.

– Lustigt uttryck. Vad menar hon med det?

– Att Torleif var så vanlig. Han var ingen person som man la märke till. Det fanns inget som gjorde att han stack ut i en folksamling. Han var lite beige, om man säger så. Men om man synade honom närmare så hade han sina små egenheter. Vegetarian och renlevnadsman. Pedant. Snål. Och enligt mamma så var han ganska humorbefriad. En slätstruken man med lite udda personlighet. Men att han var kapabel till nåt sånt här, det trodde jag inte.

– Nej. Det trodde ingen annan heller.

STORT TACK TILL:

Thomas Ekman, kriminalkommissarie, Polismyndigheten i Västra Götaland, LKP/Trafficking. Det var oerhört värdefullt att få veta hur situationen på marknaden för sexslaveri ser ut i dag i Sverige och hur polisen i Göteborg arbetar för att bekämpa människohandeln.

Leif Johansson, enhetschef Barn och ungdom, och *Kristina Andersson*, samordnare, båda på Migrationsverket. De hjälpte mig att få inblick i hur man handlägger ärenden med asylsökande barn som kommer utan anhöriga.

Lena Krönström, lärare i Sunne med estniskt ursprung. Hon har hjälpt mig med korrekta estniska namn till några av mina romanfigurer.

Som vanligt har jag tagit mig stora friheter med geografiska fakta. Jag anpassar inte mina berättelser efter den korrekta geografin, utan verkligheten får anpassa sig efter historierna. Ingen av personerna i boken är medvetet tagen ur verkliga livet. Undantaget är Sammie, som är min egen hund. Han tar sin tillvaro som litterär jycke med ro.

Helene Tursten

LÄS MER

*Extramaterial
om boken och
författaren*

LÄS MER

Varför jag skrev *En man med litet ansikte*

av Helene Tursten

1910 var min mormor Maja fem år gammal. Då bjöds hon ut, tillsammans med sina treåriga tvillingbröder, till lägstbjudande på en sockenauktion. Hennes föräldrar skulle utvandra från fattigdomen i Västerbotten och skapa sig en ny framtid i Amerika. Min mormorsfar var skomakare och han hade hört att det rådde stor brist på duktiga sådana i USA. Han och mormorsmor tog med sig de fem äldsta barnen över Atlanten. De tre minsta fick gå på auktion. Föräldrarna lovade att de skulle sända efter de små så snart familjen hade kommit i ordning på andra sidan Atlanten. Vilket aldrig skedde, trots att det gick bra för dem. Släkten lever kvar runt De stora sjöarna och i Kanada.

De tre syskonen splittrades och hamnade på olika ställen. Maja ropades in av en bonde. Det handlade inte om något barnlöst par som önskade sig ett barn att älska och ta hand om. Hon skulle "tjäna lillpiga", vilket innebar att hon fick börja arbeta redan första dagen. Det var långa arbetsdagar, med tidiga morgnar och sent i säng. Hon fick dela sängplats med en äldre piga i en utdragssoffa. Naturligtvis fick hon inte ett öre betalt. Mat, kläder och husrum var det som ingick i bondens överenskommelse med sockenstämman. Till hans förargelse skulle även en sockenunge gå i skolan, enligt Lagen om allmän folkskola från 1842. Trots att hon aldrig hann göra några läxor hade hon goda betyg. Det spelade ingen roll eftersom hon endast var arbetskraft. För det var därför man tog sig an dessa sockenungar. De stod längst ner på den sociala rangskalan; de var sämst klädda, hunsade, mobbade och utsatta för olika former av övergrepp.

Först vid 16 års ålder slapp Maja ur "det allmännas" omsorg. Hon lyckades få utbildningsplats hos en sömmerska i Umeå och utbildade sig till finsömmerska.

När jag frågade min mormor om hennes barndom blev hon alltid stum. "Det finns inget att berätta. Ingenting", brukade hon säga och knipa ihop läpparna. Hennes röst fick en hård klang och tårarna blänkte i hennes ögon. Jag vågade aldrig framhärda. Tystnaden och tårarna sa mer än ord.

Med ökad kunskap har jag insett hur utlämnad hon var till dessa främmande vuxnas godtycke. Hon var ett litet barn som tvingades till hårt arbete. Dessa sockenbarn saknade rätten till kärleksfull omsorg, rätten till utbildning, rätten till sin egen kropp, rätten att bestämma var och med vem de skulle bo, rätten till ekonomisk ersättning för sitt arbete. De var dömda till att utnyttjas efter ägarnas gottfinnande. Det var inget annat än rent slaveri.

Vi vill gärna tro att vi i vår upplysta tid har kommit ifrån slaveriet. Sanningen är att aldrig någonsin i mänsklighetens historia har det funnits så många slavar på jorden som det gör idag. År 2005 gjorde FN genom WHO en kartläggning av slaveriets utbredning och antalet slavar i världen. Enligt deras beräkningar hade vi då minst 13 miljoner människor som levde under förhållanden som överensstämmer med definitionen av slaveri. Den korrekta siffran är troligtvis betydligt högre. Handeln med människor har vuxit lavinartat under senare år. Idag omsätter människohandeln mer pengar är narkotikahandeln i världen. Det är helt enkelt oerhört lukrativt, straffsatserna är minimala och efterfrågan på slavar verkar omättlig. Framför allt har handeln med sexslavar ökat. Där är det barn och tonåringar som är mest eftertraktade.

Människohandel bottnar i fattigdom. För det är fortfarande så att det enda de fattiga har är gott om barn. De rika köper tjänster av de fattigas barn. Men pengarna hamnar inte hos de fattiga, utan hos hallickarna. Så länge som det finns efterfrågan och villiga köpare, kommer dessa profitörer att förse kunderna med nya sexslavar. De gamla slits fort ut. Avfallsproblem får alla industrier räkna med och det gäller också sexindustrin. När en gammal slav försvinner är det bara att köpa en ny. Marknaden styrs av efterfrågan. Och den finns även i Sverige. Bedömare anser att vi årligen har ett hundratal sexslavar inom våra gränser. Vi har döpt hanteringen till "trafficking". Det vore bättre om vi kallade hanteringen vid dess rätta namn: sexslaveri.

Fakta om författaren

Helene Tursten är född och uppvuxen i Göteborg men bor numera i Sunne. Innan hon blev författare arbetade hon som tandläkare. Hon debuterade 1998 med *Den krossade tanghästen*. Helene Turstens böcker om kriminalinspektör Irene Huss är översatta till elva språk och har filmatiserats i ett svenskt-danskt-tyskt samarbete. Den första filmen, *Tatuerad torso*, hade premiär hösten 2007 och huvudrollen som Irene Huss spelas av Angela Kovács.

Irene Huss och jag

av Helene Tursten

Jag började skriva om kriminalinspektör Irene Huss och hennes kollegor på våldsroteln i Göteborg våren 1996. Den första boken *Den krossade tanghästen* utkom i mars 1998. Hittills har jag skrivit sju böcker om Irene Huss, den åttonde håller jag på med just nu. Den beräknas komma ut i bokhandeln i slutet av augusti 2008.

Irene och jag har lärt känna varandra ganska väl genom åren. För varje bok upptäcker jag nya sidor hos henne. Medvetet har jag gjort henne ganska cool. Som läsare får man hela tiden följa fallen och utredningarna genom Irenes ögon. Läsaren vet hela tiden lika mycket som hon och hennes kollegor. Därför kan Irene själv inte vara för kolerisk och färgstark, då riktar hon fokus mot sig själv och tar för mycket plats i berättelsen.

Vid första anblicken kan hon verka vara en tuff snut, men jag tycker att hon visar ganska många mänskliga sidor som jag och andra kan känna igen oss i. Ofta får jag frågan om Irene Huss är mitt alter ego. Svaret är nej, jag har gjort henne ganska olik mig själv med flit. Hon är intelligent, intuitiv och hängiven sitt arbete. Några intellektuella intressen har hon inte tid att odla. Familjen består av maken Krister som är kock, tvillingdöttrarna Jenny och Katarina och hunden Sammie. Irenes tid går åt till jobbet, träningen och familjen. Något större fan av opera eller avancerad jazz är hon inte. The Beatles, U2, Tina Turner, Roxette, Bruce Springsteen och Rolling Stones är mera hennes stil. Kort sagt så är Irene som de flesta poliser jag känner.

"En bra och realistisk story, driven dialog och en utmärkt känsla för polisens arbetsmetoder är en stabil grund som Tursten står stadigt på."
Mariestads-Tidningen

"Tursten har alltid varit duktig på sitt hantverk, särskilt på att skriva intressant utan att tempot är halsbrytande. Hon rör sig lika naturligt i vardagsrum som förhörsrum…"
Östgöta Correspondenten

"Helene Turstens nya deckare är engagerad och spännande."
Norrtelje Tidning

"En av fördelarna med Helene Tursten är att hon alltid skriver om angelägna ämnen."
Hallandsposten

"Helene Tursten skriver deckare som är engagerande och har en väl uppbyggd intrig. Vi förs hela tiden framåt i handlingen och överraskas av nya vändningar. Och upplösningen är inte alls den väntade. Alltså blir betyget mycket väl godkänt för denna nya svenska kriminalroman."
Västerviks-Tidningen

"*En man med litet ansikte* är en utmärkt relationsskildring."
Nerikes Allehanda

"Helene Tursten är alltid intressant att läsa."
Dagbladet

"I den här boken har Tursten vässat till sitt skrivande en hel del. Berättelsen tar fart redan från början. … Det händer en hel del som gör läsaren engagerad."
Smé Journalen

Piratförlagets författare i pocket